Benoîte Groult:
Ödipus' Schwester

Zorniges zur Macht der Männer über Frauen

Aus dem Französischen von Marita Heinz
unter Mitarbeit von Jeanne Anger

Dieses Buch ist gewidmet...

Olympe de Gouges, die als eine der ersten davon ausging, daß Bürgerrechte auch Bürgerinnenrechte sein müssen und die ihren Irrtum mit dem Gang zum Schafott bezahlte;
Mary Wollestonecraft, auch »Hyäne im Unterrock« genannt;
Hubertine Auclert, die sich 1889 weigerte, Steuern zu bezahlen, weil sie nicht wählen durfte;
Maria Deraismes, der Gründerin der Gesellschaft für die Verbesserung der Lage der Frauen im Jahre 1976;
Louise Michel;
Margaret Sanger, der New Yorker Vorkämpferin für die Geburtenkontrolle;
den vielen anderen, die auf die Sicherheit ihres Heims verzichtet und dafür gekämpft haben, daß andere Frauen sich verwirklichen können, für ein Bedürfnis also, das so lebensnotwendig und brennend ist wie das Bedürfnis zu lieben;
auch Männern: Ambroise Paré, Condorcet, Stuart Mill, Charles Fourier, Prosper Enfantin, dem Stendhal des »Lamiel«, die Feministen waren, bevor es das Wort gab;
Léon Richter, Victor Duruy, Victor Blanqui, Jules Ferry, der den Mädchen die Schulen öffnete, »damit republikanische Männer republikanische Partnerinnen bekamen«;
Léon Blum und vielen anderen ausgelachten, unverstandenen oder vergessenen Vorkämpfern;
Paul Guimard... in mehr als einer Hinsicht;
und schließlich einem Staat im Westen der USA, dem Staat Wyoming, der der erste Staat der Welt war, der – im Jahre 1869 – den Frauen das Wahlrecht zugestand.

Inhalt

Vorwort zur deutschen Ausgabe 9

Vorwort 13

ERSTES KAPITEL
Die endlose Dienstbarkeit 33

ZWEITES KAPITEL
Ein Unterstaatssekretariat fürs Stricken 40

DRITTES KAPITEL
Der Haussegen hängt ziemlich schief 71

VIERTES KAPITEL
Die verhaßte F 86

FÜNFTES KAPITEL
Meine Mutter war eine Heilige! 109

SECHSTES KAPITEL
Weder Kalender noch Harmonika 141

SIEBTES KAPITEL
Die Nachtportiers 164

ACHTES KAPITEL
Es ist rot und es ist amüsant 176

NEUNTES KAPITEL
Ein Piephahnproblem 185

ZEHNTES KAPITEL
Meine Frau mit dem Gladiolengeschlecht 198

Vorwort zur deutschen Ausgabe

Wie aktuell ist »Ödipus' Schwester«, zehn Jahre nach dem Erscheinen des Buches in Frankreich? Welche Wirkung kann es auf heutige Leserinnen und Leser haben? Das ist eine berechtigte Frage in einer Zeit, in der in einem fort beteuert wird, der Feminismus sei überholt, in der mit verdächtigem Eifer behauptet wird, alle Probleme seien gelöst, völlige Gleichberechtigung zwischen Männern und Frauen erreicht.
Im Jahre 1975 war das Klima für feministische Aussagen, Aufsätze und Romane günstig – ein ziemlich seltenes Faktum. Es handelte sich um das Internationale Jahr der Frau, und der UNO, der Presse und den Frauenvereinigungen zuliebe gehörte es zum guten Ton, sich mit der Frauenfrage zu beschäftigen. Die meisten Verlage beeilten sich plötzlich, Frauenreihen herauszubringen, die sich mit spezifisch weiblichen Themen beschäftigten: Man versprach sich Profit davon.
Für eine kurze Zeit entgingen Frauenbücher der Ironie, der Feindseligkeit und der Herablassung, die Kritiker normalerweise an den Tag legen, wenn es sich um das handelt, was sie bis dahin »Werke von Damen« genannt hatten. Kurz, in den 70er Jahren war Feminismus in Mode. Er verkaufte sich gut.
Im Gegensatz dazu ist in den 80er Jahren eine antifeministische Strömung entstanden, und sie breitet sich aus. Wie so oft, scheint sich die öffentliche Meinung nach einem ausgleichenden Pendel auszurichten: Nachdem 1968 die soziale und familiäre Ordnung attackiert worden war, nachdem neue Beziehungen zwischen den Geschlechtern und neue Freiheiten zugelassen worden waren, trat die Gesellschaft erschreckt den Rückzug an – hin zu den traditionellen Werten. Und wie die Frauen die ersten Opfer ökonomischer Krisen sind, die ersten, die bei Arbeitslosigkeit entlassen werden, so sind sie auch die ersten, die bei einer

»Normalisierung der Verhältnisse« die Rechnung bezahlen müssen und die um einen Teil ihrer so mühsam erworbenen Rechte gebracht werden.
Man will uns heute glauben machen, Feminismus sei nichts als eine Mode gewesen, in der Hoffnung, damit die außerordentliche Revolution herunterspielen zu können, um die es sich in Wahrheit gehandelt hat.
Die Allmacht der Medien hat es geschafft, das Wort *feministisch* lächerlich zu machen und gleichzeitig allzuoft diejenigen, die für die Gleichberechtigung gekämpft haben, für gleiche Chancen und gleiche Rechte, wohlgemerkt, nicht für Gleichmacherei. Aber wenn das Wort auch angst macht, so bleibt doch sein Sinn erhalten. Wir erleben jetzt etwas, was manchmal die dritte Welle des Feminismus genannt wird, d.h. daß sich nicht mehr nur einige wenige der Unterdrückung von Frauen bewußt sind, sondern daß sie weltweit wahrgenommen wird, als soziale Realität. Dieser globale Bewußtseinsprozeß ist die unerläßliche Voraussetzung dafür, daß juristische und kulturelle Veränderungen nach und nach Eingang in Sitten und Verhaltensweisen finden. Denn genau in diesem Stadium kommen unbewußt Blockaden oder auch organisierte Widerstände ins Spiel. Sie sind in allen Bereichen zu beobachten.
Theoretisch scheint in Frankreich die Gleichberechtigung der »ewigen Minderjährigen« erreicht – denn genau das war die Frau nach französischem Recht. Die schlimmsten Diskriminierungen durch das napoleonische Recht sind seit zehn Jahren aus der Welt geschafft; Verhütung und das Recht auf Abtreibung wurden legalisiert, gleiche Bezahlung wird seit 1972 gesetzlich garantiert.
Aber wie sieht die Wirklichkeit aus?
Alle Untersuchungen erbringen das Ergebnis, daß die Diskriminierungen andauern, daß manche sogar schlimmer werden: bei der Berufsausbildung, beim Zugang zu den Arbeitsplätzen, bei der Bezahlung. Es wird beklagt, daß die »typisch weiblichen« Berufe zum Vorwand für die Gehaltsunterschiede dienen; denn die Gehälter der Frauen liegen im Durchschnitt um 30% unter denen der Männer.

Auch die Anwendung des unter Simone Veil beschlossenen Abtreibungsgesetzes hängt immer noch vom guten Willen der medizinischen Institutionen ab – die in ihrer Mehrheit von Männern geleitet werden. Jeder Arzt kann unter Berufung auf seine »Gewissensentscheidung« eine Abtreibung ablehnen; außerdem verhindert der Mangel an Räumlichkeiten und an geeignetem Personal noch allzuoft die Anwendung dieses Gesetzes. Das ist um so schlimmer, als die gesetzliche Frist für einen Schwangerschaftsabbruch in Frankreich nur zehn Wochen beträgt, während sie in Italien auf 13, in der Bundesrepublik Deutschland auf 22 und in Großbritannien auf 24 Wochen festgelegt wurde. Darüber hinaus ist jede Werbung für Empfängnisverhütung nach wie vor verboten, keinerlei Adressenlisten von Familienberatungsstellen hängen in Apotheken, Schulen oder Rathäusern aus, und im Fernsehen hat es zu den Hauptsendezeiten sozusagen noch nie Informationen für Jugendliche gegeben. Im Gegensatz dazu versäumen es die Massenpresse und sogar die Frauenzeitschriften nie, die Nachteile der Pille oder der Spirale auf ihre Titelseiten zu bringen.
Juristisch schließlich gibt es auch in unserem heutigen Zivilrecht immer noch Ungerechtigkeiten, die die Ehefrau und Mutter betreffen; in ihnen überleben die letzten Überbleibsel des römischen Rechts und der absolutistischen Praktiken des Ancien Régime.
Alle Fakten, die im Jahre 1983 in einer großangelegten Untersuchung des Ministeriums für Frauenfragen ermittelt wurden, beweisen, daß Diskriminierungen mitnichten die Ausnahme sind, sondern außerordentlich weit verbreitet und daß sie jeden einzelnen Aspekt im Leben der Frau betreffen: Familie, Arbeit, Gesundheit, Kultur und Ideologie. Daran läßt sich ermessen, wie zutreffend und immer noch aktuell die feministische Analyse ist, die seit etwa zehn Jahren den Strukturen eines patriarchalischen Systems auf den Grund geht, das, um zu überleben, alle Frauen unterdrücken muß, die sich seinen Normen nicht unterwerfen.

Wenn die unter dem Druck der Frauen errungenen Siege endlich in das familiäre, berufliche und kulturelle Leben eingehen sollen, dann darf die junge Generation sich nicht der Illusion hingeben, die Gleichberechtigung sei erreicht. Die Mädchen vor allem müssen wachsam bleiben und den Fortbestand der häuslichen, ökonomischen und emotionalen Ausbeutung erkennen, von der sie die ganze Geschichte hindurch betroffen waren. Sie dürfen sich nicht von den Frauen lossagen, die in der Vergangenheit für Freiheiten gekämpft haben, die ihnen heute selbstverständlich vorkommen, die aber gefährdet sind – wie jede Freiheit; und besonders gefährdet sind die Freiheiten, die man den Frauen »gewährt« hat. Wir haben es in Algerien, im Iran, in Rumänien gesehen: Von einem Tag zum andern kann ein politisches System oder ein Regime die Frauen an den Herd zurückschicken, ihnen eine Ausbildung verweigern, ihnen den Schleier aufzwingen. Alles, was zu diesem Bewußtsein beiträgt, alles, was die unbekannte Geschichte der Frauen der Vergessenheit entreißt, alles, was zu ihrer so notwendigen Solidarität beiträgt, prägt die Zukunft aller und bereitet die Gesellschaft vor, in der die Menschenrechte auch Frauenrechte sein werden.
Kann es eine bessere Definition für Feminismus geben?

Oktober 1984 *Benoîte Groult*

Vorwort

Ich fahre nach Hause, um ein Buch zu schreiben, dessen Thema viele Leute schon im voraus langweilt ... von denen die meisten allerdings schon meine Romane nicht gelesen haben. Obwohl ich mehr als 40 Jahre in Paris gelebt habe und jetzt seit fünf Jahren im südfranzösischen Var wohne, denke ich an die Bretagne, wenn ich sage: zu Hause. Ihr bin ich für alles dankbar: für die Kindheit, die sie mir geschenkt hat, für ihre Düfte, an denen ich sie jederzeit mit geschlossenen Augen erkennen würde (wie Napoleon Korsika), für die köstliche Ungeduld, die ich immer wieder verspüre, wenn ich mich ihr nähere, für die Sehnsucht, die ich empfinde, wenn ich mich von ihr entferne, für ihre Fähigkeit, mich gesund zu machen, mich vergessen zu lassen. Ich kenne kein Unglück, das nicht gemildert werden könnte durch den Gedanken: »Gottlob habe ich ja noch die Bretagne.« Zu ihr bin ich sofort geflüchtet, als Pierre, der Ehemann meiner Jugend, mit 24 Jahren starb.
Jedesmal, wenn ich den bretonischen Akzent höre, lächle ich zärtlich und frage mich, warum er nie durch den Film oder die Literatur geehrt wurde wie der Akzent des Südens, obgleich der doch so durchdringend und aufdringlich ist wie Knoblauch. Meine Liebe zu diesem Land ist ungerecht und unbegründbar. Liebe eben.
Das ganze Jahr über höre ich mir den Seewetterbericht an. Ich will immer wissen, wie das Wetter an der Dogger Bank ist, an der Fisher Bank, am Fladden Ground in der irischen See oder im St.-George-Kanal, jenen alltäglichen Kulissen der bretonischen Seeleute.
»Hörst du das? Windstärke sieben bei uns, stell dir das vor!« sage ich zu Paul, während wir bei Windstärke zwei in unserem Garten in Hyères frühstücken.
Den Wind des Südens hasse ich ab Windstärke fünf. Wenn sich in der Bretagne der Wind ›niederläßt‹, dann weiß man im voraus, was passieren wird, man kann sich auf ihn ver-

lassen, im Guten wie im Schlechten. Am Mittelmeer dagegen benimmt er sich wie ein Verrückter, spielt Streiche, ist unentschlossen, unmäßig und aus schierem Vergnügen angriffslustig. Erst seit ich im Süden lebe, verstehe ich Montherlant:

> »Der Wind, blöde und dumm wie ein lebendes Wesen
> Und wir müssen sterben, ohne den Wind getötet zu haben...«

Er hat damit bestimmt den Mistral gemeint, der gewalttätig ist und stur, dessen sinnlose Böen aus dem Nichts hereinbrechen und ohne jeden Grund wieder verschwinden. Nicht den feuchten Südwestwind, der nach Tod duftet oder den Nordwind, der das Licht so glänzend macht, und auch den Nordwind der Bretagne nicht. Höchstens den Ostwind, der so wenig maritim ist. Der Atlantik hat keine solchen – fast hätte ich gesagt »weiblichen« – Launen. So verleitet uns die Sprache zu falschen Schlüssen: Ulmen sind hundertjährig, Launen weiblich.

In der Bretagne erfüllt die Erde ihre vielfältigen Aufgaben wie einen Beruf. Im Winter riecht sie nach Fäulnis und im Frühling nach Wachstum. Hier sterben die Blätter nicht vergeblich: Nur um diesen Preis werden sie wieder in die jungen Blätter eingehen. In meinem Garten im Var will sich dieser Kreis nicht schließen. Die Erde kränkelt und riecht nach Staub, und die Sträucher hüten eifersüchtig ihr karges Grün, wohl wissend, daß der Boden nichts damit anfangen kann. Alles, was herunterfällt, geht verloren, vertrocknet, wird vom sinnlosen Wind verweht.

Wenn meine Schwester und ich auf dem Weg zum wahren Leben in der Bretagne – in Rosporden – umstiegen, roch es, 15 km vom Meer entfernt, nach Tang. Großmutter holte uns am Bahnhof von Concarneau ab, und während wir uns auf die Klappsitze des Hotchkiss setzten, ermahnte sie uns jedesmal: »Ich hoffe, ihr seid vernünftiger als letztes Jahr, meine Damen, sonst schicke ich euch zu euren Eltern zurück.«

Ich konnte mir nichts Schlimmeres vorstellen, als im August in Paris zu sein – außer im Juli dort zu sein oder im September. Diesen Respekt vor den Sommermonaten habe ich nie verloren, seinetwegen bin ich Lehrerin geworden. Wir fuhren immer noch am Abend der Zeugnisverteilung ab, und meine Freundinnen, die von ihren Eltern vernachlässigt und manchmal noch bis zum 14. Juli in der Stadt zurückgehalten wurden, waren für mich Märtyrerinnen.
Während wir durch Concarneau fuhren, hielten wir wie sentimentale Verlobte nach jedem vertrauten Platz Ausschau: nach dem Lebensmittel- und Kurzwarengeschäft, in dem wir die Messer kauften, mit denen wir im Sand Messerstechen spielten, nach der Crêperie mit der chronisch hüftleidenden Frau, die die Haube ihrer bretonischen Tracht immer schräg trug, um nicht an den Kaminsims zu stoßen, nach der alten Fischhalle am Leuchtturm, die das Strandviertel ankündigte, und schließlich nach dem Hotel Seeblick, das, wie der Name schon sagt, in einer engen Gasse ohne irgendeinen Ausblick hinter unserem Haus lag. Was waren das für bedauernswerte Kinder, die ins Hotel gingen, in einem Jahr nach Beg Meil, im nächsten nach Bénodet, oder, noch schlimmer, nach Cannes oder nach Juan-les-Pins, und die sich jedes Jahr mit neuen Bäumen bekannt machen und sich an unbekannte Felsen gewöhnen mußten. Wir, wir kamen jedes Jahr *wieder,* wir fanden unsere Zimmer *wieder,* ihren Schimmel- und Blumentapetengeruch nach der langen Winterpause, in der großen Allee erkannten wir das Knirschen der Kieselsteine *wieder* und auf der Landstraße das Holzschuhgeklapper der Sardinenverkäuferinnen. Die schönsten Kindheiten entstehen aus dem *wieder.*
In »Ty Bugalé« kam man »hintenherum« an, an der weniger schönen Nordseite des Hauses, denn damals fühlte man sich noch nicht verpflichtet, den Autos einen Platz mit Meerblick vorzubehalten. Noch bevor wir unsere Vettern begrüßten, liefen wir zu der mit Flaschenscherben gespickten Mauer, auf die französische Hauseigentümer soviel Wert legen, um nachzusehen, ob die Klippen von Bass

Crenn und von Pen ar Vas Hir noch an Ort und Stelle waren. Sie machten uns immer wieder die Freude, noch genau da zu sein, wo unser liebendes Auge sie suchte. Auch in diesem Jahr würden wir bei Springflut wieder dorthin gehen, um »bichichis« zu fischen – bekanntlich handelt es sich dabei um den *Acanthocottus bubalis* – oder das schöne, rätselhafte Seepferdchen, das unbedingt in menschennahen Tümpeln leben will, was seine Art Jahrhunderte, vielleicht Jahrtausende an Lebensjahren gekostet hat und kosten wird.

Werden wir jemals von solchen Ferien geheilt?

Keinen einzigen Sommer meines Lebens habe ich ohne die Bretagne verbracht. Das ist wie mit einem Besuch bei der Mutter: Die Frage stellt sich nicht. Und die Straße nach Finistère ist meine Hauptschlagader: Sie führt direkt in mein Herz.

Von diesen glücklichen Fahrten habe ich eine kindliche Freude am Reisen übrigbehalten. Aber nicht bei doppelter Schallgeschwindigkeit oder in 10 000 Meter Höhe. An Kennenlernreisen, wie ich sie mit meinem Vater machte: Meine Mutter und meine Schwester setzten sich auf den Rücksitz und waren glücklich darüber, gemeinsam dem Kartenlesen und den väterlichen Kommentaren über Geologie, Botanik oder antike Geschichte entgehen zu können. »Campus Eneacus«, wiederholte Pater mit immer neuem Vergnügen beim Durchqueren von Campénéac. »Wir befinden uns auf einer alten Römerstraße. Du siehst, sie ist schnurgerade.«

»Es ist häßlich vom König, die Königin zu mißhandeln, Ille-et-Vilaine, Hauptstadt Rennes«,[1] sagte er jedesmal, wenn wir in das erste der fünf Departements der Bretagne

---

Die von der Autorin stammenden Fußnoten sind mit B.G. gekennzeichnet. Alle anderen Fußnoten stammen – ohne weitere Einzelkennzeichnung – von der Übersetzerin und beziehen sich z.T. auch auf Ereignisse nach dem Erscheinen des Buches in Frankreich im Jahre 1974.

[1] frz.: Il est vilain(e) au roi de maltraiter la reine – klingt wie das Departement Ille-et-Vilaine und seine Hauptstadt Rennes.

hineinfuhren. »Beende diese Weise, o Tenor, oder ich haue ab«,[1] fügte er etwas später hinzu. »Finistère, Hauptstadt Quimper!«
Das habe ich immer gehaßt. Von diesen Eselsbrücken für die Namen der Departements rührt wahrscheinlich meine Abneigung gegen Kalauer her.
In günstigen Fällen ging das bis zu den Kreisstädten. Yonne verhalf ihm zu seinem größten Triumph:
»Eines Tages hatte ich einen Löwendurst und erkannte, wozu das Wasser dient. Als Mann von Verstand fügte ich einen Schuß Rum hinzu und sagte mir: Donnerwetter, runter damit!«[2] Ich habe versucht, das bei meinen Töchtern anzuwenden, indem ich es aktualisierte: Departement 29, Hauptstadt 29 000, Kreisstädte 29 200, 29 210 und 29 220. Das ist der Fortschritt.
Inzwischen fahre ich oft allein, aber niemals durchquere ich Campénéac, ohne dem Schatten meines Vaters zu sagen: »Campus Eneacus, Papa. Du siehst, es ist eine alte Römerstraße.«
Ich habe mir allerdings abgewöhnt, es laut zu sagen. Meine Töchter haben genug davon und machen sich nichts aus Römerstraßen. Paul übt sich in nachsichtigem Schweigen. Ich werde auf das Sabbelalter warten müssen, um das alles herauslassen zu können. Oder auf die Einsamkeit, in der es ja auch erlaubt sein wird, in aller Ruhe zu sabbeln.

Heute bin ich allein unterwegs. Paul hat nicht in Begleitung des elektrischen Rasenmähers, der blauen Buddleia, der drei Kletterrosen und der Verbrennungsmaschine für Gartenabfälle fahren wollen. Dabei habe ich ihm noch nicht einmal etwas von den sechs Frühstückstassen gesagt,

---

[1] frz.: Finis c'tair, ô ténor, où je vais décamper(e) – klingt wie das Departement Finistère und seine Hauptstadt Quimper.
[2] frz.: Un jour que j'avais une soif de lionne (Löwendurst: klingt wie das Departement Yonne), je vis à quoi l'eau sert (klingt wie die Stadt Auxerre). J'y joignis (Stadt: Joigny) en homme de sens (Stadt: Sens) une goutte de rhum, et me dis: Tonnerre (Stadt: Tonnerre) avalons! (Stadt: Avallon).

von den zwei Kilo Schreibpapier in allen Farben, dem einfarbigen Wachstischtuch und den Pflanzenstützen aus Bambus, die ich im Supermarkt gekauft habe, um dem himmelschreienden Grün der Holzimitationen aus Plastik zu entgehen. Das alles habe ich in einem harmlosen Kleiderkoffer versteckt, aber Paul wittert solche Dinge...
»Gibt es in Concarneau wirklich keine Tassen?« fragt er, als er mir beim Beladen des Kofferraumes hilft, und der Vorwurf steht ihm im Gesicht geschrieben.
Darauf antworte ich nicht einmal. Wir wissen beide, daß das nun einmal so ist: Er mag Autos, die 14 Liter verbrauchen und nichts als Luft transportieren, und ich bin erst mit sechs Stühlen auf dem Dachträger zufrieden, die seiner Meinung nach der Karosserie Gewalt antun.
Es dauert immer noch acht Stunden von Paris bis zum Ende von Finistère (O Tenor...). Bisher geht die Autobahn nicht über die Vorortsiedlungen von Paris hinaus. Sie ist wie eine nur unwillig nach der Bretagne ausgestreckte Hand und spiegelt sehr genau das Interesse des französischen Staates an dieser vernachlässigten Provinz wider. Vernachlässigt und gleichzeitig enteignet. »Es ist verboten, auf den Boden zu spucken und bretonisch zu sprechen«, gebot feinfühlig der Erziehungsminister auf den Plakaten, die jeder Volksschullehrer in den Schulen aufhängen mußte, in diesem Lande, das stur weiter kauderwelschte.[1] Seit einem Jahr ist diese Hand gerade bis nach Chartres vorgedrungen. Aber in diesem Jahr 1974 machen die provisorischen Brücken, die behelfsmäßigen Überführungen, die Umgehungsstraßen und die großen, unfertigen Verteiler das Verlassen von Paris zu einer quälenden Prüfung, aus der der Technokrat als Sieger und der Benutzer geschunden hervorgeht. Seit 30 Jahren hatte ich mich mit eingeschaltetem Autopilot träumend auf den Weg in die Bretagne gemacht. Die Implosion dieses treuen Dieners hat mir sehr deutlich klargemacht, daß ich mir das Träumen am

---

[1] frz.: baragouiner = kauderwelschen. Es ist das einzige französische Wort bretonischer Herkunft: bara heißt Brot, gwin Wein. (B. G.)

Steuer nicht mehr leisten kann. Ab einem gewissen Alter ist es ja tatsächlich gefährlich, die Automatismen zu wechseln ... Ich fange an zu ahnen, wie man stirbt, genauer gesagt, wie man das Sterben hinnimmt: Man wird ganz einfach aus der Manege hinauskatapultiert und ist sogar noch froh darüber, weil man sich nicht mehr dazu imstande fühlt, weiter mit den andern im Kreis zu gehen. Ich ahne meine zukünftigen Unfähigkeiten schon, denn in unserer technischen Zivilisation gibt es tausendundeine Art, uns mit der Nase darauf zu stoßen ...

Die neuen Francs haben mich gerade noch erwischt, bevor ich die Mitte des Lebens erreicht hatte (ich habe nämlich vor, hundert Jahre alt zu werden). Selbstverständlich vermisse ich die alten Francs, die echten: Zehntausend Francs werden für mich nie soviel ausmachen wie eine Million. Wenn ich Paul den Preis eines neuen Strauches nenne, den ich gerade für meinen schon übervollen Garten gekauft habe – das war für mich noch nie ein Grund, einer Pflanze zu widerstehen –, sage ich mit sorgloser Miene: »Er hat nur 94,50 gekostet!« Aber wenn Paul sich eine neue Angelspule leistet, obwohl alle unsere Schubladen voll abgelegter Spulen sind – das war für ihn noch nie ein Grund, einem Angelgerät zu widerstehen –, sage ich: »Es kostet immerhin 9450 Francs, dein Ding da!«

Immerhin schaffe ich es dank intensiver geistiger Gymnastik, den Überblick zu behalten – vorausgesetzt, die Summen gehen nicht über sechs Stellen hinaus. Jenseits hört es bei mir auf. Ich zähle wie ein kleines Kind: eins, zwei, drei, viele.

Zweiter Schwerpunkt des modernen Lebens: die großen Verteiler. Ab fünf Verkehrsschildern, deren Angaben, Kürzel und Symbole bei Todesstrafe gleichzeitig entziffert werden müssen, ist bei mir der Sättigungsgrad erreicht. Mit einer Hand auf dem Schalthebel, einem Fuß unentschlossen über Gaspedal und Bremse, einem Auge im Rückspiegel, mit dem anderen, dem von Champollion[1],

---

[1] Champollion: französischer Forscher, der die Hieroglyphen entzifferte.

auf den Schildern, um die Hieroglyphen zu entziffern, und einem dritten auf den zahlreichen Fahrbahnen, die sich vor mir kreuzen, bin ich nur noch eine Laborratte, die durch einander widersprechende Signale gestreßt wird. Die Erfahrung zeigt, daß der Ratte zwei Möglichkeiten bleiben: verrückt zu werden und damit der Angst zu entfliehen oder aber durchzuhalten und einen gewaltigen Hautausschlag zu bekommen. Ich habe keinen Hautausschlag. Aber schon schimpfe ich am Steuer allein vor mich hin und verfluche das Universum.

A 13 . . . Führt die nach Chartres oder nach Rouen, die A 13? Diese Manie, Ziffern statt Wörter, was für eine Idiotie! Da: rechts einordnen. Na schön. Von wegen: Kriechspur! Vier Fünfzehntonner mit Anhänger, die angeblich für mich fahren,[1] blockieren mir die Durchfahrt! Was sind diese Macker bloß für sture Typen! Richtung Pont de Sèvres, das ist bestimmt richtig für mich . . . Runter in den dritten. Scheiße: Ich bin in Richtung Meudon-Stadtmitte gelandet. Wie habe ich das nur gemacht? Und meine schöne Autobahn entfernt sich links in einer zierlichen, ironischen Schleife und ist von meinem Ring schon durch einen unüberwindlichen Erdwall getrennt, den man ganz offensichtlich nur dort hingesetzt hat, um die Leute zu ärgern. Ich hätte mich rechtzeitig links einordnen müssen, um sie zu erreichen. Rechtzeitig, was heißt das, wo und wann? »Mit der Zeit geht alles vorbei . . .«[2] Stimmt genau, Léo. Auf meinem Beifahrersitz liegt eine Autobahnkarte; aber bis ich die Brille aufgesetzt habe – denn, wie schon gesagt, meine schlechtere Lebenshälfte ist angebrochen –, ist die verdammte Ampel auf Grün gesprungen. Ich lege die Karte schnell wieder hin und fahre in einer merkwürdig verschwommenen Welt weiter, in der ich den Gegner nicht einmal auf zehn Meter Entfernung erkenne. Nanu, Nebel?

---

[1] Auf französischen Lastwagen stand viele Jahre lang »Je roule pour vous« (Ich fahre für Sie).
[2] Anspielung auf das Chanson von Léo Ferré: »Avec le temps« (Mit der Zeit).

Blöde Kuh! Du hast vergessen, die Brille abzusetzen. Ich lege sie schnell auf die Knie und verpasse so die Zehntelsekunde, auf der ich zwischen zwei Riesenlastern das Schild hätte erkennen können, das endlich klar und deutlich ansagt: Autobahn nach Chartres; und ich werde unerbittlich nach Meudon-Zentrum zurückgeschickt! Natürlich ist Markttag, und erst nach einer Viertelstunde entgehe ich dem malerischen Flecken.

»Du fährst bis zum Pont de Sèvres, danach ist es ausgeschildert«, hatte dieser Grobian von Paul zu mir gesagt, für den die Probleme der andern immer leicht zu lösen sind.

Ja, aber *alles* ist ausgeschildert: die Brücken, die zulässige Höchstgeschwindigkeit, die falschen Spuren, die laufenden Bauarbeiten, die geplanten Bauarbeiten, die Geldgeber der Bauarbeiten (die Stadt oder die Straßenbaubehörden, wen interessiert das?), die empfohlenen Nebenstrecken (die man auf gar keinen Fall nehmen darf, hat Paul gesagt) . . . das alles zieht mit 60 Stundenkilometern unter dem Getöse der Lastwagen vorbei, Fruchtsaft mit Fruchtfleisch und der Supermarkt, der die Preise kaputtmacht, und alle die einzelnen Autos mit nur einem einzigen Insassen, eine Frechheit ist das, können diese Leute denn keine Fahrgemeinschaften bilden?! Kurz, ich bebe.

Es stimmt, ich habe ein Frauenhirn, das hätte ich Ihnen schon eher gestehen sollen. Und das ist schließlich ein ziemlich primitiver Computer! Er besitzt wenige Schaltkreise und verarbeitet nur wenige Informationen. Damit bin ich geboren, und wenn ich auch studiert habe, weil ich das Glück hatte, im 20. Jahrhundert geboren zu werden, wo uns infolge des Sittenverfalls schließlich die Türen der Gymnasien und Universitäten geöffnet wurden, wie man einem Kind, das einen den ganzen Tag genervt hat, um des lieben Friedens willen erlaubt, mit Papas Werkzeugkasten zu spielen, so gelingt es mir doch nicht, mich dem Manne gleichwertig zu fühlen. Der Mann fährt gut. Per definitionem. Schnell, aber gut. Nicht nach der Meinung der Versicherer, aber das ist nicht wichtig. Das ist genauso unwichtig wie die Tatsache, daß ich in 25 Jahren Fahrpraxis nicht

einmal einen Kotflügel eingebeult habe: Dabei kann es sich nur um einen glücklichen Zufall handeln. Wenn ich mich in eine enge Parklücke zwänge, mache ich das ganz offensichtlich weniger gut als ein Mann, denn die Fahrer hinter mir behandeln mich sofort wie eine Vollidiotin. Im normalen Leben würden sie mir galant den Vortritt lassen, aber sobald sie am Steuer sitzen, belastet sie die Höflichkeit nicht mehr, sie werden wieder sie selbst, und unter dem Vorwand, daß ich nicht das gleiche Ding zwischen den Beinen habe wie sie, bin ich nicht mehr als eine von Geburt an Schwachsinnige, der man verrückterweise ein Auto anvertraut hat, mit anderen Worten: eine Frau am Steuer!
Zum Beispiel würde man mir bei einem Essen oder in einem Zug nie zu sagen wagen, ich hätte meinen Pelzmantel mit dem Hintern verdient. Im Auto ist das anders. Ein Taxifahrer hat mich, eine weit verbreitete Meinung aussprechend, eines Tages ganz deutlich wissen lassen, daß ich »ohne meinen Arsch« nicht in der Lage wäre, die Straße zu versperren, eine Straße, die die Regierung lieber für die Arbeiter reservieren sollte.
Monatelang habe ich in meiner Lieblingswochenzeitung einen Verkäufer beobachten können, der Ehemännern – als Komplize sozusagen – ein verstärktes Autochen anbot, das besonders für Ehefrauen geeignet sei, weil es nicht allzu teuer käme, es jedesmal zu reparieren, wenn Madame versucht hätte, es in die Garage zu fahren.
Können Sie sich das Gegenteil vorstellen?
»Ihr Mann ist ein Verkehrsrowdy: Er fährt zu schnell. Empfehlen Sie ihm daher einen Volvo, der ist wesentlich widerstandsfähiger.«
Undenkbar! Wie lange noch?
Wenn man früher Paris durch den Bois verließ, verschwand die Stadt langsam, hier und da noch elegante, zugemauerte Tentakel ausbreitend. Auf dieser Seite wurden wenige Industrieansiedlungen gebaut. Man hat sie dem Norden und dem Osten vorbehalten, wo ohnehin nichts mehr zu verderben war und wo die Arbeiter wohnten. Im

Westen ist nun etwas Neues entstanden, noch namenlos, eine »Zone«, in der alles künstlich ist, neue Städte, unechte Dörfer, die manchmal sogar hübsch sind mit ihren Grünanlagen nach Maß. Kein Fleckchen »Land« mehr im einfachen, ursprünglichen Sinne des Wortes. Man ist überrascht, fast schockiert, wenn plötzlich der eine oder andere vergessene Hof auftaucht mit – vermutlich von indianischen Oglala angebauten – in Reih und Glied ausgerichteten Kohlköpfen. In der Nähe von Neubauten und auf den Böschungen von dem, was heute Durchgangsstraßen genannt wird, wurde die Natur auf die Alibis der Betonspezialisten reduziert: auf Stützpfähle mit einem spärlichen Federbusch, minimale Pflänzchen, die nur dann eines Tages wie Bäume aussehen werden, wenn die Baumkosmetiker sie vergessen.

Aber diese Hoffnung ist vergeblich. Sogar das Wort *Garten* hat man uns geraubt! Gehorsam wird eine *Grünanlage* zur Sozialwohnung gebaut und im *Garten-Center* möbliert, und so hat alles seine Ordnung. Das Garten-Center ist die Voraussetzung für eine Grünanlage, denn es verspricht *alles für die Pflanzen* und wurde als berauschende Abstraktion von Technokraten konzipiert, die nicht einmal eine Buche von einer Esche unterscheiden können und die nur auf einen unaufmerksamen Augenblick unsererseits warten, um diese lächerlich saison- und kohlendioxydempfindlichen Bäume durch das ewige Grün von Polyester zu ersetzen.

Um die verkrüppelten Zwerge zu rechtfertigen, die nicht einmal mehr Schatten auf unsere Straßen werfen, hört man häufig, ein strenger Schnitt tue Bäumen gut. Man sehe sie sich an, im Massif Central zum Beispiel, wo man sie hat leben lassen, ohne sich um ihr Wohl zu kümmern, und ist ergriffen vor Bewunderung beim Anblick dieser unversehrten Patriarchen. Wir hatten vergessen, was das ist, ein Baum! Und gewöhnen uns wieder an die Eigenheimhekken, die gestutzten Obstbäume, eben wegen der Zweckmäßigkeit, und an die Jammerweiden in den allzu geleckten Gärtchen.

Dafür gedeihen an den großen Verkehrsachsen die Rast-

stätten desto besser. Sie vermehren sich sogar von selbst, denn jede Raststätte bringt zwei völlig gleiche Exemplare hervor. Zwischen den Mahlzeiten wird kein Alkohol ausgeschenkt, so ist die Moral gerettet! Schönheit, Lebensqualität, Charme muß man anderswo suchen. Auf den kleinen Landstraßen zum Beispiel.
Erst ab den schönen Hügeln des Perche[1] gibt es wieder eine richtige Landschaft. Eine Strafe Gottes kommt allerdings noch: die eintönige Ebene von Beauce, die durch die Monokultur besonders schlimm geworden ist. Kann sich jemand, der diese übermäßig großen Felder durchpflügt, allen Ernstes zum Landwirt berufen fühlen? Zum Geschäftsmann ja, vielleicht auch zum Bewirtschafter. Aber ein Bauer, das ist etwas ganz anderes. Nur einen Monat lang wird diese Landschaft lieblich durch das grünliche Gold des Getreides. Falls auch das nicht stimmt, dann hat Péguys[2] Talent ihre Schönheit erfunden ...
Sobald die Doppelkirchtürme von Chartres in Sicht kamen, fingen wir an, Gedichte von Péguy aufzusagen; im alten Citroën meiner Eltern geschah das ganz automatisch. »Mein Zitrönchen«, nannte ihn mein Vater zärtlich; die Franzosen haben ihren Citroën angebetet ... Glücklicherweise sind Péguys Gedichte unheimlich lang, und so brachten sie uns bis Nogent-le-Rotrou. Das Schlimmste war überstanden, und ich begann, die Luft der Freiheit einzuatmen. Denn je mehr Jahre vergingen, desto eiliger hatte ich es, in die Bretagne zu kommen, weil die Ferien eine dreimonatige Pause bedeuteten auf jener anderen Reise, die ich gegen meinen Willen angetreten hatte und die mich von der gleichberechtigten Freiheit des Kindseins in die Abhängigkeit des Frauseins führen sollte.
»Es ist wunderbar, ein junges Mädchen zu sein und Erfolg zu haben«, sagte Mama. »Du wirst es erleben.«
Ich fand es entsetzlich, eben wegen des Erfolges. Deswe-

---

[1] Perche: Gegend westlich des Pariser Beckens, zwischen Normandie und Maine.
[2] Charles Péguy (1873–1914), frz. Schriftsteller.

gen war ich im Backfischalter so häßlich, arme Mama! Ich glaube, alle Mädchen, die vor ihrer Weiblichkeit Angst hatten, wurden sehr häßlich, als sie fühlten, daß man sie aus ihrer Kindheit verjagte, sie zwang, die Stigmata ihres neuen Zustandes zur Schau zu stellen. Den unglückseligen Begriff »Backfischalter« gibt es quasi nicht mehr, und das ist außerordentlich tröstlich. Meines war endlos. Der Gedanke allein, daß meine zukünftige Ehrbarkeit und mein Erfolg als Mensch von der zwingenden Voraussetzung abhing, mir einen Mann zu angeln, und zwar einen guten, hat ausgereicht, um aus dem hübschen kleinen Mädchen, das ich auf meinen Kinderfotos sehe, eine trotzige graue Maus zu machen, eine Heranwachsende mit Pubertätspikkeln, fettigen Haaren und O-Beinen, die den Rücken beugte und deren Blick fahrig wurde, sobald ein Vertreter des männlichen Geschlechts auftauchte.

Das Mitleid und die Grausamkeit, die man damals alten Jungfern entgegenbrachte, durch die man sie zur Nichtexistenz verdammte, terrorisierten meine Gedanken an die Zukunft, vor allem, da auch die potthäßlichste oder die allerdümmste Frau nicht ausgelacht wurde, wenn sie nur verheiratet war. Wer hat in unseren bürgerlichen Kreisen keine arme Klavierlehrerin gekannt, über die die Kinder sich fast lustig machen durften, keine anspruchslose Nachhilfelehrerin, die wie eine graue Maus angezogen war, keine alte Haushaltshilfe, von der die Dame des Hauses stolz sagte: »Sie hat nie geheiratet, weil sie bei uns bleiben wollte.«

Vielleicht aus Stolz, bestimmt aber aus Unfähigkeit, verweigerte ich mich dem unvermeidlichen Getue, bei dem sich meine jüngere Schwester und viele meiner Freundinnen sehr anmutig entfalteten. Ich verpfuschte regelmäßig das Waschen und Legen meiner Haare, obwohl man mir zum 16. Geburtstag eine Dauerwelle hatte machen lassen. »Nun sieh dich doch einmal an«, sagte meine gramgebeugte Mutter. »Du hast dir schon wieder Löckchen gemacht wie ein Fräulein von der Post!«

Ich beneidete die Fräuleins von der Post, die sich einfach

Löckchen machen konnten. Ich wollte mich nicht schminken, das Wort allein kam mir demütigend vor. Beim Rumba traute ich mich nicht, den Hintern zu bewegen, mit dem Erfolg, daß ich kein zweitesmal aufgefordert wurde. Ich hatte auch Rumbaunterricht gehabt, aber meine Unbeweglichkeit saß im Kopf. Ich bekam Spezialschuhe, damit ich aufrecht ging und einen medizinischen Stuhl mit Gurten, der meine Schultern nach hinten hielt, »damit du nicht die Haltung einer Besiegten hast.« Alles wurde für mich getan. Und als ich mit 18 immer noch keine spontane Begabung an den Tag legte, hat man mich an den Angelhaken gesteckt; dann warf man die Schnur in den angeblich günstigsten Gewässern aus.
Ich erinnere mich an einen Urlaub in St. Moritz. Tagsüber Ski mit meinem Vater, Sport, Freiheit, Kniestrümpfe, grobes Schuhwerk, das Glück. Abends Angeln im modischen Kostüm, mit dazu passenden Pumps, und Mama am Ufer, die den Schwimmer überwachte. Mir war ja zuzutrauen, daß ich nicht einmal bemerkte, wenn einer anbiß!
Erstens wurde ich nicht oft zum Tanzen aufgefordert, trotz des Kostüms aus schwarzem Samt, das sich bei meiner Schwester als so wirkungsvoll erwies. Zweitens verwandelte mich die Notwendigkeit, begehrenswert zu sein, in ein häßliches Gespenst, wenn ich, von einem gnädigen Tänzer auserwählt, endlich die Tanzfläche betreten durfte. Im allgemeinen kam der Tänzer beim nächsten Tanz nicht wieder, während man Flora den ganzen Abend nicht mehr am Familientisch zu Gesicht bekam, und Mama sagte entmutigt zu meinem Vater: »Es ist wirklich kein Wunder, André. Hast du gesehen, sie folgt ihrem Tänzer mit nach vorn gebeugtem Kopf, als würde sie zur Schlachtbank geführt.«
Mauerblümchen spielen ... Nur junge Mädchen, die das selbst erlebt haben, wissen, wie demütigend das ist und wie machtlos es sich dabei fühlt. Stundenlang tut es so, als ob es nicht warte, geht die Schallplatten durch, durchwühlt das Abendtäschchen auf der sorgfältigen Suche nach ... nichts; ohne daß man ihm etwas ansieht, lauert es dem

Jungen auf, der ihm gefällt, den es aber der guten Sitte wegen nicht ansprechen darf, um sich schließlich gegen Mitternacht nur noch zu wünschen, daß irgendeine Mißgeburt erscheint und ihm Anteil am Leben verschafft. Bälle und Abendgesellschaften waren die Feuerproben, die ich nie bestand, auf Schlachtfeldern, die ich mir nicht ausgesucht hatte und die ich immer geschlagener und immer wütender verließ.
André, meinem Pater, war das alles egal. Er liebte mich so. Die Erziehung aber überließ er vertrauensvoll meiner Mutter. In Sachen Verführung kannte sie sich aus. Und verführerisch mußte ich ja werden, nicht wahr? Ein Mädchen hat keine Wahl, und ein Staatsexamen wird das Verführen nie ersetzen können. Im Gegenteil.
Die Jahre vergingen, der Erfolg stellte sich nicht ein. Ich war so sicher, potthäßlich und ungeschickt zu sein, so sehr davon überzeugt, ein Mädchen in Unterwäsche sei unmoralisch, lächerlich und tadelnswert, daß ich vor meinem 24. Lebensjahr praktisch nicht den Mut aufbrachte, in Gegenwart eines jungen Mannes das Kleid auszuziehen, anläßlich einer so späten Eheschließung nämlich, daß meine Eltern schon geglaubt hatten, sie würden mich nie unter die Haube bringen und daß ich daher tatsächlich gut daran getan hätte, zu studieren.
Für die Mutter eines Sohnes ist eine Heirat kein Sieg und auch nicht das Ziel ihrer Erziehung. Bei einer Tochter dagegen können die Eltern ihre Erleichterung nur schwer verbergen. Gott sei Dank hat ihr ein Mann endlich den richtigen Platz im Leben verschafft! Alles andere wird sich finden, nun, da die Hauptsache geschafft ist. Ich resignierte vor dieser trostlosen Einstellung. Kurz vor dem zweiten Weltkrieg rebellierte kaum jemand gegen die Autorität der Familie, vor allem die Mädchen taten es nicht. Auch dann war ich noch so überzeugt von dem angeborenen Widerwillen des Mannes gegen den Körper einer Frau, wie er von Natur aus ist, daß ich während eines Probewochenendes mit meinem Verlobten – ich weiß noch, es war im Hotel »Die grüne Eiche« in Beaugency, und wir hatten im

Kaufhaus zwei Gardinenringe gekauft, um verheiratet auszusehen – jeden Tag im Morgengrauen aufstand, um mich zu kämmen und meine Perlenkette (allen Ernstes!) umzutun, damit Pierre nicht erschreckt vor mir zurückwich, wenn er neben mir aufwachte. Ich glaubte, eine Frau müsse ihre weibliche Natur verbergen, um zu gefallen. Ich war dreiundzwanzigeinhalb Jahre alt. Da gibt es nichts zu lachen. Pierre hat mich trotzdem geheiratet, und ich war sehr glücklich mit ihm bis zu seinem Tode, ein Jahr später.
Wann bin ich Feministin geworden? Ich habe es nicht einmal bemerkt. Das geschah viel später, und wahrscheinlich deshalb, weil es mich so viel Mühe gekostet hat, eine Frau zu werden. Als ich die Jugend meiner drei Töchter erlebte, ihre Freiheit, steckte mir die Erinnerung an meine eigene Jugend wie ein Kloß im Hals, eine Jugend, in der ich gelähmt war durch den Streß, den aufgezwungenen Regeln nicht zu entsprechen und daher keinen Abnehmer zu finden. Natürlich ist für meine Töchter das Leben auch nicht leicht geworden. Freiheit ist nicht leicht, für uns selbst nicht und noch weniger für die andern. Aber die Probleme, denen sie gegenüberstehen, hängen zumindest nicht mehr mit dem unerfüllbaren Begriff der »wahren Frau« zusammen, ohne den es früher keine Erlösung gab und der auch heute noch viel Unheil anrichtet.
Wie die Laborratten, von denen ich vorhin schon sprach, hatte ich bei diesen würgenden Erinnerungen nur die Wahl zwischen zwei Lösungen: ein feministisches Buch zu schreiben oder einen Hautausschlag zu bekommen. Ich habe mich gegen den Hautausschlag entschieden.
Morgen fange ich damit an; daran gedacht habe ich schon lange, wahrscheinlich schon immer. Wie kann man nur eine Frau sein? Das erinnert an: »Wie kann man nur Perser sein?«[1] oder »Wie kann man nur Bretone sein« von Morvan Lebesque. Denn Frau zu sein bedeutet auch, in einem anderen Land zu leben.
»Du hast doch alles, was du brauchst, Bretone: deinen Hut,

---

[1] Anspielung auf Montesquieus 1721 erschienene »Persische Briefe«.

deine Tracht und deinen Dudelsack . . . Nur tritt dein Glenmor nicht im Fernsehen auf.«[1]
Und du, Frau, du hast doch auch alles, was du brauchst: deinen Mann, deine Kleider, deinen Besen . . . Also laß die Finger von der Frauenbewegung, Frauchen.«
Ich bin kein eingeschriebenes Mitglied der M. L. F.[2] Vielleicht bin ich zu alt dazu oder zu glücklich, oder mein Leben ist zu privilegiert, als daß ich den Mut hätte, militant zu sein. Aber mein Herz ist bei diesen Frauen und Mädchen, ohne die sich nichts ändern würde. Um nur den letzten Kampf zu erwähnen: ohne Bobigny[3], ohne die Kampagne gegen das Verbot der Abtreibung, hätte sich die Regierung nie auf das heikle Abenteuer eingelassen, dessen Folge dann die Neufassung des Gesetzes von 1920 war. Ohne diese Kampagne hätte es die Regierung nie unternommen, eine Gesetzesvorlage einzubringen, die ihre sichere Mehrheit spaltete und nur der Opposition einen Gefallen tat. Die Millionen schweigend abtreibender Frauen hätten sie niemals dazu gezwungen.
Ich bin den amerikanischen Frauen dankbar, die als Symbol ihre Büstenhalter verbrannten; jeder Aufstand braucht Symbole. Und sogar Valérie Solanas bin ich dankbar, die auf Andy Warhol geschossen hat, weil sie sich von ihm zum Objekt gemacht fühlte. Es ist nicht zu vermeiden, daß auch Frauen bei solchen Gesten landen. »Wir sind alle deutsche Juden«, schrien die Studenten im Mai 1968. Wir Frauen sind in gewisser Hinsicht alle Prostituierte. Und auch die Frauen, die die Frauenbewegung hassen, haben von ihrem Mut profitiert. Ich wünsche mir, daß sie das

---

[1] Glenmor: Sänger, der nur in bretonischer Sprache singt.
[2] M. L. F., Abkürzung für Mouvement de Libération de la Femme.
[3] Bobigny: eine Stadt bei Paris, in der ein aufsehenerregender Prozeß stattfand, bei dem die feministische Anwältin Gisèle Halimi eine Frau verteidigte, die abgetrieben hatte. Für die Kampagne gegen das Abtreibungsverbot stehen bei B. G. zwei Organisationen! M. L. A. C. = »Mouvement pour la liberté de l'avortement et de la contraception« und »Choisir« (Wählen), deren Gründerin Gisèle Halimi ist.

wissen oder spüren, denn ich möchte ein Buch der Freundschaft schreiben, oder besser: ein Buch über etwas, was es noch nicht gibt: über ein Gefühl, ein Wort, das noch in keinem Wörterbuch steht und das wir, in Ermangelung eines besseren, »weibliche Brüderlichkeit« nennen müssen. Vielleicht habe ich dieses Buch deswegen hier in der Bretagne schreiben oder zumindest anfangen müssen, in dieser Landschaft, die mich warm hält.
Mein Weg in die Bretagne führt durch das Departement, in dem es »häßlich ist, daß der König die Königin mißhandelt« . . . das könnte das Motto meines Buches sein. Ein Zeichen. Ein Zeichen, wie der erste Ginsterbusch und wie die scheue, noch nicht sehr glückliche Kamelie, die ich unterwegs sehe, ehe die Landschaft bei Vitré plötzlich bretonisch wird – der Flurbereinigung zum Trotz, die sie systematisch zerstört, begradigt und in Reih und Glied gezwungen hat. Unzählige Kilometer kleiner Mauern aus aufgeschichteten Steinbrocken – von keltischen Ahnen gebaut, die ihr Klima und ihren Boden kannten – haben malerischen Stacheldrahtzäunen mit Zementpfosten weichen müssen: Der Staat hat sie kostenlos an jene Bauern verteilt, die die Einebnung ihres Geländes hinnahmen. Angespornt durch Prämien des Verkehrsministeriums für jeden niedergemachten Kilometer haben die Gemeindeverwaltungen die Hecken aus Stech- und Heideginster ausgerissen, die die Bretagne vergoldeten, sie haben die Eichen gefällt, die voller Vögel waren, sie haben den Weißdorn vernichtet, der zu nichts anderm nütze war als dazu, den Frühling anzukündigen und auch die Brombeersträucher, den natürlichen Stacheldraht und Spender kostenloser Marmeladen. Zwischen Redon und Rennes bietet sich der traurige Anblick eines Schlachtfeldes, auf dem die Bäume die Toten sind, hundertjährige Baumstümpfe, auf den Feldern zu riesigen Haufen gestapelt. Jetzt könnten diese Felder genausogut in der Normandie oder der Oise liegen. Auch die Umgebung von Poitiers oder von Rodez sieht ja inzwischen so aus wie die von Dijon oder die von Lorient.
Vereinzelt findet sich hier noch einer der Bauernhöfe, die

Mansholt[1] für überflüssig gehalten hat. Seit zehn Jahren sterben täglich hundert von ihnen. Seit zehn Jahren sind täglich hundert Familien zerbrochen, hundert Familienväter sind täglich vor den Toren der Vorstadtfabriken erschienen, mit der Schande im Herzen, ihren Boden aufgegeben zu haben und mit der jahrhundertealten Erfahrung, die niemanden mehr interessiert. Und all die Alten, die auf dem Hof noch hätten nützlich sein können – die Kühe hüten, den Frost vorhersagen –, sitzen heute auf den Bänken der Altersheime, ihre unnützen Hände liegen, halb geschlossen, auf ihren Knien, so als wollten sie die Form der Ackergeräte in ihnen bewahren, all die Alten, die längst gestorben sind, auch wenn es so aussieht, als lebten sie noch.
Noch gibt es hier glückliche Schweine, die sich im samtweichen Matsch der Pfuhle wälzen und Hühner, die nicht wissen, wieviel Glück sie haben, den modernen Züchtern entkommen zu sein. Die Zukunft macht uns solche Angst, daß uns sogar die schlimmste Vergangenheit anrührt. Nach Paris mit seinen schädlichen Abgasen, nach der Beauce mit dem Gestank chemischer Düngemittel, ertappe ich mich beim genüßlichen Einatmen eines vertrauten Geruches – um festzustellen, daß es der herbe Duft menschlichen Düngers ist, der in Ermanglung von Kunstdünger im Frühjahr auf den Feldern verteilt wird. Hmmm . . . Widerlich, aber so echt!
In einem dieser aufgegebenen Anwesen, einem schönen und traurigen Hof aus dem violetten Granit des Morbihan, mit zerzaustem Strohdach und brachliegenden Feldern, führte eine liebe, treue, alte Frau mit Haube zwei oder drei schwarzweiß gescheckte Kühe auf die Weide. Jenseits der Straße trocknete auf dem matschigen Hof an einer Leine zwischen zwei Apfelbäumen ganz erstaunliche Unterwäsche, die eindeutig nicht die ihre war: violette Slips, schwarze Spitzenstrümpfe, mit Straß bestickte Unterklei-

---

[1] Sicco L. Mansholt war bis Anfang 1973 Präsident der EG-Kommission und verantwortlich für die EG-Agrarreform.

der . . . Pigalle im Grünen, in Locminé! Und kündete so verkürzt vom Drama der Bretagne. »Heute sind 75% der minderjährigen Prostituierten Entwurzelte aus ländlichen Gegenden, vor allem aus der Bretagne und aus der Normandie.«[1] Die große Stadt hat also auf dich gewartet, Maryvonne. Du hast deine Lektion gut gelernt: »Es ist verboten, auf den Boden zu spucken und bretonisch zu sprechen.«

Ich dagegen bin in Paris geboren und habe vor 20 Jahren eine dieser Granitkaten gekauft, in der deine Vorfahren nicht mehr leben wollten. Für uns symbolisieren sie das Glück, und ich bin stolz darauf, »Kenavo«[2] zu sagen.

Wenn ich heute abend zu Hause ankomme, wird Ebbe sein. So habe ich das Meer am liebsten: Es gibt vor, besiegt zu sein, sich zurückgezogen zu haben, es läßt einige wenige seiner Schätze offen zurück und täuscht Unterwerfung vor. Ich liebe diese Komödie, die das Aas deshalb unaufhörlich spielt, weil es jeden Augenblick nach einer Gelegenheit sucht, um sich für die Niederlage zu rächen, die es zwar zweimal täglich hinnehmen muß, die es aber nicht einfach einstecken will. Die es nie einstecken wird. Es sei denn, dem Ungeheuer Mensch gelänge es eines Tages, die Gezeiten zu beherrschen. Dem Himmel sei Dank – in diesem Fall sage ich das wirklich gern –, hat es bisher noch nichts davon begriffen. Es gibt zwar das Schimpfwort *dummes Mondgesicht*, aber trotzdem . . .

---

[1] »Histoire de la prostitution« (Geschichte der Prostitution) von Dominique Dallayrac, Verlag Laffont. (B. G.)
[2] Kenavo: ›Glück‹ auf bretonisch.

ERSTES KAPITEL

Die endlose Dienstbarkeit

»Wenn die endlose Dienstbarkeit
der Frau ein Ende findet, wenn
der bisher noch furchtbare Mann
sie aus ihr entläßt, dann wird
auch die Frau zur Dichterin werden . . .«
Arthur Rimbaud[1]

Ich hatte keine Lust, einen Roman zu schreiben. Lieber etwas Undefinierbares. Eine Art Grabbelkiste. Ein Buch über die Frauen, die heute als Frauenrechtlerinnen bezeichnet werden, sobald sie sich auch nur zu rühren wagen; und über die Natur, die heute Umwelt genannt wird, als sei sie nur dazu da, uns als Umgebung zu dienen; über die Bretagne, die in »westliche Region« umgetauft wurde, um ihr die Identität zu nehmen; über Gärten, die trösten; über das Meer, das sich hoheitsvoll über die Menschen lustig macht – wie lange noch?; über Bücher, die Frauen jetzt zu schreiben beginnen und die endlich Dinge sagen, die wir nie gesagt haben, weil Männer uns davon überzeugt hatten, sie seien belanglos, da sie, eben weil sie Männer waren, nichts von ihnen wissen konnten.

Aber schließlich hat das Thema Frauen alles andere überschattet, vermutlich, weil sie heutzutage das große, zentrale Anliegen, das Fragezeichen, das Problem und die Hoffnung geworden sind.

Jahrhundertelang taumelten wir in einem scheinbar wohlgeordneten Spiel dahin, wir lebten so, wie man es uns vorschrieb, wir dachten, wie wir denken sollten und empfanden die Lust, die zu empfinden man uns gestattete. Das

---

[1] Arthur Rimbaud (1854–1891), frz. Dichter.

dürft ihr... das ist häßlich. Und unsere Gefügigkeit in die Gesetze der Gesellschaft, die als Gebote der Vorsehung getarnt waren, wirkte so sehr angeboren, man hatte sich höheren Orts so sehr daran gewöhnt, daß wir an unserem Platz blieben, daß man heute verblüfft, ja sogar empört ist über die plötzliche Unruhe, die über so viele Frauen gekommen ist. Hausdrachen oder Maîtressen, Heilige oder Huren, sich aufopfernde oder auch unfähige Mütter – alles das war möglich. Denn das sind bekannte und kalkulierbare Klischees, und mit ihnen bleiben wir in unserer Rolle. Aber daß wir uns herausnehmen, uns jedes Ereignis des Lebens aus unserem individuellen Blickwinkel anzusehen, daß wir alles in Frage stellen wollen – angefangen bei »Du sollst mit Schmerzen gebären«, was so lange als göttlicher Wille hingenommen wurde, bis zum Klischee des bescheidenen und passiven Glücks, das Freud, unser kleiner lieber Gott, sich für uns ausgedacht hat –, das ist unanständig und unzumutbar. Die Männer waren immer hingerissen, wenn wir launisch, kokett, eifersüchtig, besitzergreifend, bestechlich oder frivol waren... das sind ausgezeichnete Fehler, die haben sie gehegt, weil sie so beruhigend für sie waren. Aber daß diese Geschöpfe zu denken anfangen, daß sie außerhalb der zulässigen Bahnen leben wollen, das ist das Ende des Gleichgewichts, die Sünde, für die es kein Verzeihen gibt.
Ich weiß das alles. Welche Frau weiß es nicht? Ich bin mir also meiner Schuld durchaus bewußt und weiß, daß mir das väterliche Lächeln, das für die Werke von Damen gedacht ist, nicht mehr zuteil werden wird, wenn ich es mir herausnehme, ein feministisches Buch zu schreiben. Ich weiß, ich täte besser daran, einen Frauenroman zu schreiben. Dann würde ich in den Salons weiter höfliche Bemerkungen hören.
»Ich bin entzückt, Sie kennenzulernen. Meine Frau liebt Ihre Bücher, vor allem ›Das Klavier für vier Hände‹...«
Und ich hätte ein bescheidenes Dankbarkeitslächeln angedeutet und mich mit der Tatsache abgefunden, daß Schriftsteller mit Busen nur gelesen werden von Lesern mit Bu-

sen; und wenn ich in einem plötzlichen Anfall von Selbstbewußtsein, freundlich lächelnd, denn eine Frau muß ja schließlich immer charmant sein, hinzugefügt hätte: »Sie selbst interessieren von Frauen geschriebene Bücher natürlich nicht?«, hätten besagte Ehemänner höflich gelächelt und sich damit entschuldigt, sie hätten nur Zeit für ernsthafte Dinge. Natürlich lesen diese Männer, aber eben nur von Männern geschriebene Bücher, also normale Bücher. Natürlich beschäftigen sich die von mir verfaßten Bücher mit der Liebe. Das ist ein so weibliches Thema... wenn es von einer Frau behandelt wird. Aber wenn Flaubert die Liebe beschreibt, dann wird ein allgemein-menschliches Thema daraus. Es gibt keine männlichen Themen – einfach weil die männliche Literatur *die* Literatur ist. Die weibliche Literatur aber ist für *die* Literatur, was die Marschmusik für *die* Musik ist.
Mit diesem undefinierbaren Produkt hier werde ich endgültig zur Kategorie der Nervensägen gehören, zu denen man nicht einmal mehr höflich sein muß.
»Sagen Sie bloß nicht, Sie wollen ein feministisches Buch schreiben? Dann können Sie sicher sein, daß kein Mann Sie mehr lesen wird. Und auch die meisten Frauen werden Sie damit langweilen, weil das Gott sei Dank noch richtige Frauen sind.«
Wir werden ja sehen. Ich habe jedenfalls Lust dazu. »Wenn du das machst, dann sprich bitte wenigstens nicht von Uterus oder Clitoris«, sagt mir ein Freund, den ich sehr mag und der sich einbildet, die Frauen sehr zu mögen. »Männer verabscheuen so etwas, weißt du.«
Danke, das haben wir bereits bemerkt.
Das heißt, wir sollen Geschichten von Damen erzählen, die keine aufmüpfigen Gedanken haben und die keine spezifischen Organe besitzen. Bücher, die dieser Definition entsprechen, sind übrigens schon immer geschrieben worden. Zur allgemeinen Zufriedenheit.
»Deine Romane habe ich gemocht. Du fängst doch jetzt nicht etwa an, langweiliges Zeug zu verfassen?« hat mich eine Freundin gefragt, die nur mein Bestes will.

»Was, noch ein Buch über Frauen? Man spricht ja über nichts anderes mehr. Hast du keine Angst, daß die Leute genug davon haben?«
Zum erstenmal in der Geschichte ergreifen die Frauen wirklich das Wort, nach über zwanzig Jahrhunderten männlicher Literatur, und schon will man ihnen einreden, daß sie langweilen? Bitte, meine Damen, die Erholungspause ist vorbei, würden Sie wieder Ihre Plätze einnehmen! Hat man sich je die Ungerechtigkeit, das himmelschreiende Ungleichgewicht vorgestellt, das zehn Jahrhunderte ausschließlich weiblicher Literatur bedeutet hätten, in denen ab und zu ein Louis Labé aufgetaucht wäre, ein Monsieur de Staël, bei dem man die Tatsache, daß er schreibt, damit erklärt hätte, daß er »die leuchtende Trauer um das Glück« trägt, oder ein George Sand, der, um ernst genommen zu werden, sich in Georgette hätte umtaufen lassen müssen?[1] Erst wenn man die Rollen vertauscht, wird die weibliche Wirklichkeit deutlich.
Was den Mann angeht, der seit 25 Jahren bei mir die heikle Stellung des feministischen Ehemanns einnimmt, eine kaum verbreitete Spezies übrigens, die allerdings in zahllosen Verfälschungen vorkommt, so möchte er nicht, daß ich mich zu extremen Stellungnahmen hinreißen lasse, die seiner Art und der Art der Dinge zuwiderlaufen . . . der Dinge, die unser Leben ausmachen. Er gehört nicht zu denen, die verkünden: »Ich verehre die Frauen, aber . . .« und die davon überzeugt sind, dadurch ein Recht auf unsere Dankbarkeit zu haben. Alle, die die Frauen verehren, aber . . . sind dieselben, die keine Rassisten sind, aber . . . Er verehrt die Frauen nicht, denn er liebt sie. Jede Verehrung ist verdächtig. Verfälschungen kann man nie genug mißtrauen.

---

[1] Louise Labé (1526–1565), frz. Dichterin; Madame de Staël (1766–1817) schreibt in »De l'Allemagne«: »Für eine Frau kann Ruhm nur die leuchtende Trauer um das Glück sein.« George Sand (1804–1876) hieß eigentlich Aurore Dupin, Baronin Dudevant, und veröffentlichte ihre Bücher unter dem männlichen Pseudonym, um ernst genommen zu werden.

Trotz alledem muß man es aussprechen, dieses »Wort einer Frau«[1], das zu viele Schönredner seit zu vielen Jahrhunderten zur Nichtexistenz verurteilt oder auf ein Flüstern reduziert haben. Das ist eine Frage der Gerechtigkeit, der Freiheit, aber vielleicht auch des Überlebens. Zu lange hat man unser Streben nach Glück für ein Zeichen von Mittelmäßigkeit gehalten und unsere Abneigung gegen Krieg und Gewalt für ein Zeichen von Schwäche. Zu lange hat man das Wort des Mannes für die allumfassende Wahrheit und für den höchsten Ausdruck der Intelligenz gehalten, genau wie das männliche Glied als edelster Ausdruck der Sexualität galt. Die Natur kümmert sich nicht um solche Wertskalen. Für sie gibt es weder gute noch schlechte Körperteile. »Das Unbewußte kennt keinen Unterschied der Geschlechter«,[2] und »das ES, dieses Ding, durch das wir gelebt werden, macht nicht mehr Unterschied zwischen den Geschlechtern als zwischen den Generationen.[3]

Die ganze Tragikomödie von der Überlegenheit des Männchens in der menschlichen Gattung, wie sie in extremster Form in der mohammedanischen Gesellschaftsordnung verwirklicht wird, hat – abgesehen von kleineren Vorteilen, die die Männer daraus ziehen konnten – am Ende nur zu einem Ergebnis geführt: Sie hat das menschliche Potential auf die Hälfte der Bevölkerung reduziert und jedes Land um fünfzig Prozent seiner schöpferischen Kraft gebracht.

Es werden heute neue Energiequellen gesucht, vielleicht sollte man dabei auch an die Frauen denken. Auch die »mulier« ist »sapiens«[4]. Sie muß es endlich sagen, und sie

---

[1] Wort einer Frau – für das Annie Leclerc eine völlig neue Ausdrucksweise findet in ihrem Buch, das eben diesen Titel trägt (»Parole de femme«) und das 1974 bei Grasset erschienen ist. (B.G.)

[2] Lacan (1901–1981), frz. Psychoanalytiker. (B.G.)

[3] Groddeck (1866–1934), österreichischer Arzt, Begründer der psychosomatischen Medizin. (B.G.)

[4] Mulier sapiens: B.G. bildet hier die weibliche Form des Homo sapiens, des denkenden Mannes. Diese Bezeichnung ist zur Definition des Menschen schlechthin geworden.

muß über die Wahrheit ihres Körpers sprechen, die mindestens genauso allumfassend, reich und schön ist wie die des Männerkörpers. Sie muß ohne Scham und ohne Angst darüber sprechen, selbst wenn sie dazu zum Vokabular von Ronsard[1] greifen muß:

> »Sobald Aurora die Bleibe
> des greisen Tithonos verlassen hatte
> um den Tag zu erhellen
> erwachte Clitoris und bat ihren Freund
> die Glut ihres schlafenden Körpers zu entfachen . . .«

Ich hoffe, Ronsard verzeiht mir die Unterstellung. Wir müssen davon genesen, Frauen zu sein. Nicht davon, als Frau geboren zu sein, sondern davon, als Frau in einer Männerwelt groß geworden zu sein und davon, jede Phase und jede Handlung unseres Lebens mit den Augen von Männern und nach männlichen Kriterien gesehen zu haben. Indem wir weiter Männerbücher lesen, indem wir uns weiter anhören, was sie in unserem Namen oder zu unserem Besten seit so vielen Jahrhunderten sagen, werden wir nicht genesen können.
»Was ist denn plötzlich in die Frauen gefahren? Auf einmal fangen sie alle an, Bücher zu schreiben. Was haben sie denn so Wichtiges zu sagen?« fragte kürzlich eine Wochenzeitschrift, die sich nie die Frage gestellt hatte, warum Männer seit zweitausend Jahren schreiben und was sie noch immer zu sagen haben!
Es ist der Überdruß darüber in uns gefahren, Underdogs[2] zu sein, unsere Wahrheit und unsere Interessen zu vergessen, um der Wahrheit und den Interessen der andern zu dienen. Wir haben einen riesigen Nachholbedarf, ein ganzer »schwarzer Kontinent« ist zu entdecken. Und wir haben

---

[1] Ronsard (1524–1585), frz. Dichter.
[2] frz.: harkis = diejenigen Algerier und ihre Familien, die während des Algerienkrieges auf französischer Seite standen und dafür mit Undankbarkeit belohnt wurden.

unendlich viel Liebe zu vergeben, nicht mehr nur an die Männer, denen wir uns so lange ausschließlich gewidmet haben, sondern auch an all die Frauen, die sich mit ihrem Geheimnis zurückgezogen haben, das nie jemanden interessiert hat und das sie der Welt gerade zu offenbaren beginnen, sehr langsam, mit Schmerzen, Verwunderung und Freundschaft.

ZWEITES KAPITEL
Ein Unterstaatssekretariat fürs Stricken

> »Der Mann erhält seine Würde und
> seine Sicherheit durch den Beruf.
> Die Frau verdankt beides der Ehe.«
> *Jean Foyer,*
> *Justizminister, im Febr. 1973*

Alles klar, Kleines? Ob du als erste aufs Polytechnikum gegangen bist, Anne-Marie Chopinet, ob du als Beste die Verwaltungsschule absolviert hast, Françoise Chandernagor, ob du das Eiserne Kreuz verliehen bekommen hast, Jeanne Mathez, ob ihr Frauen allein einen Achttausender bezwungen habt, ihr japanischen Siegerinnen über den Manaslu, ob ihr eure Kinder unter großen materiellen Schwierigkeiten und mit moralischer Mißbilligung allein aufgezogen habt, ihr im Stich gelassenen Frauen oder ihr freiwillig ledigen Mütter, ob ihr für eure Ideale gestorben seid, Flora Tristan, Olympe de Gouges oder Rosa Luxemburg, ob du eine perfekte Physikerin warst, Marie Curie, während du kein Wahlrecht hattest – all dies und viele andere heldenhafte oder im verborgenen vollbrachte Taten sind weder Würde noch Sicherheit wert. Ein Minister hat das gesagt. Nein, nicht im Mittelalter. Auch nicht im 19. Jahrhundert, weit gefehlt! Im Jahre 1973. Er hat euch und mir gesagt, was uns schon viele andere gesagt haben, daß nämlich alle Werte für uns Frauen nur von den Männern kommen können. Auch die Mutterschaft, die uns doch angeblich heiligt, denn trotz einiger berühmter Beispiele sieht man in der ledigen Mutter noch heute nicht die Mutter, die ihre Pflicht tut, sondern das Mädchen, das die seine nicht getan hat.[1]

---

[1] Es waren unerbittliche Gesetze, denen ledige Mütter unterlagen, und sie stammten aus der Zeit Heinrichs II.: Bis zum Ende des

Um als ehrbar zu gelten, müssen Frauen folglich nicht Mütter, sie müssen verheiratet sein.

Eine Reihe von Emanzen, unterstützt von einigen männlichen Utopisten, hat seit zwei Jahrhunderten versucht, dieses Joch abzuschütteln, also zu denken und zu handeln, ohne das andere Geschlecht dafür um Erlaubnis zu bitten. Sie sind zugrunde gegangen; am Spott und an den Beschimpfungen von Männern, aber auch – was viel schlimmer ist – an der bösartigen Verachtung der Frauen, die Françoise Parturier[1] »Hilfe leistende Frauenfeindinnen« nennt. Wie alle Menschen, die die Sklaverei erniedrigte, glaubten ja auch die Frauen schließlich, sie seien für ihre Ketten geschaffen und wurden selbst frauenfeindlich, so, wie viele Sklaven der Südstaaten zu Befürwortern der Sklaverei wurden und während des Sezessionskrieges an der Seite ihrer Herren gegen die eigene Befreiung kämpften. Viele Gründe bewogen sie dazu, sich von der eigenen Sache loszusagen: Eigennutz, Angst, Demut (an der sie klug festhielten), aber auch Liebe, obwohl es selbstzerstörerisch ist, den zu lieben, der uns unterdrückt.

Es gehört zum guten Ton, die Feministinnen zu ignorieren oder sie herunterzumachen. Wer kennt schon ihre Geschichte? Oder ihre Gesichter? Man stellt sie sich am liebsten häßlich, männlich, hysterisch und in der Liebe zu kurz gekommen vor, was völlig falsch ist. Die Frauenbewegung, zu der so viele eindrucksvolle Persönlichkeiten gehören, wird immer noch als der Kampf weniger zu kurz gekommener alter Jungfern dargestellt, die besessen sind vom

18. Jahrhunderts waren »verführte Mädchen oder schwangere Witwen« gezwungen, den Behörden ihre Schwangerschaft anzuzeigen. Einer ledigen Mutter, deren Kind vor der Taufe starb, drohte der *Strang*. (B. G.) Ledige Mutter = frz.: fille-mère (Mädchen-Mutter).

[1] Françoise Parturier: feministische Schriftstellerin, Kolumnistin des »Figaro«, kandidierte 1970 für die Académie Française und bekam *eine* Stimme. Auf diesen Vorfall wird später in diesem Kapitel angespielt. (1980 wurde dann Marguérite Yourcenar als erste Frau in die – seit 1635 bestehende – Académie gewählt, mit immerhin 20 von 36 Stimmen.)

Verlangen nach einem Penis. Eine Zwangsvorstellung aller freudianischen Psychoanalytiker! Das verhinderte allerdings nicht, daß man sie gleichzeitig wie Huren behandelte! Diese Beschimpfung scheint unausweichlich. Noch heute ist »Hure« das Lieblingsschimpfwort aller Frauenfeinde – die Leserpost von Zeitschriften (die zum großen Teil nicht zu veröffentlichen ist) überzeugt jeden davon. Ihr Haß drückt sich immer wieder in denselben Worten aus: Simone de Beauvoir, unverheiratet, kinderlos, kann nur eine Hure sein. Françoise Giroud, verheiratet, mit Kindern, desgleichen. Und auch Delphine Seyrig ist eine und Bernadette Laffont, und auch alle die anderen Schauspielerinnen sind Huren, die sich nicht darauf beschränken, Theater zu spielen, und alle Schriftstellerinnen, die sich nicht darauf beschränken, Liebesgeschichten zu erzählen, und natürlich sind auch die 343 Frauen Huren, die sich in dem berühmten Manifest dazu bekannten, abgetrieben zu haben. Sie waren nicht etwa Kämpferinnen für die Rechte anderer Frauen, sondern »343 linke Ärsche«. Diese Verachtungsmethode ist genauso alt wie der Kampf der Frauen: Die beiden ersten Frauen, die öffentlich für die Rechte der Frauen in den USA kämpften, Fanny Wright, die Tochter eines adligen Schotten, und Ernestine Rose, die Tochter eines Rabbiners, wurden beide, je nach Bedarf, »untreue rote Hure« oder »ein verachtenswerteres Geschöpf als jedes Freudenmädchen« genannt. Die Reaktion der Gesellschaft auf Frauen, die um ihre Rechte kämpften, blieb durch die Jahrhunderte bewundernswert beständig: kein Verständnis, keine Achtung, kein Erbarmen, vielmehr Unterdrückung mit allen Mitteln, verbrämt durch willkürliches, angeblich logisches Denken, bei dem man sich fragen muß, wie es so lange dazu dienen konnte, die Privilegien des einen und den Gehorsam des andern Geschlechts zu rechtfertigen. Logik als Kerker.
Sexualität? Das war der Phallus, und an seiner Stelle hatten wir nur ein Loch, also weniger als nichts. Wie schrecklich! Uns blieb nichts anderes übrig, als ihn in Demut zu ertragen. Und genau das haben wir getan.

Mutterschaft? Auch sie mußten wir nach männlichen Vorstellungen erleben, nicht als wundervolles Privileg, sondern als unser »biologisches Schicksal« oder als »den simplen Wunsch, unser körperliches Handicap zu kompensieren«.[1] Was für eine atemberaubende Behauptung! Dort der Phallus, hier die Macht, Leben zu schenken – und der Phallus soll wichtiger sein! Wir sind es, die nichts zu bieten haben!

Man gestand uns zu, es sei ein bewundernswertes Schicksal, ein anrührendes Naturphänomen, doch, doch. Und auch die großen Schmerzen seien von der Natur gegeben, aber durch sie könnten wir ja gleichzeitig für unsere Sünden büßen, doch, bestimmt! Und, bitte, keine Details über dieses Naturphänomen, denn die sind für einen Mann nicht gerade appetitlich, das müßt ihr doch zugeben. Ihr werdet also ganz artig in einer Ecke entbinden, hinter einem Paravent und unter euresgleichen, und erst wieder herauskommen, wenn ihr fertig seid, nicht vorher, das heißt, erst dann, wenn ihr wieder liebenswerte Frauchen geworden seid, damit wir euch unsere Huldigung zu Füßen legen können. Was euer Los als Menschen betrifft, so seid ihr dazu geschaffen, eure volle Entfaltung in der ehelichen Liebe zu finden. Ein Heim zu schaffen und es zu hegen, das ist euere wahre Berufung.

»Kommt es euch nicht merkwürdig vor«, fragt die Frau leise, »daß unser Los entweder ein biologisches Schicksal ist oder eine Berufung, also in jedem Fall etwas, was wir unmöglich ablehnen können?«

»Aber der Schöpfer hat es doch so gewollt und euch daher sanft und passiv geschaffen. Und wenn ihr schon nicht an Gott glaubt, dann werdet ihr euch sicher nicht gegen Freud stellen, der genau dasselbe gesagt hat. Also, junge Damen, kämpft nicht gegen eure Natur, und findet euch mit den drei herrlichen Rollen ab, die wir euch vorbehalten haben. Doch, doch, herrlich, ihr werdet es erleben. (Und wenn ihr

---

[1] »Psychologie der Frau« von Helene Deutsch, der Lieblingsschülerin Freuds. (B.G.)

es nicht erlebt, dann seid ihr keine richtigen Frauen, das kommt vor, aber es ist eine Krankheit, und wir wissen, wie man sie behandelt.)
1. Ihr müßt uns gefallen durch eure Schönheit, die ihr sorgfältig zu erhalten habt.
2. Ihr müßt uns lieben mit der euch eigenen, unendlichen Hingabe, die ihr zu kultivieren habt.
3. Und schließlich müßt ihr uns dienen, erst uns und dann unseren Nachkommen.

Mit dem ersten Punkt fangt ihr an; das ist die Zeit, in der ihr die Illusion habt, Königinnen zu sein. Mit ein bißchen Glück geht ihr zum zweiten Punkt über, und Punkt drei kommt dann ganz unmerklich von allein, ihr werdet es nicht glauben. Und obendrein erhaltet ihr noch unser Werbegeschenk, die Ehe, maßgeschneidert für alle, deren angepaßte Weiblichkeit – erworben durch eine wachsame Erziehung – nur dienend lieben und nur liebend dienen kann.

In einer Hinsicht habt ihr es sogar besser, denn auf diese Weise erspart ihr euch das schwere Los der Männer: Angst und Verantwortung. Aber vergeßt eure Pflichten, eure heiligen Aufgaben nie, denn ohne sie landet ihr in der Gosse. Für eine Frau gibt es nämlich keinen Mittelweg. Auch dann könnt ihr übrigens noch mit unserer Nachsicht rechnen: Wir haben selbst dann noch Verwendung für euch, eine hübsche, weibliche Aufgabe, die unsere größten Schriftsteller zu sehr anmutigen Seiten angeregt hat. Der Weg ist übrigens nicht weit: Die Gosse liegt direkt neben dem Bürgersteig. Wir werden also immer da sein, um euch zu beschützen, auch im Fallen noch, denn wir wissen, daß ihr schwach und kindlich seid, und wir vergeben euch das im voraus. Ich behaupte sogar, daß wir euch gerade deshalb lieben. Das Kapitalverbrechen, das rechtfertigen würde, daß wir uns von euch abwenden, wäre, daß ihr uns unter Nichtbeachtung unserer Ermahnungen nachäffen und so tun würdet, als wäret auch ihr frei. Dazu seid ihr nicht fähig, darauf müssen wir euch immer wieder hinweisen. Wie Gott Adam und Eva gewarnt hat, so haben auch wir euch

gewarnt: Eßt nicht von diesem Apfelbaum, geliebte Geschöpfe, sonst können wir euch nicht mehr lieben, und dann werdet ihr notgedrungen sehr unglücklich sein.«
Und wir haben diesen schönen Reden geglaubt, wir haben daran geglaubt, daß man uns nicht mehr liebt, wenn wir aufmucken, obgleich das eine kindische Drohung ist, die täglich durch Tatsachen Lügen gestraft wird. Es dauerte nicht lange: Adam und Eva schlugen den göttlichen Rat in den Wind und bissen in die Frucht der Erkenntnis. Warum haben die Frauen so lange gehorcht? Weil ihre Partner nicht gezögert haben, zu Mitteln zu greifen, derer sich Gott selbst nur sehr zögernd bedient hätte. Als die Treibhausaufzucht, das Verweigern von Bildung, von juristischen und allen anderen Bürgerrechten, nicht mehr ausreichte, um die Frauen dort zu halten, wo man sie haben wollte, schloß man sie ohne zu zögern aus der Gesellschaft aus und bestrafte sie sogar mit dem Tode. Man bestrafte damit Ehrgeiz, Mut und Willen zur Auflehnung, lauter Dinge, die bei einem Mann als Qualität gelten, bei einer Frau dagegen als Verbrechen.
Im Mittelalter wurden Hunderttausende von Hexen auf westeuropäischen Scheiterhaufen verbrannt. Hexerei war für Frauen damals eines der wenigen Mittel, durch die sie eine gewisse Macht ausüben konnten.
Später eroberten die Frauen bei jeder Revolution, die stattfand – sei es im jungen Amerika, in der Dritten Welt oder in Europa –, zunächst das Recht, am Kampf gegen die Unterdrückung oder den Imperialismus der Mächtigen teilzunehmen; in der neuen Gesellschaft wurden sie dann aber jedesmal brutal auf ihren angestammten Platz zurückverwiesen. Nie schienen der Freiheits- und der Gleichheitsbegriff sich auch auf diese Hälfte der Menschheit zu beziehen. Sie wurde im Gegenteil dafür bestraft, daran auch nur gedacht zu haben. Mit Hilfe einer unglaublichen Gesetzesverdrehung verurteilte man während der Französischen Revolution Frauen wegen »politischer Verbrechen«, denen man gleichzeitig jedes politische Recht verweigerte. In Wirklichkeit ging es dabei nicht um Politik ... Sie wurden

aus dem einen, immer gleichen Grunde verurteilt: Sie weigerten sich, sich mit der Rolle der Ehefrau und Mutter zufriedenzugeben. Das wird in aller Unschuld zugegeben, sogar gedruckt, von Männern, die sich Verteidiger der Freiheit nennen und die sich nicht klarmachen, welche moralinsauren Ungeheuerlichkeiten sie im gepflegten Stil des 18. Jahrhunderts von sich geben.

Aus dem »Moniteur universel« vom 29. Brumaire des Jahres II der Revolution: »Binnen kurzer Zeit hat das Revolutionsgericht den Frauen drei warnende Beispiele gegeben, aus denen sie Gewinn ziehen werden: Marie Antoinette opferte ihren Gatten, ihre Kinder und das Land, das sie aufgenommen hatte, den ehrgeizigen Plänen des Hauses Habsburg ... Sie war *eine schlechte Mutter und eine liederliche Gattin*, und sie starb verwünscht von denen, die sie hatte zugrunde richten wollen. Die Nachwelt wird sich an ihren Namen auf ewig nur mit Abscheu erinnern.

Frau Roland[1], mit ihren großen, schöngeistigen Plänen, mit ihren kleinen, philosophischen Zetteln ... war in jeder Beziehung ein Ungeheuer. Ihre arrogante Haltung ..., die hochmütige Halsstarrigkeit ihrer Antworten, ihre ironische Fröhlichkeit und die Unanfechtbarkeit, die sie auf dem Transport vom Justizpalast zum Platz der Revolution zur Schau trug, beweisen, daß kein schmerzlicher Gedanke sie belastete. Dabei war sie *Mutter*, aber sie verleugnete die Natur ... Ihr Drang nach Gelehrtheit ließ sie *die Tugenden ihres Geschlechts vergessen*, aber sie zu vergessen, ist immer gefährlich, und das hat sie schließlich auf dem Schafott enden lassen.« (Was wäre für den Verfasser dieses Artikels selbstverständlicher? Bemerkenswert ist, daß Würde, ironische Fröhlichkeit und Mut angesichts des Schafotts für eine Frau zu belastenden Umständen werden.)

Schließlich das dritte »große Beispiel«, Olympe de Gouges[2]. Auch sie hatte zu viele Ideen und zuviel Mut für eine Frau, was sie jedoch nicht daran hinderte, schön und be-

---

[1] Madame Roland (1754–1793) war mit dem Politiker Jean Marie Roland de la Platière verheiratet, der zeitweise Innenminister war.

[2] Marie Olympe de Gouges (1748–1793).

gehrenswert zu sein. Welcher Skandal! 1791 hatte sie eine Erklärung über Frauen- und Bürgerinnenrechte veröffentlicht, die wir noch heute unterschreiben könnten. Sie schrieb: »Da die Frauen das Recht aufs Schafott haben, müssen sie auch das Recht auf die Tribüne haben.«
Diese Logik sollte sie teuer zu stehen kommen.
»Der schamlosen Olympe de Gouges, die *ihre hausfraulichen Pflichten vernachlässigt* und sich statt dessen in die Staatsgeschäfte eingemischt hat«, wie Chaumette schrieb, wurde am 13. Brumaire der Kopf abgeschlagen, aus einem für die öffentliche Meinung völlig hinreichenden Grund: »Sie wollte ein Staatsmann sein, und offenkundig hat das Gesetz diese Verschwörerin dafür bestraft, daß sie *die Tugenden vernachlässigt hat, die ihrem Geschlecht zukommen.*«
Die Motive sind klar, nicht wahr? Frau bleiben, oder es droht die Todesstrafe!
Um die Frauen dazu anzuregen, die Tugenden zu pflegen, die ihrem Geschlecht zukommen (und deren Verzeichnis das andere Geschlecht freundlicherweise gratis liefert), um es ihnen zu ersparen, Ambitionen zu nähren, die sich gegen die Natur richten (eine Natur, die ebenfalls vom andern Geschlecht definiert wird), war es sinnvoll, nicht bis 1789 zu warten, um ihnen den Kopf abzuschlagen. Seit zwanzig Jahrhunderten – um nur von unserer jüdisch-christlichen Kultur zu reden und von den Hunderttausenden auf den Scheiterhaufen geschickten Hexen zu schweigen – haben die Kirche, die Wissenschaft und die Moral unter einer Decke gesteckt, um uns schon bei der Geburt sanft zu enthaupten. Denn da richtet es am wenigsten Schaden an, und der Eingriff hat keine Folgen, da die Betroffene dabei buchstäblich um die Möglichkeit gebracht wird, sich zu wehren.
Beim Konzil von Nizäa hatte man uns zwar eine Seele zugestehen müssen, aber Vorsicht: Auch die Seele hatte ein Geschlecht. Die unsere war nicht von genauso göttlicher Art wie die des Mannes. Besagtes Konzil erbrachte auf der Stelle den Beweis dafür, indem es für den Zeitpunkt des Einzugs der männlichen Seele in den Fötus den 40. Tag der

Schwangerschaft festlegte, für den weiblichen dagegen den 80. Tag: Bei einer »Kloake«[1] hat es die Seele schwerer, einzudringen. Außerdem wurde die weibliche Seele jeden Monat neuerlich durch die Regel verunreinigt, weshalb sich das Konzil, um die Reinheit der heiligen Stätten zu gewährleisten, gezwungen sah, den Frauen während der Menstruation den Zugang zu den Kirchen zu verbieten. Waren all diese Tatsachen nicht ein eindeutiger Beweis für die weibliche Minderwertigkeit?

Was das Gehirn anging, da hatte man leider zugeben müssen, daß ein solches in unserem Schädel vorhanden war, obgleich es sich auch da um ein Organ zweiter Wahl handelte. Lange Zeit berief man sich auf sein Gewicht, da das geringer ist als das des männlichen Gehirns, um daraus eine geringere Intelligenz abzuleiten. Als aber festgestellt wurde, daß das weibliche Gehirn im Verhältnis zum Körpergewicht schwerer ist, erklärte man eilig, das Gewicht sei kein maßgebender Faktor; es kam ja nur darauf an, uns trotz der Unzuverlässigkeit der Wissenschaft eine feste Haltung entgegenzusetzen.

Zu diesem Zweck haben sich die höchsten Autoritäten – die lieben Kirchenväter (allen voran der heilige Paulus) will ich hier nicht einmal erwähnen – stets rührend darum bemüht, uns vor jedem persönlichen Ehrgeiz zu bewahren, und sie haben sich dabei auf die gleiche uns angeborene Minderwertigkeit berufen wie bei den armen Schwarzen, die ja auch höchstens zum Sklavendasein taugten, wie, ganz allgemein, alle Armen dieser Welt, die von Geburt an dazu bestimmt sind, ihnen zu dienen – als Dienstboten, als Leibeigene oder als Proletarier. Vergießen wir nebenbei eine Träne über das menschliche Wesen, das zugleich Frau, arm und schwarz ist...

Die Schwarzen sind unabhängig geworden. Die Proletarier haben sich zusammengeschlossen. Nur die Frauen bleiben abhängig und uneinig, da sie eine sehr spezielle und oft auch angenehme Beziehung an ihre »Unterdrücker« fes-

---

[1] Definition der Frau durch den heiligen Augustinus. (B. G.)

selt. Für die Frauen allein ist daher der »Rassismus« noch ein anerkanntes und in den meisten Ländern der Erde verbreitetes System. »In den vielfältigen Formen der Entfremdung, deren Opfer Frauen sind, lebt heute die Unterdrückung von Menschen am schlimmsten fort.«[1] Nur von ihnen können die Philosophen weiter behaupten, sie seien »ein Eigentum, ein Gut, das man hinter Schloß und Riegel bringen muß, Wesen, die zum Dienen geschaffen sind und die nur durch Untergebenheit zur Vollendung gelangen können« (Nietzsche).

Geeint durch ihren Klassen- und ihren Eigentümerinstinkt bestätigen fast alle Denker Folgendes: »Eine Frau, die ihre Intelligenz ausbildet, wird häßlich, verrückt und äffisch.« (Proudhon)[2], »Die Frau ist die lebendige Verkörperung der Dummheit; als der Schöpfer sie aus einem Klumpen Lehm schuf, hat er die Intelligenz vergessen.« (Lamennais)[3], »Die Wissenschaft ist für Frauen sehr gefährlich. Es ist keine Frau bekannt, die durch sie nicht unglücklich geworden wäre oder sich lächerlich gemacht hätte.« (Joseph de Maistre)[4]. Es war in der Tat wichtig, den Frauen zu verbieten, sich zu informieren, um so zu vermeiden, daß ihnen – ähnlich wie den Schwarzen oder den Arbeitern – klar wurde, daß ihre Minderwertigkeit nicht angeboren ist. Deshalb schlug man ihnen alle Türen zum Leben zu, außer vieren: denen des Schlafzimmers, der Küche, der Waschküche und des Kinderzimmers. Der Vorteil bei den Frauen war, daß jeder Vater und dann jeder Ehemann den Menschen in Einzelhaft halten konnte, den es zu enthirnen galt, was den psychologischen Hergang erleichterte und jede organisierte Revolte unwahrscheinlich machte.

Während der Aufklärung bestätigte Rousseau die Erzieher auf seine Weise: »Die Frau ist dafür geschaffen, sich dem Manne zu beugen und seine Ungerechtigkeiten zu ertra-

---

[1] Germaine Tillion: »Le Harem et les Cousins« (Der Harem und die Vettern), Verlag du Seuil. (B. G.)
[2] Pierre Joseph Proudhon (1809–1865).
[3] H. F. R. Lamennais (1782–1854).
[4] Joseph de Maistre (1753–1821).

gen. Ihre gesamte Erziehung muß sich auf den Mann beziehen: Ihm soll sie gefallen, ihm dienen; sie soll ihn aufziehen und versorgen, wenn er ein Kind ist, als Erwachsenen soll sie ihn beraten, ihn trösten und ihm ein angenehmes, friedliches Leben bereiten.« Und Napoleon krönte das Ganze, indem er die Stellung der Bürgerin in der Gesellschaft in Artikel 1124 des Code Civil – diesem Monument der Frauenfeindlichkeit – eindeutig festlegte: »Personen ohne Rechtsfähigkeit sind: Minderjährige, verheiratete Frauen, Verbrecher und Schwachsinnige.«

Der Mechanismus funktionierte so reibungslos, daß es schien, als habe man die Formel für das perfekte Perpetuum mobile gefunden:

a) Einige große Männer legten fest, daß Frauen geistig minderbemittelt sind,
b) folglich erübrigte es sich, Frauen auszubilden,
c) die folgende Generation von Denkern konnte also konstatieren, Frauen seien unwissend und dumm,
d) daraus konnte man dann problemlos schließen, daß Frauen geistig minderbemittelt sind ... und landete wieder bei a.

Man landet immer wieder bei Punkt a: Der Philosoph Alain[1] sagte eines Tages zu Professor Mondor: »Manchmal habe ich Lust, die Frauen zu fragen, wodurch sie eigentlich die Intelligenz ersetzen!« In der Mitte des 20. Jahrhunderts geht man noch keineswegs definitiv davon aus, daß wir wirklich ein Gehirn haben.

Ich möchte darauf hinweisen, daß dieser Trick so ziemlich überall in der Welt mit Erfolg angewandt wurde, auch in China, wo Konfuzius, von dem der »Kleine Larousse« sagt, er sei »der Begründer einer hohen Morallehre, für die die Tradition der Familie vorrangig ist«, behauptete: »Der Pöbel und die Frauen sind unwissend, sie werden von schlechten Instinkten geleitet und sind schwer erziehbar.« Es ist offensichtlich, wie sich die Privilegierten diese »hohe Moral« nutzbar machen konnten. Da das Volk und die

[1] Alain (1868–1951).

Frauen (die übrigens oft in einem Atemzug genannt werden) schwer erziehbar sind, sollten wir sie nicht erziehen; dann können wir beweisen, daß sie unwissend sind ...
Wir sehen hier auch, warum Mao – zu Recht – gegen den Konfuzianismus zu Felde gezogen ist. Wie ähnlich sind sich doch die Männer auf der ganzen Erde! Oder vielmehr, wie ähnlich sind sich alle Mächtigen, alle Mandarine!
Die Fortsetzung der Geschichte ist einleuchtend. Sagen Sie bitte nicht, daß sie langweilig ist und daß wir das alles schon kennen. Erstens kennen wir es kaum. Zweitens ist es faszinierend, die unerbittliche Logik und die hinterlistige Energie zu erforschen, mit denen alle Gesetze, alle moralischen Regeln und alle Gedankengebäude geschaffen werden, und wie sehr sie die tiefinnerliche Ablehnung der Männer bezeugen, auch nur die geringste Einschränkung ihrer Privilegien zuzulassen. Sie haben jeden einzelnen Schritt, jedes einzelne Gesetz bekämpft, sich an jeden Strohhalm geklammert, um uns jene Rechte zu verweigern, die uns heute selbstverständlich und problemlos erscheinen und die die schwarzen Sklaven oft vor uns errungen hatten. Denn der Sexismus sitzt noch tiefer und ist noch schwerer auszurotten als der Rassismus. Heute finden wir die Vorwände lachhaft oder widerlich, die gestern dazu dienten, uns unsere Freiheit vorzuenthalten; dabei übersehen wir leicht, daß die heute angewandten Methoden genauso abscheulich sind.
Selbstverständlich handelt es sich nicht um ein organisiertes Komplott. Verschwörer können entlarvt werden. Es handelt sich um eine instinktive, unbewußte Reaktion, um das verzweifelte Bedürfnis, eine Überlegenheit zu behalten, die zu unser aller Unglück als das Wesen der Männlichkeit gilt. Diese schwachsinnige Eitelkeit hat die Geschichte und die Liebe von Männern und Frauen zugrunde gerichtet. Sie war die Ursache für groteske, schreckliche oder für neurotische Verhaltensweisen in fast jeder geschichtlichen Epoche und in fast allen Ländern.
Lassen wir das fürchterliche Mittelalter beiseite; sprechen wir auch nicht von der Renaissance, die wahrlich eine Wie-

dergeburt war, da der Begriff »Virago«[1] – eine Frau, die sich wie ein Mann verhält – in Italien als Kompliment benutzt wurde; gehen wir auch über die Monarchie hinweg, in der Favoritinnen, Affektierte und Giftmischerinnen die einzigen Frauen waren, denen es gelang, von sich reden zu machen. Man sonnt sich in dem Glauben, zumindest die Französische Revolution habe die Lage der Frau verbessert: weit gefehlt. Eine Zeitlang konnten die Frauen darauf hoffen. Seit 1789 waren viele Blätter im Umlauf, die für sie die gleiche Gerechtigkeit forderten wie für andere Unterdrückte. Théroigne de Méricourt sammelte eine Amazonenlegion um sich und nahm an Straßenschlachten teil; Rose Lacombe gründete den Verein der revolutionären Bürgerinnen. Madame Moitte, die Sprecherin der Künstlerinnen, brachte wie viele andere ihren Schmuck zur konstituierenden Versammlung. Denen, die den Frauen jeden Fortschritt verweigerten, indem sie sie auf ihre physiologischen Gegebenheiten verwiesen, erwiderte Condorcet[2], jene anrührende Persönlichkeit, der wir Einzug in unser weibliches Pantheon gewähren sollten: »Warum sollten Wesen, die Schwangerschaften und vorübergehenden Unpäßlichkeiten ausgesetzt sind, nicht die Rechte ausüben können, die niemand Leuten vorenthalten würde, die die Gicht haben oder die sich leicht erkälten?«

1792 brachte das Ende dieser Illusionen. Die Männer, die dann die Macht übernahmen, waren entweder Anhänger Rousseaus, und daher davon überzeugt, daß Frauen aufgrund ihrer natürlichen Unterlegenheit auf häusliche Pflichten beschränkt werden sollten, oder sie waren neurotische Frauenfeinde, wie Marat, Babeuf, Chaumette oder Hébert, und hielten daher von nun an Frauen von jeder politischen Tätigkeit fern. Die Verfassung des Jahres II hatte ihnen die Bürgerrechte versagt.

---

[1] Virago: das Wort wird heute im Frz. für »Mannweib« verwendet.
[2] Marquis de Condorcet (1743–1794), frz. Mathematiker, Politiker und philos. Schriftsteller, der sich besonders auch für die Rechte der Frauen einsetzte.

Ein Erlaß aus dem Prairial (September) des Jahres III verbot ihnen sogar, als Zuschauerinnen an den Volksversammlungen teilzunehmen.

Es schien kaum möglich, noch weiter zu gehen. Das Abkommen von Thermidor aber ging noch weiter, und zwar durch den unglaublichen Erlaß vom 24. Mai 1795. »Alle Frauen sind gehalten, sich bis auf weiteres in ihre Wohnungen zurückzuziehen. Alle, die in Gruppen von mehr als fünf Frauen auf der Straße angetroffen werden, wird das Militär trennen und in Haft nehmen.«

Handelte es sich um »besessene und unverbesserliche« Feministinnen, so wurden sie ins Gefängnis gesteckt oder auf Befehl Robespierres enthauptet.

Beim Privatrecht hatten die Frauen sich einige Fortschritte erkämpft: die Gleichberechtigung im Erbfolgerecht, das Recht auf Scheidung und das Recht zur Zeugenaussage. Aber sonst brachte ihnen ihre Aufopferung für die Sache der Republik nichts, und sie blieben noch mittelloser zurück als unter der Monarchie. Die Frauenpresse wurde für lange Zeit zum Schweigen gebracht zugunsten von Damenjournalen, die der Mode und der Belanglosigkeit gewidmet waren und die intensiv gefördert wurden – zunächst vom Direktorium und dann vom Kaiserreich.[1]

Als im 19. Jahrhundert einige Gegenströmungen die Oberfläche der trauten Heime in Bewegung zu bringen begannen, in denen die Gattinnen, ignorant und aufopferungsvoll, friedlich dahinvegetierten (was nicht bedeutet, daß alle unglücklich waren: eine Kartoffel oder eine Heilige müssen ja nicht unbedingt unglücklich sein), gab es abermals eine unglaubliche Mobilmachung. Es erhoben sich romantische Dichter, positivistische Philosophen, Historiker und eine Königin zur Verteidigung der heiligen Sache – der der »wahren Frau« –, fanatisch angefeuert von der allmächtigen Bourgeoisie, deren Wohlstand zum Teil

---

[1] Siehe: »Histoire de la presse féminine des origines à 1848« (Geschichte der weiblichen Presse von den Anfängen bis 1848) von Evelyne Sullerot, Verlag Armand Colin. (B. G.)

vom Gehorsam der Ehefrauen und von ihrer Rechtsunfähigkeit abhing. Wer wäre ein besserer Helfer des Mannes als eben jene wahre Frau? (Und – welch glücklicher Zufall! – es gab damals viele davon.)
Der pathetische Aufruf, den die berühmteste von ihnen, Königin Victoria, den ersten Suffragetten entgegenhielt, die aus den Frauengemächern auftauchten, bezeugt das sehr deutlich:
»Die Königin appelliert an alle, die das Wort ergreifen oder schreiben können und beschwört sie, sich zusammenzutun und der perversen und verrückten Bewegung für die Rechte der Frauen und allen Schrecken, die sie verursacht, Einhalt zu gebieten, da diese Bewegung die armen Geschöpfe ihres eigenen Geschlechts verblendet, so daß sie darüber den Sinn des Weiblichen und allen Anstand vergessen. Dieses Thema verärgert die Königin so sehr, daß sie ihren Zorn kaum zurückhalten kann.«
Als Victoria diese Zeilen veröffentlicht, sind die Menschenrechte hundert Jahre alt. Die Französische Revolution hat die alten Machtstrukturen verändert und ganz Europa beeinflußt ... Aber die simple Forderung der Frauen nach dem Wahlrecht und dem Recht auf Bildung hat entgeisterte Empörung zur Folge. Zum Glück war die Guillotine nicht mehr so in Mode wie zu der Zeit, als den unzulässigen Hoffnungen der Olympe de Gouges durch das radikalste aller Mittel ein Ende gesetzt wurde. Aber auch im Land der Victoria war die Repression unerbittlich. Viele Frauen kamen ins Gefängnis, wurden nach den geltenden Gesetzen verurteilt, und als sie 1906 in den Hungerstreik traten, ließ die britische Regierung sie wie Gänse nudeln. Es gab nichts Schöneres als das Zeitungsfoto einiger Suffragetten mit einem Schlauch im Schnabel, um ihre Sache lächerlich zu machen, zumindest in den Augen von Dummköpfen. Aber die sind ja immer in der Mehrheit. In Frankreich bediente man sich, gleichermaßen wirkungsvoll, des moralischen Zwangs und der intellektuellen Aushungerung:
»Bildung bei Mädchen sollten Sie verabscheuen«, schrieb

Balzac[1]. »Eine Frau Bücher lesen zu lassen, die sie sich selbst aussucht, das heißt, ihr beizubringen, ohne Sie zurechtzukommen.«

»Man sollte sie gut ernähren und schön kleiden«, echote der zartfühlende Poet Byron[2], »aber sie keinesfalls unter die Leute bringen. Sie sollten nur Gebetbücher und Kochbücher lesen.«

Das empfahl übrigens auch Baudelaire[3], ein großer Frauenverehrer, wie übrigens die meisten Frauenverächter. Er wunderte sich sogar darüber, daß man ihnen den Zutritt zu den Kirchen erlaubte. Alles mußte schließlich seine Ordnung haben: Die Frauen gehörten entweder in die Küche oder ins Bordell.

Da das Weibervolk (wie die armen Volksschichten auch) systematisch von jeder Informations- und Bildungsmöglichkeit ferngehalten wurde, konnte Auguste Comte[4] als selbstverständliche Wahrheit verkünden: »Frauen und Proletarier können und dürfen nicht Schriftsteller werden, was sie übrigens ohnehin nicht anstreben.« Und ein anderer unserer großen Freunde, Barbey d'Aurevilly, träumte von einer Tracht Prügel, um die Ehrgeizlerinnen abzuschrecken:

»Der Hochmut, dieses Männerlaster, ist zu den Frauen hinabgestiegen. Da wir sie nicht auf ihre Plätze verwiesen haben, wie aufsässige Kinder, die die Peitsche verdienen, da sie also unbestraft geblieben sind, haben sie überhand genommen: eine Invasion von Besserwisserinnen.« (Denn eine Frau ist nicht gebildet, sie ist allenfalls besserwisserisch.)

Es gab einige Notausgänge wie Kunst, Sport oder Kultur. Alle wurden nachdrücklich versperrt. Den Kopf hatte man den Frauen schon abgeschnitten, jetzt galt es, ihnen die Flügel zu stutzen.

---

[1] Honoré de Balzac (1799–1850), frz. Schriftsteller.
[2] Lord Byron (1788–1824), englischer Schriftsteller.
[3] Charles Baudelaire (1821–1867), frz. Schriftsteller.
[4] Auguste Comte (1798–1857), frz. Philosoph.

Pierre de Coubertin persönlich nahm es auf sich, uns den Zugang zu den Stadien zu verwehren, und zwar im Namen unseres Schamgefühls, das er am besten beurteilen zu können glaubte: »Eine Frauenolympiade ist undenkbar. Sie wäre undurchführbar, unästhetisch und unanständig.« Ende des Zitats!
Das Verbot sollte in der Leichtathletik bis 1924 gelten, aber es bedurfte weiterer acht Jahre, bis man zugab, ein junges Mädchen könne »mehr als 200 m laufen, ohne am Ziel tot umzufallen«. Die Beweise des Gegenteils, die in den Stadien der ganzen Welt von Athletinnen erbracht wurden, erschütterten die Überzeugung der Spielausrichter nicht, da sie in Wirklichkeit nicht um die Gesundheit der Frauen besorgt waren, sondern nur darum, sie aus der Welt des Sports auszuschließen.
Es scheint, als hätte schon das Wort »Gleichberechtigung« – auf welchem Gebiet auch immer – die Wirkung gehabt, Männer, die in anderer Hinsicht als äußerst intelligent galten, völlig aus der Fassung zu bringen und ihre Urteilsfähigkeit nachhaltig zu beeinträchtigen. Wie sollen wir uns sonst das bedauerliche Pamphlet erklären, das Stephen Hecquet 1955 verfaßte und das seinen Autor in Verruf gebracht hätte, wenn nicht mit nachsichtiger Amüsiertheit übergangen würde, wenn jemand Frauen beschimpft.
»Das Zurschaustellen von Sportlerinnen ist selten erträglich«, schrieb er, 50 Jahre nach Coubertin dessen lächerliche Argumente wieder aufgreifend. »Wollt ihr Muskeln bekommen? Ihr bekommt nur Sehnen. Wollt ihr hundert Meter laufen? Ihr werdet zu Stuten werden ... Der Mann ist eine Statue, ihr dagegen werdet nie mehr sein als ein Nutzgebäude ... Das Interesse an euch und eurem Erfolg verhält sich zu dem an Männern wie der Winterschlußverkauf zu einer Ausstellung flämischer Kunst.«[1]
Die Frauen waren, dank der vorgeschriebenen, kostenlosen Schulbildung für alle, gerade dabei, wenigstens die

---

[1] »Faut-il réduire les femmes en esclavage?« (Muß man die Frauen in die Sklaverei zurückführen?). (B.G.)

Startrampe zu erreichen, als ihnen ein großes Unglück widerfuhr: Freud. Jeder kennt seine Theorie von der passiven Rolle der Frau, aufgrund des unergründlichen göttlichen Willens hält er sie für minderwertig.
»Es ist ein im voraus zum Scheitern verurteilter Gedanke, die Frauen in den Lebenskampf schicken zu wollen, genau wie die Männer«, schrieb er an seine Verlobte Martha. »Ich glaube, daß alle gesetzgeberischen und erzieherischen Reformen daran scheitern würden, daß, lange bevor sich ein Mann eine soziale Stellung sichern kann, die Natur das Schicksal der Frau durch Schönheit, Charme und Sanftheit festgelegt hat ... Das Schicksal der Frau muß bleiben, was es ist: in der Jugend das eines entzückenden und verehrungswürdigen Dings, im reifen Alter das einer geliebten Gattin.«
Das ist in galanten Worten – Freud war damals verlobt und hatte es übrigens nicht eilig damit, zu heiraten – das gleiche, was schon Rousseau und Napoleon gesagt hatten. Und es war nicht leicht für eine Frau, aus diesem goldenen Käfig auszubrechen, ohne für verrückt gehalten zu werden: »Das Streben nach Erfolg ist bei einer Frau eine Neurose, das Ergebnis ihres Kastrationskomplexes, von dem sie nur durch völlige Hinnahme ihres passiven Schicksals geheilt werden kann.«
Am Ende seines Lebens stellte Freud die große Frage, auf die er in dreißig Forscherjahren keine Antwort gefunden hatte: »Was wollen sie bloß?« Ein sympathisches, wenn auch spätes Eingeständnis, das seine gläubigen Schülerinnen leider nicht beachteten, die in masochistischer Selbstverleugnung miteinander wetteiferten und die Frauen anflehten, nur ja schön, sanft und dumm zu bleiben, weil sie sonst ihre Weiblichkeit verlieren würden, diese geheimnisvolle Weiblichkeit, der Freud nicht hatte auf die Schliche kommen können, die wir aber auf dem Gymnasium, im Büro oder auf dem Sportplatz verlieren können wie eine Handtasche.
»Intelligente Frauen sind oft unfruchtbar«, versicherte Gina Lombroso, um intellektuelle Frauen zu entmutigen.

»Die Frau bezahlt ihre intellektuellen Kenntnisse mit dem Verlust wertvoller weiblicher Vorzüge«, wagte uns noch *1944*(!) die deprimierende Helene Deutsch zu sagen, und sie fuhr fort, als habe sie noch nie um sich geschaut: »Alle Beobachter werden bestätigen, daß die intelligente Frau maskulin ist.«

Es wäre interessant, zu erfahren, mit welcher Einbuße weiblicher Vorzüge die arme Helene ihr Studium hat erkaufen müssen. Aufschlußreich wäre z. B. gewesen, wenn sie uns enthüllt hätte: »Bei mir, zum Beispiel, sind nach dem Diplom in Philosophie plötzlich viel mehr Haare auf den Beinen gewachsen, und außerdem habe ich mein Schamgefühl verloren.« Leider macht sie keine näheren Angaben. Trotzdem ist ihre Diagnose schwerwiegend für andere: »Der intellektuelle oder sportliche Frauentypus, der auf unseren höheren Schulen außerordentlich weit verbreitet ist«, verkündet unsere zartfühlende Psychologin, »hat ein unfruchtbares, steriles, verarmtes Gefühlsleben.«

Farnham und Lundberg, zwei in den USA sehr bekannte Psychologen, bestätigen die Nachricht: »Je gebildeter Frauen sind, desto größer ist die Gefahr, daß sie sexuelle Probleme bekommen.«[1]

Dafür werden der weiblichen Frau – vor allem dem Mann dieser Frau, die weder intellektuell noch sportlich ist – alle Seligkeiten versprochen: »Sie sind ideale Mitarbeiterinnen für die Männer und finden in dieser Rolle ihr allergrößtes Glück. Selbst wenn sie hochbegabt sind, sind sie jederzeit dazu bereit, ihre eigenen Pläne aufzugeben, ohne das Gefühl zu haben, sich aufzuopfern, denn Passivität ist die größte weibliche Qualität.«

Bewundernswert daran ist, daß Helene Deutsch selbst, die das ja alles wußte, über die Opferbereitschaft verfügte, auf ihr Glück zu verzichten, um Psychoanalyse zu studieren. Dabei hätte sie eine ideale Mitarbeiterin für eine Reihe von Frauenfeinden sein können, für den Balzac der »Erziehung

---

[1] Seien Sie beruhigt: Das Gegenteil ist der Fall. Dieser Meinung sind alle modernen Sexualforscher. (B. G.)

der Mädchen« beispielsweise, dessen Theorien die ihren vorausahnen lassen, wenn auch mit mehr Talent und mit mehr Humor:
»Bildung bei Frauen sollten Sie verabscheuen ... Schauen Sie nur, mit welch bewundernswerter Dummheit sich die Mädchen in Frankreich der Schulbildung unterworfen haben, die ihnen aufgezwungen wurde. Sie werden zu Sklavinnen erzogen und an den Gedanken gewöhnt, daß sie auf der Welt sind, um ihre Großmutter nachzuahmen, indem sie Kanarienvögel brüten lassen, Kräuter zusammenstellen, kleine bengalische Rosensträucher begießen, Stickrahmen ausfüllen oder sich einen Kragen annähen. Mit zehn Jahren hat so ein kleines Mädchen daher mehr Raffinement gehabt als ein Junge, aber mit zwanzig ist es dann traurig und linkisch.«
Diese Traurigkeit soll aber nicht etwa Skrupel hervorrufen:
»Machen Sie sich keine Gedanken über ihr Murren, ihr Schreien oder ihre Schmerzen. Die Natur hat sie dazu erschaffen, alles, was ihr der Mann zufügt, zu ertragen: Kinder, Prügel und Leid.«
Es ist nicht schwer, sich vorzustellen, warum es unter diesen moralischen und sozialen Umständen so wenigen Mädchen gelang, all diese Hürden zu überwinden und – einsam und von Feindseligkeit umgeben – ihre Examina abzulegen. Anschließend mußten sie sich dann der Ironie und der Bevormundung der Herrschenden stellen. Bei gewissen untergeordneten Berufen ließ man sie gewähren. Gymnasiallehrerinnen durften sie nicht werden, aber man duldete sie als Volksschullehrerinnen, unter der Voraussetzung, daß die Bewerberin häßlich, unbescholten und ohne Mitgift war, weil dann ja kaum Hoffnung für sie bestand, die Würde der Ehe zu erlangen! Ebenso war ihr der Apothekerberuf verwehrt, das Handeln mit Kräutern dagegen schien ihren dürftigen Begabungen zu entsprechen:
»Die Pharmazeutik ist ein wissenschaftlicher Beruf und daher nicht für Frauen geeignet«, schrieb der gute Jules Simon in einem Werk, das er allen Ernstes mit dem Titel »Die Frau im 20. Jahrhundert« versah. »Aber meinen Sie nicht,

daß sie mit Pulvern und Flüssigkeit umgehen könnten, daß sie sie wiegen könnten, daß sie aus Riechsalz kleine Päckchen machen oder Flüssigkeit in Gläschen gießen könnten, daß sie sie in Papier einwickeln könnten, nachdem sie über den Korken ein kleines rosa oder blaues Mützchen mit einer versiegelten Schnur gestülpt hätten?«

Eine wunderschöne Vorstellung. Aber wenn es um wahre, schöne Berufe ging, kam eben sofort geschlechtsspezifische Solidarität zustande.

Im Reich der Medizin erklärt Professor Charcot, als er Caroline Schultze ihr Diplom aushändigt: »Nun werden die Frauen also sogar Ärzte! Dieser Anspruch ist unerhört, denn er widerspricht nicht nur der Natur, sondern auch der Ästhetik.« Ist es nicht rührend, wie uns alle, von Freud bis Charcot über Coubertin, im Namen unserer Schönheit ins Eckchen schicken?

Was die Jurisprudenz angeht, so lehnt die erste Berufungskammer in Brüssel den »abgeschmackten Antrag« Mademoiselle Popelins – die über alle notwendigen Diplome verfügt – ab, endlich den Amtseid ablegen zu dürfen, um dann ihren Beruf ausüben zu können. 34 Jahre voller verlorener Prozesse und Schmähungen waren erforderlich, bis im Jahre 1922 der Anwaltsberuf auch belgischen Frauen offenstand. Da war Mademoiselle Popelin bereits gestorben, nachdem sie ihr ganzes Leben lang einem Anwalt als Sekretärin gedient hatte.

Nicht einmal die einfache Funktion der Sekretärin war ohne Mühe zu erreichen gewesen. Alexandre Dumas der Ältere[1], der Sekretär gewesen war, was diese Tätigkeit adelte, bediente sich des ewig gleichen Arguments, das heute allerdings fast alle Bürovorsteher nur noch zum Lächeln bringen würde: »Die Frau wird jede Weiblichkeit verlieren, wenn sie den Fuß über die Schwelle eines Büros setzt.«

Einige männliche Sparten wehrten sich sogar mit Gewalt: Die Westenmacher hinderten die Schneiderinnen, die auch Westen nähen wollten, mit Faustschlägen am Einzug in ih-

---

[1] Alexandre Dumas père (1802–1870), frz. Schriftsteller.

re Ateliers! Bis heute ist der Beruf des Druckers dank aggressiver Wachsamkeit fest in den Händen von Männern, während die sich ihrerseits aller weiblichen Berufe bemächtigten, sobald sie lukrativ wurden (sobald aus dem Kochen die Haute Cuisine, aus dem Nähen die Haute Couture wurde). In der Politik die gleiche Methode: die Ermahnung, doch an unser Schamgefühl zu denken und die Drohung, uns nicht mehr zu lieben.

»Der zarte Körperbau der Frau befähigt sie vorzüglich dazu, ihre vornehmste Aufgabe zu erfüllen, nämlich die, Kinder zu gebären(!)«, schrieb Mirabeau[1] in einem Entwurf über die Erziehung. »Selbstverständlich sollte die Frau innerhalb des Hauses herrschen, aber nur da. Überall sonst wirkt sie deplaziert.«

Fünfzig Jahre später versuchte uns der romantische Charles Nodier[2] davon zu überzeugen, die Nichtzulassung zu allen bürgerlichen Rechten habe den Vorteil, »uns eine lange und friedliche Kindheit« zu sichern, und auch er erpreßte uns mit der Liebe: »Ich frage Sie, meine Damen, würden Sie sich wegen einiger kümmerlicher sozialer Rechte, um die die Gesellschaft Sie bringt, der Gefahr aussetzen, unseren Schutz und unsere Liebe zu verlieren?«

Noch einmal hundert Jahre später – die Entwicklung zugunsten der Frauen geht nicht gerade schnell vonstatten – erklärte Stephen Hecquet, den Frauen, die aus dieser langen, friedlichen Kindheit hätten herauskommen wollen, sei nichts anderes gelungen, als zu Äffinnen zu werden. »Ob sie Marguérite d'Angoulême hießen oder Christine de Pisan, ob Marquise de Sévigné, de Rambouillet oder du Châtelet, ob Cathérine de Medici oder Katherine Mansfield, ob die Damen Rolland hießen, Sand, Ponso-Chapuis oder Françoise Giroud – es reicht jedenfalls. Diese Monstren sind zwar weder völlig unnütz noch sonderlich unangenehm, aber eine Gesellschaft gewinnt nichts dabei, wenn sie sich in eine Menagerie verwandelt.«

---

[1] Comte de Mirabeau (1749–1791), frz. Philosoph.
[2] Charles Nodier (1780–1844), frz. Schriftsteller.

Wenn Sie mit dem Wortschatz der Frauenfeinde vertraut sind, haben Sie begriffen, was das Wort »Menagerie« hier bedeutet: Alle diese Weiber sind keine Schriftstellerinnen oder Politikerinnen oder Dichterinnen, das reden sie uns nur ein. Sie sind weibliche Affen. Cathérine de Medici war keine Königin, wie manche Naivlinge geglaubt haben mögen, sondern ein vom Penisneid zerfressenes Geschöpf, das diesen Neid auf alles andere übertrug. Ähnlich Françoise Giroud[1], die eine falsche Journalistin, dafür eine echte Neurotikerin ist, die – mit ihren Organen unzufrieden – den ihr fehlenden Penis durch »L'Express« ersetzt.

Dieser sehr kurze Überblick über die Fallstricke, die für die Frauen ausgelegt wurden, die sich einbildeten, aus sich selbst heraus existieren zu können, offenbart auf komische Weise, wie die angewandten Taktiken sich jeweils veränderten, wenn die fadenscheinigen Argumente vor den Tatsachen in sich zusammenfielen: Es wurden der Reihe nach folgende Standpunkte vertreten und dann wieder aufgegeben:

Erster Standpunkt, über Jahrhunderte gehalten: »Besagte Wesen sind hirnlos, ihr armer Kopf verwirrt sich, wenn man ihn zu füllen versucht.« (Dr. Edwards). Die Tatsache allein, daß diese These so lange von der Ärzteschaft vertreten wurde, beweist, daß – wenn es sich um Frauen handelt – der Mann spricht und nicht der Wissenschaftler.

Zweiter Standpunkt, auf den man sich zurückzog, als es eine genügend große Anzahl von Lehrerinnen, Ärztinnen, Anwältinnen gab, deren Köpfe sich, allen Voraussagen zum Trotz, nicht verwirrt hatten: Zugegeben, ihr habt es zu den gleichen Diplomen gebracht, aber eure Arbeit zerstört eure Weiblichkeit. Wir werden euch nicht mehr lieben können, und unser Phallus wird sich von euch abwenden. Jean Cau, Jean Lartéguy, Jean Dutourd z. B. gehören zu der Nachhut[2],

---

[1] Françoise Giroud, Chefredakteurin der frz. Wochenzeitschrift »L'Express«, von 1974 bis 1976 unter Giscard d'Estaing Staatssekretärin für Frauenfragen, dann Kultusministerin.

[2] Jean Cau, geb. 1925, frz. Schriftsteller und Journalist, der sich vom Mitarbeiter Sartres zum Vertreter der extremen Rechten, Kämpfer

die sich immer noch an diesen Standpunkt klammert: »Ihr Emanzen seid häßlich, es will euch niemand bumsen, denn bei euch kriegt man keinen hoch«, schreibt der eine, und der andere dient ihm als Echo, denn die Sprüche dieser Leute sind austauschbar: »Sie sind steril, ausgehungert und unfruchtbar, sexuell frustrierte, scheußliche alte Vetteln, Philosophiepaukerinnen im Ruhestand.«

Nach *Maskerade, Menagerie* und *Nachäffen* taucht hier die zentrale Vokabel des kläglichen Wortschatzes aller Frauenfeinde auf: *sexuell frustriert*[1]. Es ist die schlimmste Beschimpfung, die sie von der Spitze ihres Phallus fallenlassen – der selbstverständlich immer gut bumst. Eine Frau, die sich beschwert oder die Ansprüche stellt, kann nur frigide sein oder abstoßend aussehen, denn wäre sie nicht sexuell frustriert, würde sie ja vor Dankbarkeit triefen und keinen Laut von sich geben. Alle Feministinnen sind früher oder später einmal als sexuell frustriert bezeichnet worden. Bei mir tat es Maurice Clavel[2], den ich ansonsten schätze und bewundere. Wenn diese Menschen ein wenig Logik hätten, würde ihnen dann nicht klar sein, daß sie vor allem den Mann oder den Geliebten einer Frau beschimpfen, die sie »schlecht gebumst« nennen?

Dritter und letzter Standpunkt, der noch heute gehalten wird: Gut, einverstanden, nicht alle Feministinnen und nicht alle berufstätigen Frauen sind unfruchtbare Stuten. Sie können sogar schön sein. Sie haben einen Orgasmus. Vielleicht sogar mehrere, diese Schlampen. Aber Vorsicht! Sie sind verantwortlich für die Ängste der modernen Welt, denn sie haben die ureigensten weiblichen Werte aufgegeben.

Nach der Erpressung mit der Liebe kommt nun die Erpressung mit der Krise unserer Zivilisation. »Wenn ihr nicht sofort in eure Küchen zurückgeht, können wir für das

gegen die Emanzipation der Frau und zum Verfechter des Krieges als notwendiges Mittel zur Erziehung der Jugend entwickelte. Jean Larteguy, Autor populärer Soldatenromane; Jean Dutourd, geb. 1920, frz. Schriftsteller.

[1] frz.: mal baisée = wörtlich: schlecht gebumst.
[2] Maurice Clavel (1920–1979), linker frz. Schriftsteller und Journalist.

Gleichgewicht der Gesellschaft nicht mehr garantieren.« Und wenn wir den Preis für dieses Gleichgewicht nicht mehr allein zahlen wollen?
Wir hören heute oft, all die Kämpfe der Frauen hätten keine Daseinsberechtigung mehr, wir brauchten keine Feministinnen mehr, die Frauen seien ja gleichberechtigt. Die alte Leier! Das sagte man uns schon im Jahre 1900: »Die von den Frauen erreichte Stufe ist hoch genug; auf einer noch höheren Stufe würden sie sich nur lächerlich machen. Kann man sich eine Frau als Richterin vorstellen? Oder als Abgeordnete? Die Frauen sollten sich glücklich schätzen, daß die Männer – ihrer Würde und ihrem erhabenen Nimbus als Familienmutter und Volksschullehrerin zuliebe – dafür sorgen, daß sie die Schwelle zum Grotesken und zur Maskerade nicht überschreiten.«[1]
Es ist nicht ausgeschlossen, daß von diesem Standpunkt aus noch lange Widerstand geleistet wird, denn da bedient man sich eines raffinierten und schmeichelhaften Arguments: unseres »Nimbus'« als Familienmutter und als Volksschullehrerin . . . ein Heiligenschein, den niemand haben will, zumindest die Familienväter und die Volksschullehrer nicht! Diese plötzliche Großzügigkeit einer Gesellschaft, die sonst so geizig ist, wenn es um unsere Freiheiten geht, sollte uns stutzig machen. Ist dieser Heiligenschein ein Geschenk oder ein Gefängnis? Ein Indiz sollte uns alarmieren: die Haltung der Kirche. Während ihrer langen Geschichte hat uns ihre ganze Hierarchie unbeweibter Männer immer alles verwehrt, außer – eben – den Heiligenschein. Heiligkeit, Kloster, Martyrium und junge Mädchen in der Löwengrube – das ja! Bei den ersten Christen geizte man nicht mit abgeschnittenen Brüsten. Aber der Dienst für die Gläubigen? Das Erteilen der Sakramente? Das Lesen der Messe? Da gehen Sie nun wirklich zu weit, meine lieben Töchter. »In keinem Fall wird es je Prie-

---

[1] Jean Alesson: »Le monde est aux femmes« (Die Welt gehört den Frauen), zitiert in dem spannenden »Frauendossier« (Dossier de la femme) von Geneviève Gennari, Verlag Perrin. (B. G.)

sterinnen geben, auch wenn Sie vermutlich davon träumen. Das ist genausowenig ungerecht wie die Tatsache, daß Auberginen nicht fliegen können.« (Pater Lelong, im Oktober 1972).
Vermutlich ist auch der Vergleich nicht ungerecht: auf sehr christliche Art verweist uns Pater Lerche auf unsere Bestimmung als Gemüse!
Schauen wir der Wirklichkeit ins Auge: Wenn man den armen Auberginen einen Heiligenschein verpaßt, dann hofft man, daß dieser lästige Kopfschmuck sie dazu zwingt, sich ruhig zu verhalten. Das Erhabene hält sie in der Zange. Wie stehen wir denn da, wenn wir schlicht sagen: Meine erhabene Berufung zur Ehefrau und Mutter genügt mir nicht. Mit Ihrer gütigen Erlaubnis möchte ich lieber reisen, Archäologin, Ministerin, Gangsterin oder auch gar nichts von alledem werden!« Wir stehen als falsche Frauen da, als eine völlig mißratene Sippschaft.
Für den wachsenden Druck der falschen Frauen mußte man natürlich einige Sicherheitsventile schaffen. Die Berufstätigkeit bot den doppelten Vorteil, den Arbeitgebern zusätzliche Arbeitskräfte zu verschaffen und gleichzeitig den Frauen zu zeigen, welchen Preis ihre mögliche Unabhängigkeit sie kosten würde; denn niemandem fiel ja ein, ihnen auch die häuslichen Pflichten zu erleichtern, die ja ihr Hauptberuf blieben. Man ermutigte sie auch nicht, sich beruflich weiterzubilden, denn es war ja vorteilhaft für die Industrie, über wenig qualifizierte und daher nicht sehr kämpferische Arbeitskräfte zu verfügen, und den Männern blieb auf diese Weise die Konkurrenz erspart. »Lassen Sie Ihre Lebensgefährtinnen nicht zu Konkurrenten werden«, schrieb zynisch Talleyrand[1] und schlug »mindere Berufe«, z. B. Magd vor. Wir kommen nicht umhin, die Vorteile zu sehen, die die Männer aus dieser Aufgabenverteilung zogen! Man untersagte der bewundernswerten Familienmutter ja nicht etwa jede Berufstätigkeit im Namen ihrer Berufung, man verbot ihr nur jede interessante Ar-

---

[1] Talleyrand (1754–1838), frz. Politiker.

beit. Ein feiner Unterschied. Und glauben Sie nicht, Talleyrands Vorsicht sei verjährt. In einer kürzlich erschienenen Informationsschrift über Frauenberufe wird von der Medizin abgeraten, »weil sie gute Nerven erfordert, die Frauen von Hause aus nicht haben, und weil sie sie zu ihnen unerträglichen Anblicken zwingt«. Dagegen wird der Beruf der Krankenschwester und der der Hebamme, die bekanntlich unerträgliche Anblicke nicht kennen und die zudem sehr erholsam für die Nerven sind, wärmstens empfohlen.

Auf die gleiche Art verschwand die männliche Fürsorge wie durch ein Wunder angesichts der Notwendigkeiten der Industrie. Anwälte wollten zwar keine Anwältinnen, aber die Fabrikbesitzer benötigten gehorsame Arbeitskräfte, unorganisiert und daher unterbezahlt. Können Sie mir folgen? Und plötzlich wichen die schönen Gedankengänge, die dazu gedient hatten, die Frauen von den freien Berufen fernzuhalten, einer völlig unerwarteten Argumentation: »Frauen werden damit beschäftigt, nachts in den Raffinerien die Rüben auszuladen, denn sie sind beweglicher und gewandter als Männer, und *sie sind widerstandsfähiger gegen Schmutz und Kälte.*« (Rundschreiben der Raffinerien Nordfrankreichs im Jahre 1860, zitiert von Villermoz in seinem Buch »Physische und moralische Darstellung der Fabrikarbeiterinnen«.)

Bei den Arbeiterinnen ist also nicht mehr von Ästhetik, von Schamgefühl oder von nervlicher Stabilität die Rede. Zu diesem Thema sollten wir den im wahrsten Sinne des Wortes schwarzen Roman von Evelyne Sullerot lesen: »Geschichte und Soziologie der Frauenarbeit«[1]. Er ist sehr aufschlußreich. Aber die Wahrheit ist eben ganz einfach, wie Kate Millett sehr richtig schreibt: »Körperliche Anstrengung wird ganz allgemein einer bestimmten Klasse zugemutet, ohne Unterschied des Geschlechts. Die schwersten körperlichen Arbeiten bleiben immer denen vorbehalten, die am tiefsten stehen, ob sie nun robust sind oder nicht.«

---

[1] »Histoire et sociologie du travail féminin«.

Wir verabschieden uns also hiermit vom berühmten französischen Kavaliersgehabe, jener schönen Bäuerinnenfängerei, die immer nur innerhalb einer bestimmten Klasse vorkommen wird. Haben Sie je einen »feinen Herrn« einer häßlichen, armen Frau mit einem Baby auf dem Arm auf einem Bahnsteig den Koffer abnehmen sehen? Wenn das Mädchen hübsch ist, überschlägt er sich; beinahe würde er ihr noch anbieten, ihr die Handtasche zu tragen. Wenn sie auch eine »feine Dame« ist, kommt es vor, daß er ihr seine Hilfe anbietet, mit zum Alter der Dame unweigerlich proportional abnehmender Höflichkeit, allerdings mit einem Endspurt in letzter Minute, wenn ihr Tod in Sicht kommt. Aber eine wirklich arme, unauffällige Frau, die einfach verbraucht ist und schwer bepackt, kann eine ganze Zuglänge zurücklegen, ohne daß sich ihr ein männlicher Arm entgegenstreckt. Die letzte Frau dieser Art, die ich gesehen habe, am Bahnhof Montparnasse, war schwanger und trug ein Baby auf dem Arm. Alle fünfzig Meter wechselte sie den Arm mit dem Kind und die Hand mit dem Koffer. Sie war weder ein Lustobjekt noch eine Dame. In dem Zug, den fast nur Geschäftsleute benutzen, von denen die meisten nicht mehr als einen Diplomatenkoffer bei sich hatten, hat man sie nicht einmal angeschaut: Da sie häßlich und müde war, war sie keine Frau mehr.

Man erspare es uns daher, uns mit dem Kavalierstum zu ködern, als sei das ein Privileg unseres Frauendaseins. Es ist nichts anderes als eine Äußerung des Sexualinstinkts. Wahre menschliche Wärme entspringt einem freieren und selteneren Gefühl und hat mit Sex nichts zu tun.

Trotzdem lassen wir uns weiter von Komplimenten blenden, als bedeuteten sie etwas anderes als Begierde (die übrigens eine ausgesprochen angenehme Sache ist, das steht außer Frage), und wir lassen uns auch vom allerneuesten männlichen Argument einwickeln: »Als Anwältin, Generaldirektorin, Landwirtin, Gewerkschaftssprecherin, Informatikerin, oder was immer Sie wollen, sind Sie gut. Sogar sehr gut. Aber Sie vergessen das Wesentliche: Ihre Kinder können Sie nicht entbehren, und wir auch nicht.«

Quietsch! Die Falle fällt zu, gerührt geben wir unser Studium, unseren Job, unsere Freiheit auf und lassen uns den Heiligenschein aufs Haupt setzen. Er drückt an den Schläfen; er stört uns dabei, in Ruhe zu studieren, zu reisen, nachzudenken und sogar dabei, zu lieben. Und wenn uns plötzlich danach ist, den Heiligenschein an der Garderobe abzugeben, weil er keine bequeme Kopfbedeckung ist, dann bäumt sich die Gesellschaft auf, wütend und zu allem fähig. In unserem angeblich so modernen und freien Land ist Gabrielle Russier[1] an den antisexuellen und antiweiblichen Vorurteilen gestorben, genau wie die Heldinnen des 19. Jahrhunderts – durch einen Fehltritt entehrt, der für das andere Geschlecht nie tödlich ist.

In einem anderen Umfeld sind die Folgen weniger schwerwiegend, aber genauso bedeutungsvoll: Es genügt, sich den lächerlichen Skandal anzusehen, den die Kandidatur Françoise Parturiers[2] bei den vierzig Unsterblichen der Académie Française (minus einem: Louis Armand) ausgelöst hat, um sich davon zu überzeugen, daß sich nichts geändert hat. Bei diesen Männern, die ja nicht gerade die größten Dummköpfe Frankreichs sind, hat der uralte Mechanismus wieder einmal funktioniert, und die ehrwürdige Pforte ist geschlossen geblieben. Wie in alten Zeiten die Weisen über das Geschlecht der Engel disputiert haben, so haben sie über das Geschlecht der »Unsterblichen« nachgedacht. Und die Mitglieder der Académie Française sind aufgrund eines obskuren Reflexes, den sie mit den Bischöfen des Konzils von Nizäa gemeinsam haben, zu der Schlußfolgerung gelangt, eine menstruierende Frau könne den Tempel beflecken...

Überall bleiben Verbote, Tabus, Behinderungen übrig, die oft stärker sind als die Gesetze. Trotzdem: das Wesentliche haben wir inzwischen erreicht. Da nun also die christliche

---

[1] Gabrielle Russier, Lehrerin, beging 1969 Selbstmord. Sie hatte sich mit 32 Jahren in einen 17jährigen Schüler verliebt und wurde vor Gericht wegen Unzucht mit Minderjährigen verurteilt.
[2] Siehe Fußnote S. 41

Moral ihr Halseisen gelockert oder ihren Einfluß verloren hat, da wir nicht mehr von allmächtigen Ehemännern oder Familien an der Leine geführt werden, müssen wir uns – einigen verbrannten BHs und einigen Verweigerungen im Bett zum Trotz – fragen, warum sich unser Bewußtsein mit so verzweiflungsvoller Langsamkeit entwickelt. In ihrem sehr ernsten Buch »Offener Brief an die Frauen« (»Lettre ouverte aux femmes«) schlägt Françoise Parturier eine Erklärung dafür vor: »Um die Freiheit, Madame, bittet man nicht, man nimmt sie sich ... Dazu braucht man nur Kühnheit und Solidarität. Aber gerade diese beiden Eigenschaften fehlen Ihnen am meisten. Sie wagen nicht zu wagen. Sie haben Angst. Angst, nicht zu können, Angst, gehindert zu werden, Angst, zu scheitern, Angst, bestraft zu werden, Angst, zu kurz zu kommen, Angst, allein zu sein, Angst, sich lächerlich zu machen, Angst davor, was ›die Leute dazu sagen‹, Angst vor allem.«

Wieviel Macht hätten wir, wenn wir nur einsehen wollten, daß wir solidarisch sein können: Wenn uns Jahrhunderte von Unterdrückung und Minderwertigkeitskomplexen nicht mehr belasten und eine aufgezwungene Vorstellung von »Weiblichkeit« uns nicht mehr lähmen würden, jetzt, wo Taten möglich sind! Wenn unsere Presse uns dabei helfen würde, von dem kindischen, entzückenden, oberflächlichen Stereotyp wegzukommen, das man unbedingt weiter für das ewig weibliche halten will!

Wir werden noch viel Zeit und noch viele Feministinnen brauchen, um den bleiernen Deckel hochzuheben. Wir haben erst einige Schlachten gewonnen. Das Bewußtsein hat sich nicht wirklich verändert.

Während ich diese Zeilen schreibe, hat Giscard d'Estaing, der eine »wichtige« Beteiligung der Frauen an der Regierung unseres Landes angekündigt hatte, eben sein erstes Kabinett gebildet. Er hat sich tatsächlich für drei Frauen entschieden, für drei von 32. Die eine ist Staatssekretärin für das Vorschulwesen, d.h. für die Kindergärten. Die zweite wird sich mit den Lebensbedingungen in den Gefängnissen beschäftigen. Madame Simone Veil, die aufgrund ihrer Ausbildung und der Schlüsselstellung, die sie bei Gericht innehatte, Justizministerin zu werden glaubte, wurde zum Erstaunen aller das Gesundheitsministerium zugesprochen, für das sie ganz offensichtlich aus keinem anderen Grund geeignet ist als wegen ihrer Weiblichkeit. Eine Kindergärtnerin, eine Gefangenenbetreuerin, eine Krankenpflegerin . . . Der neue Präsident hat also auch nicht gewagt, die Frauen ihre angestammten Bereiche überschreiten zu lassen.[1]

Er hat berühmte Vorgänger. In den Vereinigten Staaten sagte kürzlich Vizepräsident Spiro Agnew in einer seiner Reden: »Drei Dinge sind schwierig zu bändigen: Dummköpfe, Frauen und der Ozean. Wir fangen damit an, den Ozean zu bändigen, bei den Dummköpfen und den Frauen ist das schwieriger.«

Bei uns antwortete General de Gaulle einem Abgeordneten, der die Einrichtung eines Ministeriums für Frauenfragen vorschlug:

»Ein Ministerium? Warum kein Unterstaatssekretariat fürs Stricken?«

---

[1] Drei Monate später muß ich Françoise Giroud mit auf diese Liste setzen, als Staatssekretärin für Frauenfragen, als Frau für die Frauen also, was, wie Sie zugeben werden, auch nicht aus dem Ghetto herausführt. (B. G.)

DRITTES KAPITEL
Der Haussegen hängt ziemlich schief

»Als Folge aller Entfremdungsvorgänge in Erziehung, Arbeit und Gesellschaft wird jede Persönlichkeit auf die Hälfte – und oft noch weniger – ihrer menschlichen Fähigkeit reduziert.«

Kate Millett

Die Heldin heißt Christine. Sie ist Mannequin, Modezeichnerin und Studentin der Soziologie. (Soziologie ist sehr in Mode für junge Mädchen. Sie hat die Blumenmalerei oder das Sticken früherer Zeiten ersetzt und ist genauso typisch weiblich, weil sie auch zu nichts führt!) Christine betreibt Karate und ist, das versteht sich von selbst, eine hervorragende Hausfrau. Außerdem näht sie ihre Kleider selbst und kümmert sich um ihren Garten. Darüber hinaus versichert man uns, daß »sie es schafft, alle diese Dinge lächelnd und in aller Ruhe zu tun«. Dann folgt eine fröhliche Beschreibung von Christines Tagesablauf, bei der ich mich frage, ob irgendeine Frau sie lesen kann, ohne zu verzweifeln oder von sehr gesundem Zorn gepackt zu werden. Nach einem Schlankheitsfrühstück ohne Milch, Butter und Honig macht sie jeden Morgen gründlich den Haushalt, dadurch bleibt sie in Form. Es folgen 50 Kniebeugen zwischen zwei Durchgängen Unkrautzupfen: »Das merke ich kaum, und es kostet keine Zeit.« Im Laufe des Tages nutzt sie jede Gelegenheit – und es gibt offenbar Tausende – für einige schnelle Gymnastikübungen; in der Badewanne strampelt sie mit den Füßen – das ist hervorragend für den

Bauch –, und beim Abschminken wippt sie immer wieder von den Zehenspitzen auf die Fersen, damit ihre Fesseln schmaler werden. Im Büro drückt sie während der Pausen die Ellenbogen nach hinten, ohne dabei den Rücken zu krümmen. Sie denkt sich – so berichtet man uns – jeden Tag ein neues Make-up aus, das zu ihrer Garderobe paßt. Außerdem ist sie immer gut gelaunt und voller Energie, denn sie vergißt nie, um 18 Uhr eine Pampelmuse zu essen. Sie ißt übrigens immer ihrer Leber, ihrer Cellulitis, ihrem Teint oder ihren Arterien zuliebe, nie zu ihrem Vergnügen. Natürlich läßt man durchblicken, daß ihr wahres Ziel darin besteht, einen Mann zu finden und Kinder zu bekommen. Die Soziologie, das Modezeichnen und die Modefotos sind ein Zeitvertreib für die »Wartezeit«.
Dieser Artikel erschien 1970 in einer »unserer« Wochenzeitschriften; kaum verändert erscheint er in regelmäßigen Abständen immer wieder, unter dem Titel »Die wahre Frau, die die Kunst zu leben beherrscht«, und er ist typisch für die Tendenz unserer Frauenpresse. Sie hat es anstelle der Moralprediger übernommen, uns die Tugenden zu predigen, die sich die Männer immer von uns gewünscht haben: Schönheit, Liebe, Hingabe und Hauswirtschaft. Wenn wir dieser Presse Glauben schenken, dann reichen diese Dinge völlig aus, das Leben einer Frau auszufüllen – und gleichzeitig geben wir damit unterschwellig zu, daß für Frauen das Leben mit fünfzig zu Ende ist. In diesen Zeitschriften kommt so gut wie nie eine Frau zu Wort, die nicht einverstanden ist, die ehrgeizig ist, oder nicht das Bedürfnis hat, sich diesem Frauenbild zu unterwerfen, ohne sich deswegen schuldig oder unvollständig zu fühlen. Dabei müßten wir beim Lesen von Frauenzeitschriften doch eigentlich unsere Solidarität, unsere Vielfalt, unsere Widerstands- und Handlungsmöglichkeiten entdecken können. Aber diese »Tempel der wahren Frau« bekunden vollkommene Gleichgültigkeit gegen jede Form von Feminismus, wenn sie nicht sogar ironisch auf ihn reagieren oder mit der gleichen Verachtung wie die Männerpresse. Was soll dann eine sogenannte Frauenpresse überhaupt?

Niemand verlangt, daß »Elle«, »Marie Claire« oder das »Echo der Mode« so sein sollen wie die feministische Zeitschrift »Le Torchon brûle«[1]. Aber sie sollten Frauenfragen nicht absichtlich total ignorieren. Denn Feminismus beschränkt sich nicht nur auf manchmal zornig vorgebrachte Forderungen nach Gerechtigkeit und auch nicht auf den einen oder anderen skandalösen Vorfall; in ihm steckt auch ein Versprechen, oder zumindest eine Hoffnung, auf eine andere, vielleicht sogar auf eine bessere Welt. Darüber aber wird nicht gesprochen. Genausowenig wie über die Frauen, die für uns gekämpft haben. Denn jede Verbesserung, die für Frauen erreicht wurde, ist von Frauen erkämpft worden. Aber da wir heutigen Frauen darüber schweigen, sieht es so aus, als teilten wir das vernichtende Urteil der Männer über all jene »unverfrorenen Weiber«, die seit der Renaissance (die eine ungleich schwierigere Zeit war als die unsere) die Kühnheit und die Herzensgüte aufgebracht haben, die dafür notwendig war, das Ansehen und die Sicherheit ihres Heims zu verlassen, um sich Spott, Feindseligkeit oder dem Gefängnis auszusetzen.

Ich denke da zum Beispiel an Anne Hutchinson, die ein calvinistisches Gericht zunächst zu einer Gefängnisstrafe verurteilte, dann – 1650 – in die Verbannung schickte, weil ihre Unbeugsamkeit, ihre Kenntnis der Heiligen Schrift und ihre Beredsamkeit für eine Frau unzulässig waren: »Sie waren mehr Ehemann als Ehefrau, mehr Predigerin als Zuhörerin, mehr Verwaltende als Verwaltete, und Sie empfanden keine Demut dabei.«

Die Frauen von gestern, die sich ihrer Lage bewußt wurden und für die Verbesserung der unseren kämpften, verfügten über genau die Fähigkeiten, die man uns eigentlich abspricht: Über Uneigennützigkeit, unbändige Energie, Sinn für Geschichte. Die Literatur ist voll von unbekannten, bewegenden Büchern, die Frauen geschrieben haben und die

---

[1] »Le Torchon brûle« heißt, wörtlich übersetzt, »Der Wischlappen brennt«. Wenn der Wischlappen brennt, hängt der Haussegen schief – siehe auch die Kapitelüberschrift.

uns mit uns selbst versöhnen und unsere Identität bereichern könnten: Claire Voilquin und ihre Freude über das Entdecken der Unabhängigkeit (sie nahm sich das Leben, nachdem die Frauen in der Französischen Revolution gescheitert waren); Jeanne Deroin, die mit großer Naivität darauf hoffte, die Liebesfähigkeit der Frauen könne den Egoismus und die Tyrannei besiegen; und die schöne Flora Tristan, die Erfinderin der »Bildungshäuser«, die sie Arbeiterpaläste nennen wollte, wurde von ihrem Mann ermordet, weil er nicht ertrug, daß sie sich die Freiheit nahm, sich den Unterdrückten zu widmen. Und viele, viele andere. Fast alle diese Namen sind völlig unbekannt. Ja – verschollen. So wie man im Geschichtsunterricht lange Zeit hastig über alles hinwegging, was das Klassenbewußtsein des Volkes hätte wecken können, so ließ man auch diese Gestalten in Vergessenheit geraten, weil sie den gängigen Klischees nicht entsprachen, obgleich viele von ihnen genauso spannend waren wie d'Artagnan oder wie Zorro. Wenn unsere Zeitschriften sie nicht wieder zum Leben erwecken, wer soll denn dann von ihnen sprechen?
Natürlich ist die Regenbogenpresse beruhigender, denn sie hält uns ja sehr sorgfältig in einer Märchenwelt fest. Aber das Märchen verkehrt sich ins Gegenteil: Der Traum vom Märchenprinzen schläfert uns ein, und wecken wird uns der Stich des Spinnrockens – wenn es zu spät ist.
Bis auf wenige Ausnahmen unterscheiden sich auch die Frauenzeitschriften, die so tun, als seien sie Fachblätter, die den Frauen bei der Bewältigung des Haushalts helfen wollen, nicht von dem berühmten »Journal des Dames et des Demoiselles«. Seit einem halben Jahrhundert halten sie ihre Leserschaft sorgsam von den Ideen, Kämpfen und Problemen unserer Zeit fern, die das weibliche Geschlecht nicht zu interessieren haben. Dabei entstanden während der Revolution 1789, 1830 und vor allem 1848 Zeitungen, die sich für die Rechte der Frauen einsetzten. 1897 erschien »La Fronde«[1] mit bis zu 200 000 Exemplaren täglich, eine

---

[1] »La Fronde« ist im Frz. ein Synonym für Aufrührertum und Kritik.

Zeitung, die ausschließlich von Frauen verfaßt, verwaltet und vertrieben wurde, die politisch unabhängig war und die ohne Werbung auskam! Im Jahre 1900 gab es fast ebenso viele regelmäßig erscheinende feministische Zeitschriften wie Modezeitschriften – wir können uns das heute kaum noch vorstellen.[1]

In den heutigen Frauenzeitschriften finden die Außenwelt und das wirkliche Leben nur noch ein sehr gedämpftes Echo. Große Ereignisse tauchen nur in Form von Frauensorgen auf: der Vietnamkrieg, weil dort Kinder sterben, die Trockenheit der Sahelzone, weil Mütter keine Milch mehr haben, Krankenhausprobleme, weil Frauen dort Kinder zur Welt bringen. Wir hören wenig über das Elend alter Leute, obgleich wir doch alle einmal alt sein werden, weil das Alter in diesen Zeitschriften keinen Platz hat, da sie ja optimistisch sein und uns in Sicherheit wiegen wollen. Sogar von unseren mittleren Jahren ist kaum die Rede, da unsere Reife die Männer nicht interessiert. Und außerdem wird alles – sei es nun Haushaltsführung, Kleidung oder Gefühle – in dem altväterlichen, besserwisserischen Ton abgehandelt, durch die sich die »Frauenpresse« schon immer ausgezeichnet hat.

Seit 1758, als die erste Zeitschrift für Damen erschien, ist keine einzige humoristische Frauenzeitschrift entstanden! Wir können weder lachen noch spielen, und niemand ermutigt uns dazu. Schon in der Kindheit hat man uns nicht dazu ermutigt. Fast alle Spiele kleiner Mädchen finden im Haus statt, und oft werden sie dabei unterbrochen oder an ihnen gehindert, weil sie im Haushalt mithelfen sollen; dabei haben ihre Spielsachen, ihre Kindergeschirre, ihre Puppen und ihre Hausfrauenausstattung sowieso immer das Ziel gehabt, sie auf ihre Rolle als Ehefrau und Mutter vorzubereiten, während man die Jungen durch ihre freien Spiele auf die Phantasie und auf die Freiheit vorbereitete. Auf die Spiele und sogar auf das Nichtstun von Jungen

---

[1] Vergl. »La Presse féminine« (Die weibliche Presse) von Evelyne Sullerot im Verlag Armand Colin. (B.G.)

wird Rücksicht genommen: Sie haben ein Recht darauf. Auch als Männer werden sie ein Recht darauf haben: Wenn der Vater von der Arbeit heimkommt, bringen wir die Kinder zur Ruhe, wir schaffen ihm einen friedlichen Hafen. Wer aber sorgt dafür, daß die Mutter, noch dazu, wenn sie berufstätig ist, auch etwas Erholung bekommt, eine wahrhaftig »wohlverdiente« Ruhepause?
Im Jahre 1900, gestern also, ging das »Echo der Mode« noch weiter in seinem Bemühen, die weibliche Persönlichkeit systematisch in den Hintergrund zu drängen: »Veranlassen Sie Ihre Töchter dazu, sich selbst zu vergessen, ihre Lieblingsbeschäftigungen zu opfern, um sich zur Verfügung ihrer Brüder zu halten, natürlich ohne zu zeigen, daß sie lieber etwas anderes täten.«
Noch heute werden wir in unserer Freizeit zum Nützlichen angehalten: Wir stricken am Stand oder häkeln vor dem Fernseher, während die Söhne oder Ehemänner angeln, Boule spielen oder einen Skat klopfen. Unsere Frauenzeitschriften waren schon immer Katechismen, Sammlungen von Geboten, Ratschlägen und Tips, die nur ein Ziel haben: ein Spinnennetz zu weben, in dem wir einen Mann fangen und in dem wir ihn halten können. Sie verteidigen nicht uns, sondern das, was sich die Männer unter uns vorstellen. Ich frage mich, was eine Frau in diesen Zeitschriften finden kann, die nicht gerade einen Mann sucht, mit einem Mann zusammenlebt oder einem Mann hinterherweint und sich dabei über die Möglichkeiten informiert, wie sie am schnellsten einen neuen Mann an die Angel bekommt! (Und dieser Mann denkt auch nicht darüber nach, wie anstrengend das Zusammenleben mit diesem Idealbild von Frau sein kann, wenn sie in die Falle der Schönheit und der Ehe gegangen ist.) Aber wir sind so auf all das trainiert, wir sind so gebrochen – ich kann es nicht anders nennen –, daß wir nicht einmal mehr auf die Idee kommen zu protestieren.
Übrigens ist es in den USA genauso: die gleiche Methode, das gleiche stereotype Bild der wahren Frau. Betty Friedan gibt uns in einer Bestandsaufnahme, die sich wie ein Ro-

man liest,[1] ein niederschmetterndes Beispiel dafür, indem sie einfach das Inhaltsverzeichnis einer außerordentlich erfolgreichen amerikanischen Frauenzeitschrift zitiert, das sechs Millionen Amerikanerinnen erreichte. Im Juli 1960 bot »Mac Call« seinen Leserinnen Folgendes an:

1. einen ausführlichen Artikel über Kahlköpfigkeit, die Frauen befallen kann;
2. ein langes Gedicht über ein Kind mit dem Titel: »Ein Junge ist ein Junge«;
3. eine Erzählung über ein junges Mädchen, das noch nicht zwanzig ist, nicht studiert und das daher einer erfolgreichen Studentin den Verlobten ausspannen kann;
4. den ersten Teil der Erinnerungen des Herzogs von Windsor: »Womit sich die Herzogin und ich die Zeit vertreiben und wie Kleidung meine Stimmung beeinflußt«;
5. eine zweite Erzählung über die Abenteuer eines 18jährigen Mädchens, das Unterricht nimmt, um zu lernen, wie man beim Gehen das Hinterteil bewegt, mit den Wimpern klimpert und beim Tennis verliert. »Kein junger Mann wird dich haben wollen«, bringt ihr die Mutter bei, »wenn du seine Rückhand parierst«;
6. sechs Seiten mit Fotos von sehr attraktiven und besonders schlanken Mannequins, die Schwangerschaftsmode vorführen;
7. etwas ganz Bezauberndes: Schnittmuster für Paravents;
8. eine lückenlose Anleitung dafür, wie man zu einem zweiten Ehemann kommt.

Und außerdem Artikel von Clair Luce, Eleanor Roosevelt, Grillrezepte, Schönheitstips ...

Sind wir da weit entfernt von den Erziehungsratschlägen Balzacs, Auguste Comtes oder Coubertins? Diese Zeitschrift haben wir doch auch schon einmal irgendwo gelesen, oder? Ich würde sogar sagen, wir lesen sie jede Woche. Und die mutigen Kampagnen, die Zeitschriften wie »Elle« oder »Marie Claire« für die Empfängnisverhütung oder für die Abtreibung unternommen haben, reichen lei-

---

[1] »Der Weiblichkeitswahn«. (B. G.)

der nicht aus, um die Frauenpresse wirklich zu verändern. Denn diese Presse beschränkt sich auf zu wenige, auf zu spezifisch weibliche Probleme; sie hat zuviel allzu »normale« Angst vor allem, was originell ist, vor jeder neuen Idee, vor jedem Widerstand, der die Gefahr heraufbeschwören könnte, die Frauen vom Idealbild zu entfernen, das doch so hoffnungslos banal ist und das es doch schon in Millionen von Exemplaren gibt. Und schließlich hindern wirtschaftliche Zwänge und vor allem die Abhängigkeit von der Werbung diese Zeitschriften daran, sich die Sache der Frauen wirklich zu eigen zu machen.

Der Unterschied ist umwerfend, wenn wir diese Breviere für die Priesterinnen des Hauses mit den Zeitschriften vergleichen, die sich mit der männlichen Zerstreuung beschäftigen. Wir müssen gar nicht auf »Paris sans rideaux« (Paris ohne Gardinen) oder andere frivole Schriften der Jahrhundertwende zurückgreifen: Was finden wir in den Illustrierten für unsere Söhne und Ehemänner? Diätvorschläge gegen ihre Wohlstandsbäuche? Ratschläge, wie sie Soßenflecken selbständig entfernen oder ihre Bügelfalten erhalten können? Ideen für sonntägliche Spiele mit den Kindern? Ein kurzer Nähkurs, der sie in die Lage versetzt, einen Knopf anzunähen? Nichts von alledem – aus dem einfachen Grund, daß die Herren ein so nervtötendes Zeug kein zweites Mal mehr kaufen würden. Nicht etwa, weil sie von Geburt an unfähig sind, mit Nadel und Faden umzugehen; sie wollen vielmehr um nichts in der Welt ihre Frauen enttäuschen, die vor soviel Unbeholfenheit dahinschmelzen. Sie wollen die lieben Kleinen auch sonntags nicht in den Micky-Maus-Film bringen. Schließlich ist ein Rugbyspiel im Fernsehen! Unsere Frauenzeitschriften würden bei ihnen zum sofortigen Nervenzusammenbruch führen.

Außerdem wissen sie aus Erfahrung, daß sie es sich erlauben können, glatzköpfig, amputiert, dickbäuchig oder alt zu sein, nach altem Tabak zu stinken oder eine Nase zu haben wie Cyrano de Bergérac und trotzdem vom hübschesten Mädchen der Welt geliebt zu werden. Daher blättern sie lieber mit heuchlerischer Miene in Magazinen, in de-

nen Traumgeschöpfe, die selten ihren heißgeliebten Ehegattinnen ähneln, keineswegs den Ehrgeiz haben, ein Gulasch hinzukriegen, sondern vielmehr den, die männlichen Sinne durch Vorzüge anzuregen, aus denen sie keinerlei Hehl machen. Außerdem lenkt die Werbung zwischen dem Riesenposter von Andréa Ferréol, dem Interview mit einem Staatschef und drei anzüglichen Geschichten ihre Aufmerksamkeit ausschließlich auf besonders anregende Dinge: auf Sportwagen, Jagdgewehre, blonde Tabake, trockenen Champagner und einladende Nobelherbergen ... Ich kann daher nachvollziehen, warum sie unsere Frauenzeitschriften nur eines flüchtigen Blickes würdigen, »wegen der Fotos«, die oft wirklich schön sind. So schön, daß ich manchmal, wenn ich diese wunderbaren Magazine zuklappe, die von begabten Fotografen, avantgardistischen Stylisten und intelligenten Redakteurinnen gemacht werden, das Bedürfnis habe zu schreien.
Werbung für Frauen hat nur ein Ziel: uns dem Idealbild männlicher Wünsche anzupassen. Im Hintergrund der meisten Werbefotos steht ein Mann, der uns beobachtet, beurteilt, die Nase rümpft, sich angeekelt abwendet oder – wenn alles in Ordnung ist – die Arme für uns öffnet. Vielleicht bin ich ja zu alt, und diese Magazine, die ich so viele Jahre lang durchgeblättert habe, werden nicht mehr für mich gemacht. Vielleicht gefallen sie der jungen Generation ja, weil sie vom Hämmern der Moral und der Werbung die Nase noch nicht so voll hat? Mir scheint, wir haben die Grenze der Übersättigung erreicht und stehen nun an der Schwelle zum Ekel.
Der bemerkenswerte Paul Guimard schrieb 1971 einen hervorragenden Leitartikel in »L'Express«, der sich mit der »Französin des Werbespots« beschäftigte, damit, was die Fernseharchive einem Soziologen des Jahres 3000 über sie enthüllen würden: »Das also sind die Frauen in dieser Hälfte des 20. Jahrhunderts: Sie werden von unzähligen Mißgeschicken heimgesucht. Ihre Haare sind trocken, spröde, gespalten, brüchig. Ihre Haut ist fettig, anfällig für Pickel, der Sonne und der Kälte wehrlos ausgeliefert ...

Runzeln verunstalten vorzeitig ihre Gesichter und machen ihre Hälse faltig. Auf den Zähnen dieser Frauen bilden sich schnell Ablagerungen, ein besonders bedauerliches Phänomen, da es mit einem Hang zum Mundgeruch einhergeht ... Während die Männer ein Geruch von Helligkeit umgibt, verbreiten die Frauen unangenehme Ausdünstungen, die Tänzer, Verlobte und sogar Bürovorsteher belästigen. Darüber hinaus wären ihre Hände rauh und rissig, wenn sie nicht glücklicherweise spülen, waschen und putzen müßten, und zwar mit Produkten, die sich eins wie das andere wie Jungbrunnen auswirken. Auffällig ist, daß die Sorgen dieser Unglücklichen sich auf kaum etwas anderes richten als auf einen ganzen Kosmos von Reinigungsmitteln. Manisch besessen vom reinen Weiß erzählen sie einander pathetische Geschichten über verschmutzte Wäsche, Ränder in der Spüle und fleckige Fußböden, unter Ausschluß jedes anderen Gesprächsthemas.«
Konsumanbetung wird obszön und aus dem Bild der Frau eine Karikatur: Seit neuestem versuchen uns Frauenzeitschriften einzureden, eine Frau sei nie mehr sie selbst, als wenn sie einen Verband trägt, denn diese Gerätschaften seien »unübertrefflich weiblich« – ich habe diese unglaubliche Formulierung tatsächlich gelesen! Bisher regnete es Lilien, Kamelien und weißen Flieder auf das Ende unseres Mondmonats: Weiße Blumen symbolisierten rote Tage. Ein einziger Hersteller riskierte diskret Farbe. Kein Fabrikant hätte je Geranien oder rote Beeren gewagt: Nur kein Realismus. In vernebelten Landschaften empfahlen uns ätherische Silhouetten das, was wir in meiner Kindheit Monatswindeln nannten. Heute werden sie eleganter als Periodenschutz oder Monatseinlagen bezeichnet; aber je abstrakter der Begriff wurde, desto konkreter wurden die Bilder: Keine jungen Frauen in faltigen Gewändern mehr, sondern Pobacken, Höschen, in denen der Venushügel genau zu sehen ist, Binden in vierfacher Stärke mit undurchlässiger Folie in Originalgröße auf einer ganzen Seite, Tampons mit Fäden, die in einem Wasserglas auf ihren dreifachen Umfang anwachsen ... Warum eigentlich nicht in einem

Weinglas? Wenn das so weitergeht, gibt es bald das Foto einer benutzten Einlage, das genau zeigt, wie saugfähig sie ist, ohne durchzunässen. »Keine Scheuerstellen mehr durch die Blutdurstige, der Binde, die Ihr Blut liebt.«
Da aber Realismus und Idealismus ausgependelt werden müssen, sprechen die Werbetexte von Glück und Freiheit. Für uns laufen die großen Gefühle immer auf die kleinen Details hinaus: Diese Freiheit, das ist nicht die der Völker oder der Unterdrückten, es ist die, die wir uns von nun an gönnen dürfen, selbst an kritischen Tagen: Die unsichtbare, körperangepaßte Selbstklebende kann uns alle glücklich machen; für die Sicherheit von morgen sorgt die Superbinde 2000 in unserer Handtasche.
Gut, wir müssen nicht mehr wie einen Makel verstecken, was nur eine lästige Bürde ist: Dieser Preis für das Glück der Mutterschaft ist wirklich nicht zu hoch. Aber wenn die Werbung Frauen anspricht, dann gelingt es ihr immer, eine hirnrissige Mixtur zusammenzubrauen. Unsere Unzufriedenheit, unsere Verbitterung und unsere Schwierigkeiten werden heruntergespielt, von geschickten Manipulatoren kanalisiert und auf die Notwendigkeit reduziert, ein bestimmtes Produkt zu kaufen. Wir sind so daran gewöhnt worden, daß wir auf den Betrug überhaupt nicht mehr reagieren und uns widerstandslos in die vernagelte kleine Welt der Frauenzeitschriften einsperren lassen, in eine Welt, in der sich alles Glück auf Pflichterfüllung und auf kleine Gesten des täglichen Lebens beschränkt, in die wir die gesamte Energie und Liebe investieren sollen, über die ein Mensch verfügt.
Ich sehe rot, wenn ich einen Werbetext lese wie den folgenden, der nicht nur dumm, sondern auch gefährlich ist: »Es gibt tausend Arten, seine Liebe zu beweisen. Lieben heißt geben, bekommen heißt wissen, was für die, die Sie lieben, am besten ist. Das Toilettenpapier Soft werden sie immer brauchen.« (Aus einer amerikanischen Zeitschrift.)
Indem wir Soft kaufen, können wir uns also ein Stück vom Heiligenschein verdienen. Wie sagt Fanny Deschamps so

schön: »Das werden Sie doch nicht schlucken!«[1] Aber ja doch, folgsame Gänse, die wir sind! Und es ist kein Trost, festzustellen, daß Frauen in allen zivilisierten Ländern so behandelt werden.
Aber es gibt noch Schlimmeres. Eines Tages werden wir vierzig, dem obligatorischen Optimismus zum Trotz, und dann – es ist kaum vorstellbar – fünfzig! Die Schönheit schleicht sich von dannen . . . zu einem horrenden Preis: Die Kinder sind aus dem Haus (ein Glück, wenn sie die Tür nicht hinter sich zugeknallt haben), der Haushalt ist keine Ganztagsbeschäftigung und kein hinreichender Lebenszweck mehr, und der Ehemann befindet sich, falls er noch im Haus ist, normalerweise genau dann auf dem Höhepunkt seiner Karriere, wenn Sie als Frau am Ende der Ihrigen angelangt sind, die man Ihnen doch als »unfehlbares Universalheilmittel« empfohlen hat. Nach der Hochzeit Ihres letzten Kindes stehen Sie dann plötzlich wie gelähmt da, ohne Ersparnisse aus Ihren Dienstjahren und ohne einen brauchbaren Beruf, denn eine Hausfrau muß sich ja in Formularen in der Rubrik »ohne Beruf« eintragen. Es bleibt Ihnen nicht viel mehr, als auf einen Seniorenpaß der Eisenbahn zu warten. Ein fünfzigjähriger Mann dagegen hat noch seinen Spaß. Er ist Vorsitzender des Angelvereins »Petri Heil«, Bürgermeister seines Dorfes; vielleicht verheiratet er seine Tochter, aber er kann genausogut seine Sekretärin heiraten. Für Sie bleibt nichts übrig: Der Heiligenschein bricht in tausend Stücke, niemand erinnert sich mehr an ihn. Um Sie ist Leere und in der Presse – Schweigen, denn man darf die Kundschaft doch nicht verunsichern: Natürlich würden die Frauen in Panik geraten bei dem Gedanken, daß sie dann noch die Hälfte ihres Lebens vor sich haben. Daß ihnen nur Liebe und Hingabe beigebracht wurden und daß es sehr spät ist, umzusatteln und jenes Minimum an gesundem Egoismus zu kultivieren,

---

[1] In einem Buch, das diesen Titel trägt: »Vous n'allez pas avaler ça« (Das werden Sie doch nicht schlucken), und das bei Albin Michel und als Livre de Poche erschienen ist.

das es ihnen ermöglicht, die normale Undankbarkeit der Ihrigen zu überleben. Da wir uns leichtfertig damit abfinden, Objektfrauen zu sein, dürfen wir uns auch nicht darüber wundern, daß die Gesetze der Konsumgesellschaft uns einholen: Wenn man uns nicht mehr braucht, wirft man uns weg! Die Köchin gerät genauso aus der Mode wie die Kücheneinrichtung.
Wir würden eine ganze Menge Humor brauchen, oder besser noch: Hinterhältigkeit, um aus diesem Dilemma herauszukommen. Nun sind das aber leider die beiden »Fehler«, die uns am meisten fehlen. Von einer satirischen Zeitschrift, einem »Charlie Hebdo«[1] für Damen, können wir nur träumen, von einem Blatt, das endlich einmal mit unserem Heiligenschein und den anderen heiligen Werten herumjongliert – mit diesen gottverdammten Werten! Nicht, um sie zu zerstören, sondern um eines befreienden Lächelns willen. Daraus könnte uns dann ein dauerhafter Schutz für unsere dünne Haut wachsen – und man könnte endlich das Thema wechseln.
Ich fürchte, wir müssen noch lange auf eine solche Zeitschrift für Frauen warten. Immerhin hat sich der Ton eines Teils der Frauenzeitschriften seit einigen Jahren verändert: Man sieht ein, daß Frauen nicht länger nur ein Schattendasein führen wollen; verführten Mädchen rät man nicht mehr, um jeden Preis zu heiraten, betrogenen Ehefrauen nicht mehr, den Mund zu halten und Frauen ganz allgemein nicht mehr, sich zu ducken. Frauen wie Fanny Deschamps oder Ménie Grégoire machen, in Funk und in der Presse (warum haben sie noch keinen Zugang zum Fernsehen?), ganz leise eine Revolution. Es gehört zum guten Ton, darüber zu lächeln oder die Achseln zu zucken: Sie sind eben nicht Roland Barthes oder Edgar Morin. Nein, sie sind viel wichtiger! Zum erstenmal dringt durch sie ins

---

[1] »Charlie Hebdo« – linke satirische Wochenzeitschrift, die eigentlich »L'Hebdo Harakiri« hieß, sich aber 1970 nach der satirischen Todesmeldung General de Gaulles und dem Verbot ihres Titels fortan »Charlie Hebdo« nannte.

öffentliche Bewußtsein, daß Frauen vielleicht doch nicht nur für Männer geschaffen wurden und daß Leben zu schenken sie nicht daran hindern muß, auch selbst zu leben. Sogar es einem Mann zu widmen, sei er auch noch so bedeutend, rechtfertigt auf keinen Fall, daß wir dafür auf dieses einmalige Geschenk, auf unser *eigenes* Leben verzichten; denn ein Leben ist ein Wunder, aber gleichzeitig eine Verpflichtung. Ein Satz von Clara Malraux aus ihren wunderschönen Memoiren[1] hat mich sehr berührt: »Mir wurde klar, daß das Leben mit André ein königliches Geschenk war, das ich mit meinem eigenen Verschwinden bezahlte.« Sie hat diesen Preis nicht für immer zahlen wollen, und wer kann es ihr verdenken? Aber wie viele Ehefrauen haben mit ihrem endgültigen Verschwinden »Geschenke« bezahlt, die so gar nichts Königliches hatten?
Viele Frauen verabscheuen »Hara Kiri« und »Charlie und Co«. Der Schmutz, der Schund und die derben Zoten – es sind tatsächlich oft Zoten – und die totale Respektlosigkeit selbst angesichts des Todes schrecken sie ab. Sie können sich die Erleichterung und die Entlastung nur schwer vorstellen, die es für sie bedeuten würde, sich auch einmal einen Lachkrampf zu gönnen. Schon das Wort macht ihnen Angst: Es ist nicht »weiblich«. Veteranentreffen, Jagden und Herrenpartien werden meist nur zu diesem Zweck veranstaltet. Aber Frauen würden sich schuldig fühlen, wenn sie sich träfen, nur um Spaß zu haben, dumm herumzureden oder um einfach zusammen zu sein. Sie würden ihre Kinder mitnehmen, ihr Strickzeug oder auch nur ihre Komplexe und ihre Zeitpläne – und alles wäre umsonst.
Denn die Existenz der Frauen wird von einem Umstand zutiefst geprägt: Ihr gesamtes Leben ist auf hinterhältige Weise völlig von häuslichen Pflichten durchdrungen. Eine Frau hat immer ein Paket schmutziger Wäsche wegzubrin-

---

[1] »Das Geräusch meiner Schritte – Erinnerungen«, Scherz Verlag, Bern. – Clara Malraux (1897–1982) war mit dem frz. Schriftsteller und Politiker André Malraux (1901–1976) verheiratet. Ihr Einfluß auf einen großen Teil seines Werks ist unumstritten.

gen, wenn sie ins Kino geht, sie darf das Brot nicht vergessen, wenn sie von der Arbeit kommt; und wenn sie einen Geliebten hat, der einem bestimmten Kaufhaus gegenüber wohnt, halte ich sie für fähig, »die Gelegenheit zu nutzen«, um den chinesischen Tee zu kaufen, den ihr Mann so liebt und den es nur da gibt. Das Belastende der Haushaltspflichten, das Männer kaum nachvollziehen können, besteht genau darin: in dem ständigen Bemühen, alles zu tun, was man von uns erwartet. Sich wegwerfen – vielleicht ... aber den Einkaufszettel vergessen – nie!

Für diese Frauen wäre eine satirische Frauenzeitschrift, eine »Charlotte Hebdo«, eine Erlösung, eine wohltuende Ablenkung. Wir gewöhnen uns unglaublich schnell an Kraftausdrücke, wenn sie einer Wahrheit oder einer Notwendigkeit entsprechen. Ich erinnere mich, wie übel mir am Anfang wurde, wenn ich die Ungeheuerlichkeiten von Cavanna, Cabu, Reiser oder Wolinski in »Charlie Hebdo« las, über das, was sie immer noch als ›Tampax‹ bezeichnen. Diese Ketzer verletzten ein Tabu, indem sie es wagten, offen über etwas zu lästern, worüber wir selbst nur flüstern. Je öfter ich diese obszönen Scherze aber las, je öfter ich sah, wie Männer sie lasen, die mir nahestanden, desto deutlicher fühlte ich mich erleichtert, als würden diese Scherze endlich den Hexenbann brechen, dessen heimliche und schändliche Riten wir Frauen nun selbst ausüben, kaum daß wir vom Urfluch und dem mittelalterlichen Gerede erlöst sind.

Heute würde ich es mir ohne weiteres zutrauen, Cavanna darum zu bitten, mir Tampax mitzubringen. Er ist der einzige Mann, den ich, ohne zu zögern, um diesen Dienst bitten würde, eben weil er sich über Tampax kaputtlacht. Was für ein Geschenk hat er mir damit gemacht!

VIERTES KAPITEL

Die verhaßte F...

»Ich habe sie ihr aufgehalten und mit der Lampe hineingeleuchtet. Ich hatte noch nie so ernsthaft eine Fotze untersucht. Je länger ich sie mir anschaute, desto uninteressanter wurde sie... Wenn du dir eine Frau ansiehst mit Kleidern drüber, stellst du dir alles mögliche vor; du gibst ihnen eine Individualität, die sie nicht haben, natürlich nicht. Da ist nur eine Spalte zwischen den Beinen. (...) Es ist nichts darin, absolut nichts. Es ist abstoßend.«

Henry Miller

Natürlich ist in diesem Kapitel von der Fotze[1] die Rede, nicht vom Arsch. »Arsch« ist etwas Zotiges. Lustiges! Mit einem Wort: etwas Männliches.
Ich rede hier von der Fotze, von der Sünde also, der Wurzel allen Übels, von dem verachtenswerten Loch, das seine Daseinsberechtigung allein daraus bezieht, Etui für das königlichste aller Organe zu sein. Mit anderen Worten: von der Frau. Allein ist sie nichts. Ein Loch ist nichts. Es ist

---

[1] Das frz. Wort für Fotze (Con) hat den gleichen Anfangsbuchstaben wie das für Arsch, Hintern (Cul), außerdem wie für Klitoris (Clitoris) und sogar wie das für Herz (Cœur). Auf alle diese Begriffe spielt B. G. hier an.

hohl, negativ, leer. Trotzdem ist es hassenswert. Das Wort, mit dem dieses Loch benannt wird, ist natürlich ein Schimpfwort. Scheißfotze ist eine genauso rassistische Beschimpfung wie Scheißjude oder Scheißnigger. Welcher Mann wird als Scheißschwengel oder als alte Stange bezeichnet? Sollen wir da wirklich an Zufall glauben?

Wußten Sie übrigens, daß man im Jemen, in Saudi-Arabien, in Äthiopien und im Sudan kleine Mädchen noch beschneidet? Daß im heutigen Ägypten auf dem Land alle und in den Städten sehr viele Mädchen dieser sexuellen Verstümmelung ausgesetzt sind, die man »Khifâdh« nennt?[1] Daß sie in Guinea[2], im Irak, in Jordanien, in Syrien, an der Elfenbeinküste und bei den Dogonen im Niger sehr geläufig und bei vielen afrikanischen Stämmen vorgeschrieben ist?

Wußten Sie, daß alle in Ägypten gefundenen Mumien weiblichen Geschlechts – in einem Land also, dessen liberale Kultur man rühmt – klitorisamputiert sind? Ja, Nofretete und Kleopatra inbegriffen.

Daß das Verbot solcher blutigen Praktiken im Jahre 1881 bei den männlichen Eingeborenen Abessiniens einen derartigen Aufstand auslöste, daß der Papst eigens eine Delegation entsenden mußte, die die Angelegenheit an Ort und Stelle untersuchte? Vergeblich übrigens, denn die Abessinier drohten, ihre Töchter nicht mehr taufen zu lassen, und die Kirche gab der Seele vor dem Sexualorgan den Vorzug und »sah die Notwendigkeit der Operation ein«.

Wußten Sie schließlich, daß einige Volksstämme des Sudans, Somalias, Nubiens, Djiboutis, Äthiopiens und Schwarzafrikas[3] die Mißhandlung ihrer Frauen über die

---

[1] Lawrence Durrell spricht in »Justine« von der »braunen Narbe zwischen den Zwillingsspuren des Strumpfhalters«. (B.G.)
[2] 84% der Mädchen werden im fortschrittlichen Guinea beschnitten (Pierre Hanry: »Erotisme africain«, Verlag Peyot). (B.G.)
[3] Wenn Sie es genau wissen wollen: bei den Danakyl, den Barabra, den Rubra, den Ngala, den Harari, den Zulu und bei gewissen Beduinen (Alain de Benoist: »Les Mutilations sexuelles« – Die sexuellen Verstümmelungen – beim Verlag Nouvelle Ecole, März 1973). (B.G.)

Klitorisbeschneidung hinaus, die ihnen offenbar noch nicht reicht, mit Hilfe einer originellen Erfindung vervollkommnen, die man Infibulation nennt und die dem zukünftigen Ehemann durch eine sehr schmerzhafte Verengung der Schamspalte die »Unversehrtheit« seiner jungen Gattin garantiert?
Sie wußten es nicht. Oder Sie glaubten, das seien längst vergangene Bräuche aus barbarischen Zeiten. Niemand weiß davon, weil niemand darüber spricht. Es geht ja nur um weibliche Organe, um etwas Unbedeutendes also. Mit seiner Frau, seinem Haus und seinem Kamel kann schließlich jeder machen, was er will, nicht wahr? Niemanden geht das etwas an. Die UNESCO schweigt taktvoll: Man kann doch nicht ernsthaft in gelehrten Versammlungen über die Klitoris reden! Ja, wenn diese Völker ihren Frauen den Daumen oder die Nase abschneiden würden, dann könnte man sich darüber empören . . . Forscher, Ethnologen und berühmte Berichterstatter geben vor, an eine malerische religiöse Tradition zu glauben und erwähnen die Initiationsriten der jungen Mädchen nur sehr diskret und ganz nebenbei. Auch in Frauenvereinigungen wird selten über diese Dinge gesprochen. Über Gebärmütter und Eierstöcke – das ja. Das sind ja auch Fortpflanzungsorgane. Aber das kleine Ding, das ausschließlich der Lust dient, das ist unanständig. Und da dieses Organ weder dem Mann noch der Arterhaltung dient, sollte man es entweder nicht beachten oder zerstören. Genau das hat man gemacht. In den Handbüchern der Anatomie wurde es bis zum letzten Jahrhundert nicht einmal erwähnt, und in den »Petit Larousse« wurde das Wort erst sehr spät aufgenommen. Auch in den berühmten Liebeslehrbüchern Indiens oder Persiens, deren erotische Qualität stark überschätzt wird, ist nie von Lust durch die Klitoris die Rede.
Dieses anatomische Detail ist nicht nur unnötig, es ist sogar schädlich, denn es verschafft den Frauen kostenlos Lust, sogar ohne Mitwirkung des Mannes. Denn auch die Lust der Frau ist für den Mann überflüssig; für ihn zählt vor allem das exklusive Eigentumsrecht an einem auf das

Wesentliche reduzierten weiblichen Geschlechtsteil. Im Gegensatz zu dem, was wir uns gern vorstellen, sucht der Mann im Geschlechtsverkehr meistens nicht den Austausch von Lust, denn Austausch setzt ein Minimum an Gleichheit zwischen den Partnern voraus. Dieses Minimum aber verweigert der Ehemann seiner Frau, denn jede weibliche Freiheit stellt ein Risiko für ihn dar. »Der Haß gegen die Klitoris ist daher eine weltweite«, wie Dr. Gérard Zwang in »Le Sexe de la femme« (Das Geschlecht der Frau) hat schreiben können.

Selbst in der Türkei oder im Maghreb, in den islamischen Ländern also, in denen die Mädchen zumindest nicht physisch verstümmelt werden, muß ein Mann sich davor hüten, die Klitoris anzufassen oder, was noch schlimmer ist, sie mit dem Mund zu berühren. Dieses Verbot ist absolut. Ein anständiges weibliches Organ darf nichts anderes sein als eine problemlos zugängliche Öffnung, umgeben von einer kahlen Zone, die in »kollektiven Enthaarungszeremonien hergestellt wird, um saubere Ränder zu gewährleisten ... Denn in unserer algerischen Gesellschaft haben die Frauen nur das eine Recht: ein Geschlechtsorgan zu besitzen und es in Ordnung zu halten.«[1]

Leider ist die Garantie für den Ehemann nie absolut oder endgültig, selbst wenn er sie durch Verstümmelung zu erreichen sucht; denn das primäre Geschlechtsorgan der menschlichen Rasse ist nicht zwischen den Beinen angesiedelt, sondern im Schädel ... Aber mit der auf Null reduzierten Bildung kleiner Mädchen, ihrem Klausurleben vom Tag der ersten Periode bis hin zu den Wechseljahren, dem Todesurteil bei einem Ehebruch der Frau und dem Verbot jeglicher Freiheit, sogar bei der Wahl des Ehemanns, hat der Gatte immerhin alle Trümpfe in der Hand.

Und außerdem ist, zum Glück für die Männer, »die Ursa-

---

[1] Zu diesem Thema sollten wir die ausgezeichneten, aber erschreckenden Romane von Rachid Boudjedra über die Lebensbedingungen der Frauen in Algerien lesen: »La Répudiation« (Die Verstoßung), im Verlag Denoel. (B.G.)

che der Begierde, diese absurde Klitoris, für das Messer problemlos erreichbar« (Zwang). In dem Buch, das Youssef el Masri über die sexuelle Tragödie der Frau im arabischen Orient (»Drame sexuel de la femme dans l'Orient arabe«) geschrieben hat, finden wir aberwitzige Beschreibungen dieser Vivisektion und ihrer psychischen und physiologischen Konsequenzen.

Von Alexandria bis Khartum und in den angrenzenden Ländern wird die Amputation mit sieben Jahren vorgenommen. Da dieser Teil des Körpers sehr reich an Nerven ist, ist der Eingriff extrem schmerzhaft; die Patientin liegt auf dem Boden und muß von den Frauen festgehalten werden, die ihr die Beine spreizen und die versuchen, das Zukken der Oberschenkel zu verhindern, wenn der Hauptnerv der Klitoris durchtrennt wird. Es muß ein großer Schnitt gemacht werden, denn »ein teilweises Herausschneiden ist keine hinreichende Garantie gegen die Schamlosigkeit der jungen Mädchen«. (Deutlicher kann man nicht eingestehen, daß es – unter dem Vorwand eines religiösen Ritus – nur darum geht, jede Möglichkeit für Lustempfinden bei den Frauen auszumerzen.) Es gibt kein geeignetes Instrument, keine medizinische Hilfe, keine Narkose. In den ländlichen Gebieten Ägyptens kommen bestenfalls 1000 Ärzte auf 18 Millionen Einwohner. Die Kastriererinnen nehmen den Eingriff mit einem Krummesser oder mit einem Rasiermesser vor; die Messer müssen sehr scharf sein für den Schnitt entlang der Schamlippen, denn die Schwellkörper sind sehr widerstandsfähig. Und der Eingriff muß sehr präzise sein, damit der nahe Harnröhrenausgang und der obere Damm nicht zerschnitten werden. Was die postoperative Behandlung angeht, so schwören die Matronen auf Packungen aus Tierexkrementen. Niemand muß Medizin studiert haben, um zu begreifen, daß Wundstarrkrampf, Harninfektionen oder Blutvergiftungen nicht selten vorkommen. Der obere Damm der Überlebenden wird nahezu unelastisch und zerreißt bei Entbindungen besonders leicht ... und die sind sehr zahlreich. Abgesehen von den Todesfällen fordert der Ritus – als Nebenprodukt – noch andere Opfer: Eine besonders scheußliche Folge der Beschneidung ist nämlich die Bildung einer Nervengeschwulst an der Stelle, an der der Klitorisnerv herausgeschnitten wurde. Die geringste Berührung des ganzen Bereichs löst stechende Schmerzen aus, »ähnlich wie bei den Stümpfen mancher Amputierter« (Zwang). Das ist zwar bedauerlich, aber – Inschallah! Zumindest laufen diese Frauen nicht mehr Gefahr, von irgend jemandem benutzt zu werden.

Bei den Nandis in Afrika befestigt die Beschneiderin am Tag vor dem Eingriff eine Brennessel an der Klitoris des Mädchens, damit deren bis zum Zerplatzen geschwollene Spitze leicht mit einer Zange zu fassen ist; das erleichtert das Auflegen des glühenden Stücks heiligen Holzes auf das zu zerstörende Organ. »Jedesmal, wenn eine Klitoris zerstört ist, jubeln die älteren Frauen vor Freude. Die Mutter und die Schwestern des so geweihten Mädchens nähern sich schreiend und drängen es zu tanzen, trotz der starken Blutung.« (»Schwarzer Eros« – Eros noir – von Boris von Rachlewitz). Die Narbenbildung dauert zwei bis drei Wochen, danach besitzt das Mädchen ein ordentliches Geschlechtsorgan. Es ist »gereinigt« – das Wort stammt von einem arabischen Philosophen.

»An dieser Stelle wollen wir bei unseren Frauen nichts haben, was hängt.« (Vorschrift der Nandis).

Für die manischen Besitzer reichte das aber noch nicht. Die Klitorisbeschneidung, »eine der schlimmsten Niederträchtigkeiten, die der menschliche Geist je geboren hat«,[1] kann durch eine zusätzliche Sicherheitsmaßnahme noch gesteigert werden: durch die Infibulation, das Zunähen der Schamlippen. Vor der Hochzeit braucht eine Frau ihre

---

[1] Diese Worte stammen von Dr. Gérard Zwang, den ich mehrfach zitiere, dem Verfasser der Bücher »La Fonction érotique« (Die Funktion des Erotischen) im Verlag Laffont und »Sexe de la femme« (Das weibliche Geschlecht), der ersten Bücher, die humorvoll über die Sexualität und liebevoll über den weiblichen Körper sprechen. Alle Frauen sollten ihn lesen, um sich mit sich selbst auszusöhnen oder auch einfach nur zu ihrem Vergnügen. (B. G.)

Scheide sowieso nicht. Es ist also logisch, sie durch eine »harmlose Operation« unzugänglich zu machen. Daß sie harmlos ist, versichert uns ein Journalist aus Kairo, ein Mann natürlich. Wer könnte auch besser über die Klitorisbeschneidung schreiben als ein männlicher Journalist? »Gleichzeitig befreit man den weiblichen Schritt von der Klitoris und von den Schamlippen, die dort ohnehin zuviel Platz wegnehmen.«
Alain de Benoist beschreibt, wie in Djibouti, wo alle Mädchen zugenäht werden, eine Heranwachsende »versiegelt« wird: »Nachdem die Klitoris herausgerissen worden ist, schneidet man die Ränder der großen Schamlippen ab, um die Größe der Vulva auf die Hälfte der Schamspalten zu reduzieren. Die offenen Wundränder werden dann zusammengefügt, indem man sie entweder mit Harz miteinander verklebt oder indem man die Schamlippen im Gebüsch mit Akaziendornen durchbohrt. Damit Urin und Blut austreten können, läßt man hinten eine winzige Öffnung frei, die man während der Vernarbung mit einem Bambusstock offenhält. Die Operierte muß 14 Tage lang von den Hüften bis zu den Knien gefesselt bleiben.«
Stellen wir uns das Martyrium während des Vernarbungsvorgangs vor, die Schmerzen beim Harnlassen, die Notwendigkeit, mit einem Kissen zwischen den Oberschenkeln zu schlafen und zu gehen, damit die geschwollene Vulva nicht zusammengedrückt wird, die ja nur sehr notdürftig genäht wurde und aus der später eine scheußliche Narbe wird.
Am Abend der Hochzeit braucht das Garantiesiegel dann nur noch in Gegenwart des Ehemanns durchgeschnitten zu werden. Die Jungvermählte, die im allgemeinen nicht älter als zwölf bis fünfzehn Jahre ist, wird vor dem Eindringen des Mannes mit dem Rasiermesser wieder geöffnet, und ihm wird empfohlen, seine Rechte am Anfang mehrmals täglich wahrzunehmen, damit ein unerwünschtes Schließen der Wunde vermieden wird. Bei der ersten Entbindung muß man dann mit einem Messer die großen Schamlippen durchtrennen, die durch die Vernarbung verhärtet sind. Es

ist nicht schwer, sich auszumalen, was die Liebe für derart geschundene Wesen bedeutet.

Die Frau ist übrigens noch nicht erlöst: Die Operation kann auf Verlangen des Mannes nach einer Geburt oder für eine lange Reise (des Mannes!) wiederholt werden.

Alle Komplikationen, die mißlungenen Operationen, die Fisteln bei den Geburten, durch die die Vagina mit dem After oder mit der Harnröhre zusammenwächst – ganz zu schweigen von der totalen Frigidität von 95% aller Verstümmelten –, zählen nicht angesichts des angestrebten Ziels: Jede weibliche Lust soll an der Wurzel ausgerottet und der Frau soll verboten werden, über ihren Körper zu verfügen.

Es tut weh, nicht wahr, das zu lesen? Es tut unseren Geschlechtsorganen weh, es tut unserem Herzen weh, es tut unserer Menschenwürde weh, und es tut uns stellvertretend für alle die Frauen weh, die uns ähnlich sind und die mißachtet, ausgelöscht und in ihrer Wahrheit zerstört werden. Und es tut uns auch weh für diese stumpfsinnigen Männer, die es für unentbehrlich halten, die Überlegenen zu sein und die, um das zu erreichen, die einfachste und zugleich entwürdigendste Lösung für beide Beteiligten gewählt haben: die, den andern zu erniedrigen.

Kaum jemand hat auf diese sehr alten Praktiken aufmerksam gemacht. Im Gegenteil. In den unabhängig gewordenen afrikanischen Ländern werden sie bewußt aufrechterhalten und von den »Intellektuellen« verteidigt, die alle – ich muß es kaum betonen – männlichen Geschlechts sind. Hören Sie, wie der Schriftsteller Yambo Ouloguem aus Mali, der Philosophie studiert hat, das Entzücken der Mädchen seines Landes am Abend der Hochzeit beschreibt: »Viele Männer freuen sich darüber, bei der Hochzeit ein neuartiges, sadistisches Vergnügen zu erleben: die Geliebte mit dornengespicktem Geschlecht und blutbespritzten Lenden zu entjungfern, die ihrerseits hingerissen und mehr als halb tot ist vor Vergnügen und Angst.« Und er fügt in »Le Devoir de Violence« (»Die Pflicht zur Gewalt«) die beruhigende Feststellung hinzu:

»Die Entfernung der Klitoris und die Angst vor der Bestrafung jedes Ehebruchs (sie findet auf dem Dorfplatz statt, durch ein Pfefferklistier, in dem Ameisen schwimmen) haben das Temperament unserer Negerinnen außerordentlich wirkungsvoll gezügelt.«
Aber wir sollten nach Yambo Ouloguem keinen Stein werfen – er hat immerhin die Entschuldigung, Sohn einer beschnittenen Mutter zu sein –, ohne ihn auch nach all denen zu werfen, die bei der erotischen Verstümmelung von Frauen mitgeholfen haben, nach Marie Bonaparte unter anderem, die in Ägypten Gelegenheit hatte, viele beschnittene Frauen zu untersuchen und die in »La Sexualité de la Femme« (»Die Sexualität der Frau«) 1951 den Schluß zieht, diese Verstümmelung sei absolut gerechtfertigt, »da sie die Feminisierung vervollkommnet, indem sie ein unnötiges Überbleibsel des Phallus beseitigt«. Unnötig für wen? Wofür? Wir würden gern wissen, ob sich Marie ihres Kitzlers bediente oder nicht?!
Wie sagt doch Dr. Zwang mit tröstlichem Zynismus: »Klitorisbeschneidung bedeutet Gesundheit.«
Im Orient, in Afrika und auch in Europa sind Religion und Wissenschaft immer geschickt manipuliert worden und haben so immer die notwendige Rechtfertigung geliefert für die physiologische, moralische und intellektuelle Unterwerfung der Frau. Diese Methode könnte uns heute naiv anmuten, aber seit Jahrhunderten liefert sie hervorragende Resultate. Damit sie funktioniert, muß man sich nur der Mitwirkung Gottes versichern, eines Gottes, dessen Absichten die Männer allein zu kennen scheinen, und man muß sich auf physiologische Gegebenheiten berufen, auf eine Physiologie, deren Grundvoraussetzungen von Männern stammen. Diese Art der Selbstbedienung hat sich als eine so vorzügliche Methode erwiesen, daß sie noch heute angewandt wird. So rechtfertigte der große Mufti von Mekka in der Mitte des 20. Jahrhunderts die Verstümmelung kleiner Mädchen durch die islamische Religion, indem er sagte: »Die Beschneidung ist Allah gefällig.« Woher weiß er das, da doch im Koran nichts darüber steht?

So beseitigen die Bambaras die Klitoris unter dem Vorwand, ihr Stachel (Zitat!) könne den Mann verletzen und sogar seinen Tod herbeiführen.

Die Nandis wiederum haben beobachtet, daß die Mädchen, denen man dieses unheilvolle Organ beließ, dahinsiechten und in der Pubertät starben.

Und die ägyptischen Chirurgen, die auf Verlangen der Ehemänner den Eingriff vornahmen, behaupteten allen Ernstes, durch das heiße Klima entwickelten sich enorm große Kitzler, durch die ihre Besitzerinnen zu wahrhaft lüsternen Torheiten hingerissen würden, die sie daran hinderten, Pipi zu machen und die später ein Hindernis bei der Entbindung darstellten. Weil das so unglaublich klingt, müssen wir hier klarstellen, daß es sich dabei nicht um die Besessenheit eines Wahnsinnigen handelt, sondern um eine offizielle Stellungnahme: Im Jahre 1970 empfahl Dr. Mohammed Hosni Korched, der Verwaltungsdirektor aller Krankenhäuser im ägyptischen Gesundheitsministerium, die Operation, um »den Frauen Erleichterung zu verschaffen und um ihren sexuellen Appetit zu zügeln«.

Wir täten unrecht, würden wir vom hohen Roß unseres hohen westlichen Wissensstandes herab über diese Geschichten lachen. Unsere Kur- oder Seelenpfuscher versichern im 19. Jahrhundert, Schulbildung oder Sport könne Frauen unfruchtbar machen, und unsere lieben Hausärzte behaupteten bis vor ganz kurzer Zeit, kleine Mädchen, die sich selbst befriedigten, würden blutarm, siechten dahin oder würden sogar geisteskrank: Sie alle erinnern sehr an die afrikanischen Medizinmänner. Gewiß, die Methoden unserer Medizinmänner sind nicht ganz so blutig, aber all diese Gedankengänge und Argumente sind sich derart ähnlich, daß wir dabei ein sehr ungutes Gefühl bekommen. Es wirkt so, als seien alle Männer untereinander stillschweigende Komplizen. Wie ist es sonst zu erklären, daß keiner von ihnen sich über die Millionen von Menschen entrüstet, denen jede Lust vorenthalten wird, über die Tausende zugenähter kleiner Mädchen, über die Millionen von Ehefrauen, die auf Lebenszeit ihrer Freiheit beraubt werden, die schon als Kinder an Ehemänner verkauft werden, die sie erst am Hochzeitstag zu Gesicht bekommen, die verschleiert, vergewaltigt, rasiert, verstoßen werden, die aus dem Tageslicht verbannt und in einer dunklen Ecke irgendeines arabischen Wohnraums gehalten werden bis zur glorreichen Geburt eines Männchens? Das Thema wird nicht diskutiert. Die öffentliche Meinung kümmert sich nicht darum.

Einige beherzte Männer haben allerdings bewiesen, daß es möglich ist, den Bleideckel der Tradition anzuheben: Mustafa Kemal in der Türkei, Bourguiba in Tunesien. Und Ben Bella hätte es wahrscheinlich auch versucht, denn er sagte in den ersten Stunden der Unabhängigkeit: »Es gibt in unserem Land fünf Millionen Frauen, die in einer Form unterjocht werden, die eines sozialistischen und mohammedanischen Algeriens unwürdig ist. Die Befreiung der Frau ist für uns kein zweitrangiges Ziel, die Lösung dieses Problems ist eine der Voraussetzungen für jede Art von Sozialismus.« Ben Bella sitzt im Gefängnis.[1] Die Frauen auch. Und es herrscht der Islam, den Renan so definierte: »der größte Klotz, den die Menschheit je am Bein hatte«.

Einige Kolonialherren hatten den Mut, sich nicht hinter den einheimischen Sitten zu verstecken und so eine bequeme Ausrede dafür zu haben, nichts zu tun, und sie erreichten bei gewissen Regierungen, daß Maßnahmen ergriffen wurden. Khartoum beschloß 1947 das Verbot der Infibulation und schrieb für die Beschneidung Vollnarkose vor. Es blieb bei den leeren Worten: Jeder wußte, daß es im Sudan weder Ärzte noch Narkosemittel gab! Und außerdem fand eine »heile und offene« Sudanesin keinen Abnehmer.

1958 wurde die Beschneidung im britischen Aden verboten. Sie mußte im Jahr darauf wiedereingeführt werden. In Kenia nahmen die englischen Behörden den Aufstand der

---

[1] Ahmed Ben Bella (geb. 1919) wurde 1963 Staatspräsident des unabhängig gewordenen algerischen Staates; 1965 wurde er von einigen seiner engsten Mitarbeiter gestürzt und verhaftet; bis 1979 stand er unter Hausarrest, seit 1981 lebt er im französischen Exil.

Mau-Mau zum Anlaß, die Klitorisbeschneidung zu reduzieren. Die Antwort war schlagend: Die Mau-Mau leisteten sich das Vergnügen, eine Reihe von Engländerinnen zu beschneiden, die während der Kämpfe gefangengenommen worden waren. Und ihr Führer Jomo Kenyatta[1], auf englischen Universitätsbänken erzogen, präzisierte in seinem Buch »Facing Mount Kenia« unmißverständlich: »Kein Kikuyu, der dieses Namens würdig ist, will ein unbeschnittenes Mädchen heiraten; denn diese Operation ist die Conditio sine qua non für eine vollständige moralische und religiöse Bildung.« Bei der Machtübernahme 1963 beeilte sich Jomo Kenyatta damit, die Klitorisbeschneidung offiziell wiedereinzuführen, die »dummerweise von zu sentimentalen Afrikafreunden bekämpft wurde«.

Wir müssen zugeben, daß die Ergebnisse dieser Operation überwältigend sind. Aus medizinischer Sicht ist der Erfolg vollkommen: 95% der beschnittenen Frauen sind vaginal völlig empfindungslos, da man den normalen Reifungsprozeß des orgasmischen Ablaufs verhindert. Aus soziologischer Sicht sind die Ergebnisse weniger positiv ... Um eine sehr schöne Formulierung der Ethnologin Germaine Tillion aufzugreifen, »gibt es nirgendwo ein ausschließlich weibliches Unglück; jede Niedertracht gegen die Töchter verletzt auch die Väter, jede gegen die Mütter begangene trifft auch die Söhne«. Jede Beeinträchtigung von Frauen, jeder Machtmißbrauch gegenüber Frauen hat auch für die Männer Negatives zur Folge und verursacht ein irreparables Entwicklungshemmnis für die gesamte Zivilisation. Es gibt keine andere Erklärung für den Stillstand der mohammedanischen Gesellschaften. »Die vernichteten Frauen produzieren eingebildete und unzurechnungsfähige Unter-Männer, und gemeinsam sind sie dann die Stützen einer Gesellschaft, die an Quantität wächst und an Qualität abnimmt.« (Dominique Fernandez).

---

[1] Jomo Kenyatta (1891–1978), einer der »großen alten Männer Afrikas«, war seit 1963 bis zu seinem Tode Staatspräsident des unabhängig gewordenen Kenia.

Unter anderem hat dieser glänzende Erfolg »orientalischer Weisheit« besonders bei den Ägyptern einen erschreckenden Konsum von Haschisch und Aphrodisiaka zur Folge gehabt, in der vergeblichen Hoffnung, die liebesunfähigen Invaliden, die so produziert wurden, in Erregung zu versetzen. Die Kairoer Presse hat sich mehrmals darüber erregt: »Wenn wir die Droge bekämpfen wollen, müssen wir die Beschneidung verbieten«, empfahl das Wochenblatt »Al Tahrir«.

1960 wurde sie tatsächlich verboten, aber dadurch hat sich die machistische islamische Mentalität nicht weiterentwickelt, und weder Polizei noch Verwaltung haben sich um die Einhaltung des Gesetzes gekümmert.

Richtig ist, daß nicht der Koran der Erfinder dieser Verstümmelung ist. Die Beschneidung – und den Schleier – gab es schon vor Mohammed. Aber er hat sie akzeptiert, überall da, wo sie praktiziert wurde; mehr noch, er hat sie begrüßt. Die jüdischen Frauen können Moses dankbar sein; aus nicht bekannten Gründen brachte er diese Tradition nicht aus Ägypten mit, sondern nur die männliche Beschneidung. Ein einziges Mal erwähnt Mohammed die Klitorisbeschneidung in der Sure Hadith und empfiehlt, die benachbarten Bereiche bei dem Eingriff nicht zu sehr zu zerstören: »Greif nicht zu radikal ein, das ist besser für die Frau.«

Da wir außerdem wissen, daß die Hand des Propheten nie auch nur die Hände der Frauen berührte, die ihn verehrten und die seiner Lehre folgten, da wir wissen, daß die arabische Gesetzgebung im 14. Jahrhundert die Ehe als »den Kauf eines Genitalfeldes« bezeichnete, wie könnten wir da vom Käufer das geringste Mitgefühl erwarten? Wer hat schon Mitleid mit einem Feld?

Vor 15 Jahren veranlaßten fünf europäische Länder, unter anderem Frankreich und Großbritannien, die IHO zu einer Untersuchung über das Thema. Sie führte zu keinem Ergebnis.

Es bleibt uns daher nichts anderes als die Erkenntnis, daß die Ausbeutung von versklavtem, eingesperrtem, zum

Schweigen verurteiltem Menschenvieh nur darum heute noch möglich ist, weil es sich um Frauen handelt, und daß Männer und ganze Völker über diesen letzten Kolonialismus unserer Tage ein heuchlerisches Stillschweigen bewahren.

Erinnern wir uns an die Negerinnen mit den Tellerlippen bei der Kolonialausstellung von 1934, die so viele sensationslüsterne Zuschauer anzogen. Welcher Journalist, welche Frauenzeitschrift hat sich über diese schmerzhafte Scheußlichkeit empört, die zufällig wieder einmal die Frauen traf?

Man tat so, als glaube man an eine ästhetische Besonderheit, dabei war ihr Ursprung das genaue Gegenteil: Die Saras wollten nichts anderes als ihre Frauen entstellen, um so die arabischen Plünderer abzuschrecken, die es auf Sklavinnen abgesehen hatten.

Auch der Forscher Vitold de Golish beschreibt als pikante Besonderheit, daß bei den Giraffenfrauen Nordburmas der Kopf elegant auf einem Turm von Kupferringen 40 oder 50 cm hoch über den Schultern sitzt. Die ersten Ringe werden dem jungen Mädchen mit fünf Jahren um den Hals geschmiedet. »Am Anfang fällt dem Mädchen das Essen und Schlafen ein wenig schwer, aber angesichts der Geschenke, mit denen man es überhäuft, vergißt es die Schmerzen schnell.« Sagt Golish. Hut ab vor den intakten Berichterstattern, die die Leiden anderer mit so viel Optimismus beschreiben. Alle zwei Jahre kommt die Quacksalberin, renkt den Hals aus, dehnt die Halswirbel bis an die Grenze des Erträglichen und legt neue Ringe an. Wenn die Halsbänder mit 15 Jahren ausgetauscht werden, kann die Heranwachsende ihren Kopf schon nicht mehr halten; sie ist ihren Gebietern ausgeliefert. Gefällt die Giraffenehefrau nicht mehr? Hat sie ihren Eigentümer betrogen? Dann läßt man den Schmied kommen, er sägt die Ringe durch. Die geschrumpften Muskeln und die getrennten Halswirbel können ihren Dienst nicht mehr verrichten, der Kopf der Übeltäterin sinkt herunter, was die unheilbare Lähmung aller Extremitäten zur Folge hat.

Kürzlich habe ich in einer Nobelzeitschrift, die man den Reisenden der Air France zur Verfügung stellt, eine Beschreibung des Initiationsritus junger Mädchen bei den Mossis in Obervolta gelesen. Einige Seiten später regte sich ein Journalist über den Skandal auf, daß in jedem Sommer Hunde von ihren Herrchen ausgesetzt werden. Ein anderer empörte sich über die Mißhandlung von politischen Gefangenen in Chile. Aber was die Verstümmelung der kleinen Mädchen anging, da empfand unser Forscher im Jahre 1974 weder Mitleid noch Empörung, und alle etwaigen Skrupel unterdrückte er mit der Schlußfolgerung, daß »diese Operation dazu bestimmt« sei, »die Weiblichkeit der Heranwachsenden zu vervollkommnen«. Als sei es die natürlichste Sache der Welt, daß der Mann den weiblichen Körper so formt, wie er ihn haben will!

Auf dem internationalen Kongreß für medizinische Sexualwissenschaft, der im Juli 1974 in Paris stattfand, hat Professor Pierre Hanry, ein Spezialist für afrikanische Sexualität, versucht, das wie folgt zu rechtfertigen: »Die Beschneidung ist der logische Versuch, *die sexuelle Integration der Frau nach streng sozialen Gesichtspunkten zu gestalten.* (Die Hervorhebung stammt von mir.) Die Frau ist in Guinea zur Mutterschaft berufen. Die Beschneidung beseitigt das Organ der sterilen, also asozialen Lust und schont das Organ der fruchtbaren, also sozialen Lust.«

Sehr gut. Das ist logisch und effektiv. Aber dann soll man bitte auch zugeben, daß man in der Frau nichts anderes sieht als ein Haustier, daß man sie behandeln will wie ein Stück Rindvieh, wie eine Gans oder wie ein Huhn, die man kastriert oder mästet, um ihre »sexuelle Integration« zu fördern und die man in einen Käfig sperrt, damit sie ihrer Berufung zur Legehenne besser gerecht wird.

Im übrigen wurde genau das schon immer praktiziert. Religionsmissionen haben sich um die Seelen der Dritten Welt Sorgen gemacht. Industrielle haben sich um ihre Rohstoffe gekümmert – ohne allzu große Skrupel, wie wir alle wissen. Das Militär hat hie und da massakriert. Humanisten und Staatsmänner haben für die Abschaffung der Sklaverei gekämpft, und für eine elementare Schulbildung dieser Völker. Ärzte haben sich im Kampf gegen die Kindersterblichkeit und gegen die Seuchen aufgeopfert. Für die Frauen ist nichts geschehen. Und sie selbst haben weder etwas verstehen noch etwas tun können, denn eine jede von ihnen lebt isoliert in ihrem Zuhause, isoliert in der Liebe zu einem Mann oder einem Herrn, isoliert in der *Zelle* ihrer Familie und in der Liebe zu ihren Kindern. Schon das Wort »Zelle« ist aufschlußreich. Aus der Summe dieser Einsamkeiten kann keine Bewegung werden; dabei wäre eine solche Frauenbewegung als einzige Kraft in der Lage, Gerechtigkeit zu erkämpfen. Daß die Frauen heute immer noch der massivsten menschlichen Unterjochung seit Abschaffung der Sklaverei ausgesetzt sind, hat seinen Grund darin, daß es leicht – und also verlockend – ist, jede einzelne von ihnen einzeln auszubeuten.

Denn eine Tatsache sollten wir uns bewußtmachen und nie wieder vergessen: Die Methoden und die Unterdrückungsmechanismen derer, die die Macht haben, wo auch immer, sind die gleichen. Ob es gestern die Lehnsherren waren, ob es die Reichen oder die Mächtigen heute oder ob es die Männer aller Zeiten sind: Gegen die, denen sie überlegen waren – sei es durch Geburt, Vermögen oder Geschlecht –, haben sie sich in genau der gleichen Art verhalten. Auf die Gefahr hin, daß man mir vorwirft, vom Feminismus verwirrt zu sein: Ich sehe keinen grundlegenden Unterschied zwischen den Bambaras, die so besorgt sind um die Zügelung des Temperaments ihrer Negerinnen, und vielen unserer (meist konservativen)[1] Abgeordneten, die sich 1967, 1971 und dann 1973 gegen die gewollte Mutterschaft aussprachen. Ich finde sogar, daß die Ähnlichkeit zwischen den Äußerungen der Beschneidungsanhänger, Muftis und anderer Hexenmeister und den Aussagen derer, die wir gewählt haben, erschreckend ist. Wir haben sie leider wiedergewählt, da wir uns mit der

---

[1] Selbstverständlich müssen hier Lucien Neuwirth, Dr. Peyret, Dr. Pons und einige andere ausgenommen werden. (B. G.)

Verachtung für oder der völligen Unkenntnis von Weiblichkeit, die ihre Äußerungen enthüllen, abgefunden haben. Auch diese Herren scheinen ja zu befürchten, daß wir uns durch die Pille zu wahrhaft lüsternen Torheiten hinreißen lassen!
»Durch Verhütungsmittel wird die Unzucht institutionalisiert werden ... Sie ist die scheußliche Ausbeutung alles Tierischen und Schweinischen in der Seele des Menschen.« (Jean Foyer).
»Durch den Verfall der Sitten und den freien Zugang zu diesen Dingen werden sich die zügellosen Begierden verzehnfachen ... Damit öffnet man den Jugendlichen alle Türen zur Unsittlichkeit.« (Pierre Volumard, Abgeordneter des Department Isère).
»Das ist eine Ermutigung für etwas, was man eine aphrodisiakisierte Gesellschaft nennen könnte.« (M. Capelle P.D.M.).
»Ein solches Gesetz kann nur den Sittenverfall begünstigen, d. h., bei den Schwachen, die Prostitution.« (B. Talon, Senator, der der U.D.R. nahesteht) usw.
Die Gesichter dieser Männer waren sehenswert, wie sie da zur Diskussion über eine Sache gezwungen waren, in der sie ein rein weibliches Problem sahen, ein Problem zweiter Ordnung also, bei dem sie daran gewöhnt waren, Verantwortung und Risiken den Frauen zu überlassen!
Was war das Ergebnis dieser fanatischen Opposition gegen eine Freiheit, die die meisten zivilisierten Länder schon legalisiert haben? Jean Taittinger, damals Justizminister, hatte den Mut, es in seiner ausgezeichneten Rede, die er im Dezember 1973 – vergeblich – hielt, ganz deutlich zu sagen: »Seit Jahrzehnten haben tausend Frauen täglich abgetrieben, in Illegalität und Angst, und täglich ist eine dieser Frauen daran gestorben.« Immer noch wie 1795: Mutter werden oder sterben.
Wie sieht das Ergebnis der wohlorganisierten Anti-Verhütungskampagne aus? So, wie es diese Männer kalkuliert hatten: Nur 10% aller Französinnen nehmen die Pille, während es in Holland oder Australien zum Beispiel 35% sind,

in Ländern also, die nie als Hochburgen der Lüsternheit gegolten haben! Aber diese fixe Idee taucht immer wieder auf: Die Frauen warten nur auf Straffreiheit für die Sexualität, um zu Huren werden zu können. Unsere Abgeordneten haben es also nur gut mit uns gemeint, als sie uns so lange alle Verhütungsmittel verweigert haben: Sie wollten uns nur vor unseren bösen Instinkten schützen und unser Temperament zügeln. Wie bei den Negerinnen.
Wie haben es die sieben Frauen, die an jenem Tag Mitglieder des Parlaments waren, ertragen können, sich sagen zu lassen, daß nur die Angst, schwanger zu werden, sie davor zurückhielt, ihrem Hang zu schweinischer Unzucht freien Lauf zu lassen? Wie haben sie sich, ohne vor Empörung über so viel Heuchelei von ihren Sitzen zu springen, die Reden dieser Pharisäer anhören können, die mit trauriger Zerknirschung am Rednerpult über das »irreparable Trauma« einer Abtreibung jammerten, obgleich sie doch überhaupt *keine* Ahnung davon haben, weder physisch noch moralisch, da sich ihre Rolle auf diesem Gebiet fast immer entweder darauf beschränkt, zu fliehen oder – bestenfalls – Geld zu geben, um dann nichts mehr davon hören zu müssen. Ich würde gern wissen, wie viele Frauen von den Millionen, die in zehn Jahren abgetrieben haben, es Hand in Hand mit dem mitverantwortlichen Mann haben tun können, selbst wenn er sie liebt, selbst wenn er ihr Ehemann ist, selbst wenn er damit einverstanden ist. Selbst wenn er es ist, der sie um die Abtreibung gebeten hat. In der jungen Generation finden wir endlich diese tröstliche Solidarität – in der Lust (was auch neu ist) und im Schmerz.
Wie zu erwarten, waren es im Dezember 1973 und im November 1974 dieselben Männer, die empört den legalen Schwangerschaftsabbruch verweigerten, die sieben Jahre vorher voller Abscheu die Verhütung abgelehnt hatten, und sie taten es mit denselben grotesken Vokabeln:
»Heer des Lasters ... Dekadenz, die zum Abgrund führt ... Die Liberalisierung der Abtreibung wird vor allem im Interesse der Edelprostituierten des 16. Pariser Bezirks sein.« (Pierre Bas, Pariser Abgeordneter der U.D.R.).

»Damit das Laster nicht zur Religion wird, müssen wir zur schützenden Gesellschaft für diese wunderbaren Däumlinge werden.« (René Féit von der R.I. spricht von unseren Föten!)
»Das Laster der Reichen darf nicht zum Laster der Armen werden...« (noch einmal Jean Foyer).
»Pornographie wird bald einen Ehrenplatz bekommen...« (M. Liogier, U.D.R.).
In einer – wie gesagt wurde – »sehr schönen Rede« legte Michel Debré Wert darauf, zu definieren, wie seiner Meinung nach das Elend einer zukünftigen Mutter aussieht: »Sie ist nicht elendig, die Einsamkeit einer schwangeren, im Stich gelassenen Frau. Sie ist nicht elendig, die Situation der Heranwachsenden, die sich vor ihrer Umwelt und vor der Verantwortung der Mutterschaft fürchtet...«
Verlassene Mütter oder ledige, fünfzehnjährige Mädchen wird es erleichtern zu erfahren, daß sie nicht wirklich zu bedauern sind und daß die Verantwortung der Mutterschaft nicht so schwer ist, wie sie geglaubt haben!
In ihrer Panik haben einige Abgeordnete auf wahrhaft empörende Argumente zurückgegriffen: Bei Abtreibung in den ersten zehn Wochen war allen Ernstes von den Nazis und von Verbrennungsöfen die Rede, und sie scheuen nicht davor zurück, den Frauen einen widerwärtigen Rat zu geben: »Machen Sie Kinder für die Verteidigung unseres Landes!« Andere gestanden ihre wahre Angst ehrlicher ein, die Angst, nicht mehr die einzig Entscheidenden zu sein: »Ich kann mich mit der Vorstellung nicht abfinden, daß ein Gesetz einzig und allein die Mutter verantworten läßt, welche Kinder geboren werden.« (Jacques Médecin, R.I.)
Wenn wir bedenken, auf welche Art und Weise wie viele Väter seit Jahrhunderten vor ihrer Verantwortung geflohen sind, wenn wir bedenken, welches Schicksal sie ihren unehelichen Kindern zugemutet haben – so, daß sich der Eindruck aufdrängte, die seien durch Parthenogenese zustande gekommen – wenn wir uns klarmachen, daß fast jeder zweite geschiedene Vater nicht aufkommt für den Lebensunterhalt seiner Kinder, dann sind wir versucht, bei den

Worten des Herrn Jacques Médecin zu lachen. Oder zu weinen.

»Was die Achtung vor dem Leben angeht, da können die Frauen wirklich nichts von uns lernen«, sagte bescheiden der sozialistische Abgeordnete Yves Le Foll und sprach damit etwas aus, was kaum jemand sich klarzumachen scheint, obgleich jeder Tag in der Geschichte der Frauen es bestätigt.

Wie lange werden wir uns noch täuschen lassen von großen Prinzipien, von schönen Reden oder von häßlichen Vorurteilen – über unsere Würde und unser Wohl –, ohne zu erkennen, was sich hinter ihnen verbirgt, was sich schon immer hinter ihnen verborgen hat: uns unsere Freiheit zu verweigern, uns die Selbstbestimmung zu verweigern über das, was *wir* für würdig oder unwürdig halten? Besitzen wir etwa keine Urteilskraft, keinen Mut, kein Verantwortungsgefühl? Immerhin verfügen wir inzwischen über das Wahlrecht. Für die Frauen, die sich im richtigen Moment bewußtmachen, daß sie auch Wählerinnen sind, sollten wir eine schwarze Liste aufstellen. Auf diese Liste gehören nicht die Männer, die im Namen ihres Glaubens gestimmt haben, wohl aber die Fanatiker, die die Popanze »Laster« und »Prostitution« beschworen und so bewiesen haben, wie sehr sie die Frauen verachten, auch wenn sie – wie z. B. Herr Liogier – anschließend behaupten, daß »sie ihre Mutter anbeten«. (Schon wieder einer, der sie anbetet, anstatt sie zu lieben!) Diese Männer, die wir nicht mehr wählen dürften, wenn wir etwas Ehrgefühl hätten, sind die Herren Jean Foyer, Pierre Bas, Alexandre Bolo, Flornoy, Liogier, Hamelin – U. D. R.; die Herren Féït, Weber und Hamel von den Unabhängigen Republikanern; die Herren Daillet und Médecin von den Reformern. Ich habe ganz bestimmt einige vergessen. Dem Abbé Laudrin sollten wir verzeihen: Er ist Priester und dreiundsiebzig. Die Goldene Palme für Heuchelei aber sollten wir Herrn Robert Boulin, U. D. R., zueignen, der »äußerstenfalls die Abtreibung ab vier Kindern« (und wie vielen Krampfadern?) akzeptieren würde, der mit der Begründung »unzureichender Verhütungsmaßnahmen« argumentiert hat, um den Gesetzentwurf Simone Veils zur Abtreibung ablehnen zu können, obgleich er *drei Jahre lang* Gesundheitsminister war und in dieser Zeit jede Maßnahme für Verhütungsmittel blockierte! Das Kreuz der Unehrenlegion schließlich sollten wir Herrn Marcel Dassault, U.D.R., verleihen, dem Hersteller von Kriegsmaterial, der mit der Abtreibung eines zwanzigjährigen Menschen sehr wohl einverstanden ist, der aber gerade gegen die Abtreibung in der 10. Schwangerschaftswoche gestimmt hat.

Wir brauchen nicht einmal das restliche Programm dieser Leute zu überprüfen: Alles paßt zusammen. Die Männer, die sich für Fortschritt und Freiheit einsetzen, respektieren auch die Freiheit der Frau. Es gibt allerdings nur wenige solcher Männer. Aber auch nur wenige Frauen. Überall haben die, die die Macht über andere ausüben, nur das eine Ziel: sie zu behalten. Ob es um Leibeigene, um Schwarze, Arme oder um Frauen ging – freiwillig sind ihnen ihre Rechte nie zugestanden worden; sie mußten erkämpft werden – eins nach dem andern. Wenn es um Frauen geht, bei denen alle diese Handicaps zusammenkommen können, wird die Situation geradezu unentwirrbar; denn die Gefühlsbeziehungen, die sie mit den Herbeiführern, Nutznießern und manchmal sogar Liebhabern ihrer Unterdrückung verbindet, verschleiern und verfälschen die Probleme. Wenn wir zu einem Arbeitgeber »Liebling« sagen, ist es schwierig, ihm eine Liste mit Forderungen zu präsentieren. Und wenn man zu seinem Schützling sagt: »Ich liebe dich«, bildet man sich ein, genug für ihn getan zu haben!

Da für uns die einzige Waffe der Schwachen, ihre einzige Hoffnung auf Gerechtigkeit – ein gewerkschaftlicher Zusammenschluß – nicht möglich ist (denn er würde das tägliche Leben all der Frauen vergiften, die Männer mögen), sollten wir uns zumindest aus tiefstem Herzen und sehr aktiv solidarisch zeigen. Solidarisch mit den Beschnittenen, mit den Zugenähten, mit den Verschleierten, mit den Versklavten, mit den von ihren Zuhältern ausgebeuteten

Prostituierten, mit den in Bordellen der ganzen Welt eingesperrten Mädchen aller Hautfarben, mit den Arbeiterinnen, die nicht nur in den Fabriken arbeiten, sondern auch noch zu Hause (und die außerdem noch die Arbeit des Kinderkriegens leisten, ohne dafür mit dreifachem Gehalt entlohnt zu werden, sondern nur mit dreifacher Erschöpfung), solidarisch auch mit den reichen Damen, die oft von einem Tag auf den andern keine reichen Damen mehr sind, sondern nur noch Frauen, aus dem simplen Grund, daß sie nicht mehr gefallen. Solidarisch also mit allen übertölpelten Tölpelinnen. In dem Bewußtsein, daß in jeder ausgebeuteten oder verstümmelten Frau, auch in 10 000 km Entfernung, alle anderen Frauen mit ausgebeutet und verstümmelt werden. Denn wir dürfen nicht ernsthaft damit rechnen, daß uns die Männer das geben, was wir nicht laut genug fordern. Wenn wir sie weiter süß anlächeln, sie tapfer ertragen, sie blind lieben, während wir gleichzeitig das ignorieren, was ihre Kollegen nebenan unseren Kolleginnen weiterhin antun, warum sollten sich dann die Dinge ändern? Nirgendwo wollen die Männer die Beziehung zwischen Männern und Frauen antasten, dort nicht, weil sie vorgeben, die gewachsenen Strukturen respektieren zu müssen, hier nicht, weil sie das Verhältnis zu ihren eigenen Frauen nicht hinreichend geklärt haben. Wie viele Männer der westlichen Welt, Südländer vor allem, sehnen sich nicht insgeheim nach einem Harem mit ergebenen Weibchen, die sie sich nach den Kriterien von Jugend und Schönheit aussuchen und die sie austauschen können, wenn sie nicht mehr begehrenswert für sie sind?
Manche mutigen Länder erheben sich gegen die Rassendiskriminierung, in Rhodesien oder Südafrika zum Beispiel. Über die sexuelle Diskriminierung aber verliert niemand ein Wort. Staatschefs, die zu Hause vergleichsweise liberale Wesen sind, haben nichts dagegen, in der UNO neben Herrschern zu sitzen, deren Frauen beschnitten, zugenäht oder bestenfalls zum Schweigen und zur Unwissenheit verurteilt sind, Frauen, die man isoliert, die man zusammenpfercht wie Hühner, die man ins Ausland karrt

wie eine Affenherde im Käfig, Frauen, die gemästet werden, um der Eitelkeit ihrer Züchter zu schmeicheln, die in Zuchtsauen verwandelt werden, um deren Männlichkeit zu beweisen. Und gegebenenfalls zollen unsere Staatschefs der »Fortschrittlichkeit« oder dem revolutionären Geist dieser Despoten auch noch Beifall, ohne zu erröten.
Ich kann ja verstehen, daß der Generaldirektor eines Mineralölkonzerns ihnen die Hand schüttelt, vielleicht mit einem zweideutigen Augenzwinkern . . . unter Männern, nicht wahr . . . Daß der Außenminister sie als aufgeklärte Staatschefs betrachtet . . . Öl verpflichtet. Aber daß sich keine Journalisten, keine Soziologen, keine Linken und keine Frauen – egal welcher politischen Richtung – finden, die diesen geistigen Völkermord anprangern, diesen Machtmißbrauch, diese moralische Folter; daß alle diese Leute der Meinung sind, man könne progressiv oder auch nur zivilisiert sein, während man gleichzeitig die *Hälfte* seiner Bevölkerung auf die Lebensbedingungen eines Haustiers reduziert, das zeugt für mich von einer Feigheit und Blindheit, die ich als unzumutbar empfinde. So wird der Eindruck erweckt, als sei die Unterjochung des weiblichen Geschlechts nicht ein Teil der allgemeinen Unterdrückung, sondern als sei sie einfach die individuelle Art und Weise, in der jedes Volk seinen Frauen »ihren Platz« in der Gesellschaft zuweist.
Daß Jean Daniel[1] beispielsweise, der ein Mann der Linken und der Freiheit ist und der gewiß auch das Herz auf dem richtigen Fleck hat, in seinem ausgezeichneten Buch »Le Temps qui reste« (Die verbleibende Zeit) schreiben kann: »Der Islam hat Algerien nicht daran gehindert – von den Sitten, den Frauen und – natürlich – der Religion einmal abgesehen –, zu einem der progressivsten Länder der Dritten Welt zu werden«, das erschüttert mich.
Wer also wird die Frauen befreien? Wer wird diese Schande aufdecken? Wer wird uns retten?

---

[1] Jean Daniel: Chefredakteur der linken französischen Wochenzeitschrift »Le Nouvel Observateur«.

FÜNFTES KAPITEL
Meine Mutter war eine Heilige!

> »Die Annahme, eine Frau könne sexuelle Lust empfinden, ist eine niederträchtige Verleumdung.«
> *Acton, Arzt; Zeitgenosse Freuds*

Ich stelle mir die wohlwollenden, männlichen Leser vor, die von ihren Frauen dazu gebracht worden sind, dieses Buch zu überfliegen und die dann geäußert haben, immerhin könnten sich die europäischen Frauen nicht beklagen, da man sich hier nie der Chirurgie bedient habe, um ihre Organe zu korrigieren.

Sie sollten nicht allzuschnell beruhigt sein – das stimmt nämlich nicht! Auch in Europa hätten die Männer dieses freche, für den Mann unnütze, also tadelnswerte Organ gern neutralisiert. Auch sie haben von der Chirurgie geträumt, dem idealen Hilfsmittel, um das verhaßte weibliche Lustempfinden an der Wurzel zu beseitigen.

Im 17. Jahrhundert entfernte der Chirurg Dionis – jeweils auf Veranlassung der Ehemänner, wohlgemerkt! – bei Frauen die Klitoris, um »pflichtbewußte Frauen aus ihnen zu machen«. Die so zurechtgestutzten Ehefrauen waren tatsächlich nicht mehr gefährdet, lustbewußte Frauen zu sein.

Im 19. Jahrhundert wurde der Chirurg Brown aus der Gesellschaft für Geburtshilfe in London ausgeschlossen, weil er in fünfzig Fällen die Klitoris entfernt hatte, um, wie er sagte, die Hysterie seiner Patientinnen zu heilen.

Im Jahre 1864 schlug Broca,[1] ein berühmter Chirurg und

---

[1] Bericht an die Chirurgische Gesellschaft, Juni 1864. (B. G.)

der Begründer der französischen Anthropologie, voll menschlicher Rücksicht vor, »die Klitoris zu schützen« und zu diesem Zweck die großen Schamlippen vor ihr zusammenzunähen. Mohammed, Sie erinnern sich, hatte voll menschlicher Rücksicht empfohlen, nur die Hälfte herauszuschneiden ... Im Jahre 1900 schließlich empfahl Dr. Pouillet, bei den jungen Mädchen, die dazu neigten, »Hand an sich zu legen«, die empfindlichen Teile mit Silbernitrat zu verätzen. (Zitiert in »La Femme Celte« – Die keltische Frau – von Jean Markale)

Zugegeben, diese Praktiken waren nie sehr weit verbreitet, aber man hat sie immerhin in Erwägung gezogen. Von einem sollten wir überzeugt sein: Wäre unser Unabhängigkeitsbedürfnis so leicht zu lokalisieren gewesen wie unser Bedürfnis nach Lust, man hätte es uns mit Sicherheit herausgeschnitten – aus den ehrenwertesten Gründen selbstverständlich. Das Wohl der Familie, zum Beispiel, hätte den kleinen Eingriff vollauf gerechtfertigt.

Daran gehindert, das einzig radikale Mittel einzusetzen, blieb den Männern nichts anderes übrig, als sich alle möglichen Techniken auszudenken, um den Frauen das Sündigen zu ersparen, das heißt, den ihnen von Gott gegebenen Körper zu genießen und sich ihrer eigenen Natur gemäß zu entfalten, denn die war ja grundsätzlich schlecht. Bei diesen Bemühungen entfalteten sie eine schier unglaubliche Phantasie. Es begann im antiken Griechenland mit der willkürlichen Unterteilung des weiblichen Geschlechts in Hetären, die für das Vergnügen des Geistes, in Prostituierte, die für das Vergnügen der Sinne und in »Ehefrauen«, die für die Hausarbeit und für die Fortpflanzung da waren. (Teilen, um zu herrschen ... dabei fällt uns die »Schöne neue Welt« von Huxley ein.) Und das ging weiter bis zur Verstümmelung der Füße bei den kleinen chinesischen Mädchen, um sie – im eigentlichen wie im übertragenen Sinne – am Laufen zu hindern. Von den Negerinnen mit den Tellerlippen und tausend anderen originellen Erfindungen ganz zu schweigen.

Wenn wir uns die endlose Liste körperlicher und seelischer Verstümmelungen ansehen, die in der langen Geschichte der Unterdrückung der Frauen zusammenkommt, dann ist es wirklich verwunderlich, daß die Psychoanalyse die Kastrationsangst des Jungen zu einer der Grundlagen seines Verhaltens erklärt hat. Denn keiner Rasse, keinem Volk, nicht einmal den Arapesch, deren mutterrechtliche Gesellschaft Margaret Mead beschrieben hat, keiner Gruppe von Frauen, nicht einmal den Amazonen, ist es je in den Sinn gekommen, die Männer zu kastrieren. Weit davon entfernt, sich mit dem Penis anzulegen, hatten die Amazonen nichts anderes im Sinn, als ihre rechte Brust zu korrigieren, um besser mit dem Bogen schießen zu können. Es wurde auch kein Fall einer Mutter bekannt – so »kastrierend« sie auch sein mag –, die den Zipfel ihres Sohnes abgeschnitten hätte oder Fälle von Frauen, die ihre Liebhaber entmannten.[1] Dabei würden wir dafür ja noch nicht einmal ein Rasiermesser brauchen – die Zähne täten's ja auch ...

Es hat sich auch keine einzige erotische Schriftstellerin je einen Spaß daraus gemacht, dieses ungeschützte, leicht zu verletzende Stück Fleisch mit Stricknadeln zu durchbohren, mit dem Bügeleisen zu verbrennen (obwohl doch jede Frau in erster Linie Hausfrau ist), durch den Fleischwolf zu drehen oder wie eine Möhre zu raspeln, obgleich es doch ein geradezu ideales Spielzeug für Sadisten abgäbe. Die weibliche erotische Literatur geht im Gegenteil meist erstaunlich freundschaftlich, fröhlich und fürsorglich damit um (Belen, Emmanuelle Arsan usw.).

Männliche Autoren dagegen scheinen sich nur an den Demütigungen zu ergötzen, die sie der Möse, der pelzigen Spalte, dem zu stopfenden Loch zufügen; und da die Frau genau das für sie ist, gibt es nur zotige oder beleidigende Worte für unsere Geschlechtsorgane.

[1] Ich persönlich kenne einen durchaus verzeihlichen Fall: Am Ende einer verrückten Nacht fand sich eine junge Frau auf einen Stuhl gefesselt wieder und wurde gezwungen, mit dem Mund den Penis ihrer zahlreichen »Freunde« zu empfangen. Das hieß, den Teufel versuchen ... (B.G.)

Und trotzdem sind es die Männer, die Angst davor haben, kastriert zu werden! Wir lassen uns wirklich allerhand einreden.

Meiner Ansicht nach gibt es dafür noch einen Grund: Für Männer reduziert sich eine Frau – seit Thomas von Aquin und bis hin zu D. H. Lawrence oder Henry Miller – auf ihre Fortpflanzungsfunktion. »Eine Frau ist nichts anderes als ein Gefäß«, behauptet der eine. »Tota mulier in utero«, sagt vornehmer der andere. Völlig ungeniert enthüllt der Liebhaber der »Lady Chatterley« seiner Geliebten ihre Frauenwahrheit: »Deine Möse, das *bist* du, verstehst du? Sie ist es, die dich schön macht, meine Kleine.«

Die Frauen stehen nicht unter dem Zwang, das demütigen zu müssen, was sie lieben. Für sie beschränkt sich ein Mann nicht auf seinen Phallus, seinen Schwanz, seinen Pimmel... ich suche vergeblich nach einem Schimpfwort; alle, die mir einfallen, haben etwas Schmeichelhaftes... Frauen verfügen über mehr Einfühlungsvermögen für das andere Geschlecht. Und wenn sie es hassen, legen sie sich mit dem Ganzen an als mit den Einzelteilen.

Außerdem unterliegen sie – allen landläufigen Vorurteilen zum Trotz – eben nicht jener trostlosen Eitelkeit, in der jedes männliche Herrschaftsverhalten wurzelt. Aus Eitelkeit besteht der Ehemann auf einem jungfräulichen Mädchen, auf einer keuschen Ehefrau, auf einer nicht allzu aufgeweckten Partnerin. Wohlverstandenes Eigeninteresse, seine Neugier auf alles Neue und die Sorge um sein tägliches Vergnügen müßten ihn eigentlich zum genauen Gegenteil hinziehen. Aber es ist leichter, über Einfaltspinselinnen oder Idiotinnen zu herrschen. Also haben die Männer aus schierer Eitelkeit der Macht vor dem Vergnügen den Vorzug gegeben! Und je mehr Macht sie wollten, desto weniger Vergnügen haben sie gefunden, aufgrund des Naturgesetzes, nach dem »Versklavung nicht nur das Opfer erniedrigt, sondern auch den Nutznießer«[1].

---

[1] Germaine Tillion: »Le Harem et les Cousins« (Der Harem und die Vettern). (B.G.)

»Einen Menschen lieben heißt nichts anderes, als ihm zugestehen, daß er genauso existiert wie man selbst.« Diese sehr schöne Definition von Simone Veil läßt sich kaum je auf die Liebe eines Mannes für eine Frau anwenden, und das ist ein großes Unglück für beide Beteiligten.
Das angestrebte Ziel – den weiblichen Einfluß auszuschalten – war in unseren mittelalterlichen Burgen genau das gleiche wie unter den Zeltdächern der äthiopischen Nomaden; da man sich aber in den (wie Jomo Kenyatta sagen würde) »allzu sentimentalen Ländern« chirurgischer Methoden enthielt, ließ man sich bei uns spitzfindigere Konstruktionen einfallen. Am wenigsten kaschiert wurde der beabsichtigte Effekt, als man – um das 12. Jahrhundert herum – jene Handhabe für die zeitlich begrenzte und rückgängig zu machende Beschneidung erfand, die unter dem Namen Keuschheitsgürtel bekannt wurde. Wir können uns heutzutage kaum noch vorstellen, was für eine Fessel dieser typisch männliche Liebesbeweis war: Tag und Nacht, über Wochen, Monate, eventuell über Jahre. Da es unmöglich war, den Schmutz zu entfernen, bildeten sich an den Scheuerstellen offene Wunden. Das geschah, während man für die gleichen Kreuzfahrer, die ihre Ehefrauen derartig sicherten, im Orient dreizehntausend Damen unterhielt (die Zahl stammt vom Vorstand des Templerordens), um den Kämpfern die Eroberung des Heiligen Grabes zu ermöglichen, ohne ihrem heiligen Penis seine legitime Befriedigung zu versagen. Es versteht sich von selbst, daß der schwunghafte Frauenhandel den legalen Sklavinnen des männlichen Geschlechts – die meist gegen ihren Willen dazu gemacht oder schon in der Pubertät von ihren Vätern dafür verkauft wurden – nur die Verachtung der Gesellschaft und schließlich das Armenhaus oder das Gefängnis einbrachte, während sich die Betreiber der Bordelle (zu denen zahlreiche Päpste und Bischöfe gehörten)[1] unglaublich daran bereicherten. Der heilige Thomas von Aquin unterstützte das, mitten im Jahrhundert Ludwigs des Heiligen:

[1] Julius II., Leo X. und Clemens VII.; Geld stinkt nicht. (B. G.)

Er gratulierte den Mönchen von Perpignan dazu, ein Bordell eröffnet zu haben, da das ein »heiliges, frommes und verdienstvolles Werk« sei. Die als heilig betrachtete Begierde des Mannes hatte schließlich Vorrang vor dem Seelenheil einiger bedauernswerter Frauen. Manchmal sind Menschenopfer nicht zu vermeiden.

Besagter Gürtel wurde übrigens noch 1890 verwendet, ein berühmter Prozeß beweist das, und man wetteiferte darin, das Gerät zu vervollkommnen: Die Öffnung, um die man ja leider nicht umhinkam (bei den zugenähten Frauen erfüllte der Bambusstock diesen Zweck), bestand im 19. Jahrhundert nicht mehr aus Leder (ich stelle mir den Gestank vor), sondern aus rostfreiem Metall (ich stelle mir das Gefühl vor). Noch vor wenigen Jahren war ein derartiges Modell im Museum von Cluny zu bewundern;[1] Besucherinnen, die darüber lachten, anstatt sich darüber zu empören, hätten gezwungen werden sollen, es eine einzige Stunde lang zu tragen ...

Die Möglichkeiten für körperlichen Zwang waren schnell erschöpft. Aber es gab ja noch den seelischen Zwang; er war zwar weniger sichtbar, aber beinah genauso interessant wie die Chirurgie oder der rostfreie Edelstahl. (Kürzlich erschienene Werke über die Konditionierung des Menschen bezeugen das.) Man bediente sich dafür der verschiedensten Mittel: der Gesetze, der Sitten, der Kunst und der Tugend, die man ja für eine besonders weibliche Spezialität hielt. Und sie alle wurden dann just in dem Moment durch die Theorien Freuds abgelöst, in dem einige Revolutionäre damit begannen, auch die Frauen zu befreien.

Wir wollen den schrecklichen Winter des Mittelalters vergessen, in dem sich der Horizont für die Frauen plötzlich verdunkelte, da mit dem Untergang der griechisch-römischen Traditionen auch die Freude, die Spiele und der Sport aus ihrer Welt verschwanden. Wir wollen auch die Hunderttausende von Hexen vergessen, die während einer der grausamsten Vernichtungskampagnen des Abendlan-

---

[1] Es wurde dann weggeschlossen. (B. G.)

des verbrannt wurden, und zwar drei Jahrhunderte lang; und die Zehntausende von jungen Mädchen, die in Klöster verbannt wurden aus Gründen, die mit Geld, mit den guten Sitten oder mit ihren Familien viel, mit frommer Berufung aber gar nichts zu tun hatten; auch die Hunderttausende von Prostituierten, die man reglementierte durch Gesetze, die von Männern und für Männer gemacht waren. Wir wollen uns nur mit unserer bürgerlichen Zivilisation beschäftigen. Niemand kann leugnen, daß sie durch unzählige Gesetze und Bräuche geregelt wird, die gemeinsam ein zutiefst frauenfeindliches Ganzes bilden.
Es ist wahr, die junge Frau wurde nicht zugenäht, aber sie hatte versiegelt zu sein, ihr Kaufpreis hing von einem hauchdünnen Häutchen ab. Ausschließlich der Gebrauch oder Nichtgebrauch ihrer Vagina bestimmte ihren Wert, nur davon hing es ab, ob sie verehrt oder verdammt, ob sie in die feine Gesellschaft eingeführt oder aus ihr verstoßen wurde. Es ist empörend, an wie vielen Tragödien dieser halbe Zentimeter Haut schuld ist! Wird die Jungfrau Maria also wirklich deshalb angebetet, weil sie Jungfrau war? Ich fürchte, es ist tatsächlich so, denn die Bibel gibt ja praktisch keine andere Auskunft über sie. Beschrieben werden nur ihre Bescheidenheit, ihr Gehorsam und ihre Leidensfähigkeit, drei sehr weibliche »Tugenden«. Die arme Frau hätte etwas Besseres verdient.
Die nach allen Regeln der Kunst versiegelte junge Frau brauchte außerdem noch eine Mitgift; auch das war eine hochheilige Notwendigkeit, denn ohne sie war sie – ohne Ansehen ihres persönlichen Wertes – eine unverkäufliche Ware, ohne jede Hoffnung auf eine Eheschließung, was bedeutete: auf Würde. Die Romane des 19. Jahrhunderts sind voll von unglücklichen Waisenmädchen, von Bastardinnen, die für die Schuld ihrer Mütter büßten, von ruinierten Erbinnen, die mutig die Kinder anderer großzogen, und von gutmütigen, miserabel bezahlten Dienerinnen.
Die Frau, die – versiegelt und mit einer Mitgift ausgestattet – Zugang zum Ehestand fand, wurde dadurch zur lebenslänglichen Minderjährigen, die kein Recht auf ihr ei-

genes Vermögen und keinen Einfluß auf Familienangelegenheiten hatte. Vor Gericht galt die Aussage von drei Frauen lange Zeit weniger als die von zwei Männern. Diese groteske Tatsache bekundet sehr deutlich, daß die Herren Gesetzgeber zuallererst Männer und erst dann Männer des Rechts waren ...
Es dauerte hundert Jahre, bis die himmelschreiendsten Diskriminierungen beseitigt waren, aber was ist mit denen, die übriggeblieben sind? »Bloß nichts überstürzen«, sagte Jean Foyer bei einer Diskussion über die Empfängnisverhütung. Er sprach stellvertretend für alle Männer – über ein tausend Jahre altes Problem! Deshalb ist das Gesetz, das den Ehebruch von Frauen bestraft, immer noch in Kraft und auch das Gesetz vom 9. Brumaire des Jahres IX der Revolution, das Frauen das Tragen von Hosen untersagt, es sei denn, sie erwirken eine Sondergenehmigung. Bonaparte erzürnte eine derartige Aufmachung in besonderem Maße, war er doch schon der Kaiser aller Frauenfeinde, noch bevor er zum Kaiser aller Franzosen wurde.
Diese Gesetze werden für alle Fälle konserviert; man weiß schließlich nie, ob man sie nicht noch einmal brauchen wird ... Die Drohung kann jedenfalls nicht schaden. Dank der Drohung vom 9. Brumaire des Jahres IX konnte man erst kürzlich eine Richterin verurteilen, die in den heiligen Hallen des Rechts eine Hose trug. Dank einer Drohung aus dem Jahre 1920, die im Jahre 1941 verschärft wurde, indem man jede Abtreibung zum *Verbrechen gegen die Sicherheit des Staates* erklärte, wurde im Jahre 1943 – unter Pétain – die Wäscherin Madame Giraud guillotiniert, weil sie Abtreibungen vorgenommen hatte. Tatsächlich: enthauptet! Keine Frau vor ihr war seit Beginn des 20. Jahrhunderts hingerichtet worden. Indem man Madame Giraud den Kopf abschlug, wollte man natürlich nicht die Verbrecherin töten – viele andere Verbrecherinnen hätte sonst das gleiche Los ereilt –, man wollte das Individuum ausmerzen, das ein unberührbares Tabu verletzt hatte, indem es Frauen von ihrem biologischen Schicksal unabhängig machte. Auch heute noch besteht darin die größte Schuld.

An dieses letzte Bollwerk männlicher Macht, an das Gesetz gegen die Abtreibung aus dem Jahre 1920, das die Frauen von einem Zufall abhängig macht, den man dann Naturgesetz nennt, klammern sich die Männer heute verständlicherweise mit äußerster Kraft. Das Gesetz ist unsinnig und unzeitgemäß, dennoch haben sie alles dazu getan, seine Abschaffung zu verzögern, und sie werden auch in Zukunft alles dafür tun, diese Freiheit wieder einzuschränken, die sie uns höchst widerwillig »zugebilligt« haben. Denn sie wissen genau, daß es nicht so sehr darum ging, uns in dieser ohnehin schon überbevölkerten Welt zum Kinderkriegen zu zwingen, sondern darum, uns abhängig zu halten. Bisher *erwarteten* wir ein Kind, *waren* wir schwanger oder, ein noch schlimmeres Wort, *gerieten wir in andere Umstände* – lauter absolut passive, also befriedigende Formulierungen, die dem alten Schema entsprachen. Durch die Schwangerschaftsverhütung – und durch die Abtreibung, im Falle ihres Scheiterns – haben wir die Möglichkeit, ein Kind zu *machen*, die Mutterschaft zu *wählen*, Subjekt zu sein statt Objekt. Kinder zu gebären ist kein Verhängnis mehr, sondern ein Privileg. Genau das kann die traditionelle Moral nicht dulden. Solange die Frau willenlos für den Fortbestand der Sippe sorgte, war die »Gleichberechtigung der Geschlechter« nichts als ein Wort ohne jede Bedeutung. Die gewollte Mutterschaft ist das Fundament unserer Freiheit, sie ist die Voraussetzung für alles andere. Daher wird sie so vehement abgelehnt, daher löst sie beinahe Panik aus.

Mit dem gewichtigsten Gegenargument, dem der Achtung vor dem Leben, will man die Leute nur für dumm verkaufen: Mit dem gleichen edlen Argument hat man zu allen Zeiten Kriege, Völkermorde, Kolonialismus und Expansionismus bemäntelt. Fangen wir erst einmal damit an, unseren Nächsten zu respektieren, sei er ein arabischer Gastarbeiter, ein von der Gesellschaft vernachlässigter Behinderter oder ein verhungerndes Kind aus der Sahelzone. Um die Föten kümmern wir uns dann anschließend.

Die Verzerrung der Werte ist unglaublich, wenn uns Abgeordnete oder die Eiferer der Bewegung »Laßt sie leben« Embryonen zeigen, die kaum mehr Bewußtsein haben als eine Insektenlarve, während man in internationalen Gremien sehr abstrakt über den Hunger in der Welt diskutiert, ohne daß irgend jemand es wagen würde, ein wirkliches Kind auf die Tribüne zu setzen, das an Unterernährung stirbt. Allein der Inhalt unserer Mülltonnen würde den Sahel vor unmittelbarer Todesgefahr bewahren. Die furchtlosen Verteidiger unserer Eier sollten nach Bangla Desh fahren. Dort sind die Föten ein Jahr alt und schreien.

Erinnern wir uns an den jungen Bertrand Renouvin, der 1974 für das Amt des Staatspräsidenten kandidierte und über die Notwendigkeit salbaderte, nach der die Frauen sich dem Naturgesetz unterwerfen und alle befruchteten Eier austragen müßten. Mit welchem Recht tat er das – es sei denn mit dem, einen Penis unten am Rumpf zu tragen? Niemand braucht ein außergewöhnlicher oder ein erfahrener Mensch zu sein, um uns Vorschriften zu machen, dazu genügt es, ein Mann zu sein. Haben *wir* etwa das Recht, uns um seine Spermien zu kümmern und darum, wie er mit ihnen umgeht? Was für ein Hohn, wenn diese jungen Macker, die geimpft sind, psychoanalysiert, am Blinddarm operiert oder durch Chemikalien ruhiggestellt, uns empfehlen, wir sollten uns den Naturgesetzen unterwerfen! Ich wollte Bertrand Renouvin damals einen hübschen Fuchs aus dem Jura zu Weihnachten schicken... Die hatten 1974 die Tollwut. Das wäre eine Gelegenheit für ihn gewesen, sich den Naturgesetzen zu unterwerfen.

Am Rande der Gesetze gibt es dann noch all die kleinen Schikanen, deren Addition Frauen in immerwährender Abhängigkeit hält; jede von uns hat diese ärgerliche Erfahrung schon hundertmal gemacht. Ich frage mich, wie Françoise Giroud, unsere Ministerin für Frauenfragen, reagieren würde, wenn genau die Tatsache, daß sie eine Frau ist, sie daran hinderte, beispielsweise den Ratssaal von Ajaccio zu betreten. Genau das aber widerfuhr der Frau des damaligen Staatspräsidenten Claude Pompidou, als sie ihren Mann im August 1969 bei einem offiziellen Besuch der

schönen Insel Korsika begleitete. Man ließ sie wissen, daß der Zugang zu diesem Hohen Ort den Weibchen des menschlichen Geschlechts verwehrt sei. Die erste Dame Frankreichs war weniger wert als der letzte Mann. Allerdings geschah das im Mittelmeerraum, wo man an der Erniedrigung der Frauen besonders hartnäckig festhält und wo sie besonders verbreitet ist.
Wir sollten auch auf all die »kleinen Bemerkungen« achten, mit denen im Funk, in der Presse, im Fernsehen und in der Werbung das Bild des zauberhaften Geschöpfs, des niedlichen Weibchens, verewigt wird.
»Michel Piccolis Puppe fand ich etwas dumm und ziemlich faul . . . Sie deckt den Tisch nicht, macht das Bett nicht, kocht nicht . . . sie sagt auch keine Gedichte von Musset auf . . . *Ich* brauche Geplapper, Gerede, Klatsch und – warum nicht? – auch Szenen. Ich habe nichts dagegen, wenn sie mir von Zeit zu Zeit die Augen auskratzt. Das kommt wahrscheinlich daher, daß ich die Frauen liebe.« (Zitat von Jean Dutourd[1] in »Match«.)
So ist das also! So liebt man uns: als geschwätzige, leichtsinnige, dumme Gänse, die das Bett und den Haushalt machen, aber auch Eifersuchtsszenen, denn natürlich ist es der Gatte, der uns betrügt!
Über den Film »Defense de savoir« (Wissen verboten) von Nadine Trintignant sagte ein Kritiker – ich muß präzisieren: ein Mann – einen anderen kleinen Satz, der typisch ist für die psychologische Methode: »Das Ganze ist sehr achtbar. Zumindest überhaupt nicht weiblich. Und das will ja viel heißen.«
Und so beschrieb Arthur Conte Jacqueline Baudrier:[2] »Ich bewundere immer wieder die Autorität, mit der diese Frau, *die eigentlich ganz für die Zärtlichkeit (?!) bestimmt sein sollte,* das Universum von schwierigen Männern beherrscht, das man ihr anvertraut hat. (. . .) Sie macht das mit der natürlichen Begabung eines Herrn.« Und er kann es nicht lassen,

---

[1] Jean Dutourd, geb. 1920, vielfach ausgezeichneter frz. Schriftsteller.
[2] Sie wurde seine Nachfolgerin beim frz. Fernsehen.

hinzuzufügen: »Sie hat etwas Gieriges – wie eine herrschsüchtige Mutter.«
Da haben wir alles zusammen. Die Methode ist ähnlich, wenn die Präsidentschaftskandidatin Marie-France Garaud so beschrieben wird: »Man kann sich nur darüber wundern, daß dieses *perfekte Hausmütterchen*, das gewiß sein Heim verzaubert, der Mensch ist, der neben Innenminister Raymond Marcellin die politischen Daten Frankreichs am besten kennt.«
Das sind nicht etwa Beleidigungen. Es ist schlimmer: Das sind Huldigungen! Man weigert sich, über uns zu sprechen, ohne an unsere häuslichen Pflichten zu erinnern.
Als Françoise Giroud im Oktober 1974 in der Fernsehsendung »Lettres ouvertes« (Offene Briefe) einen Skandal verursachte, indem sie sagte, sie fände die Sendung schlecht, nannte Herr Michel Bassi diese Reaktion »typisch weiblich«. Aber, fügte er als galanter Mann hinzu, »sie muß sehr müde gewesen sein, sie hatte am gleichen Morgen eine Kabinettssitzung gehabt«.
Das war der gleiche militante Linke, der bei einer politischen Versammlung jungen Mädchen, die zu Wort kommen wollten, zurief: »Ruhe in der Köchinnenecke!«
Und dann gibt es noch die heilige Wut gewisser – fast immer rechter – Zeitungen gegen die modernen Suffragetten, will sagen gegen die Frauenbewegung.
Manche Journalisten haben vergessen, daß die Forderungen der »Zwangsneurotikerinnen«, auf die man gestern mit so viel Empörung reagierte, ihnen heute völlig gerechtfertigt erscheinen und geben immer noch die gleichen gehässigen Angriffe von sich. Eben erst habe ich in einer Zeitschrift, die ich nicht einmal beim Namen nennen will, einen mit Irina Kolomjar gezeichneten Artikel gelesen, der von den schlimmsten Reaktionären des Jahres 1795 stammen könnte:
»In dem riesigen Saal waren vielleicht zwei- oder dreihundert Frauen, die nach Herzenslust durcheinandergackerten ... Mütter, die in ihren Küchen, Mädchen, die an der Sexfront kämpfen, ... intellektuelle Nutten, schwachsinni-

ge Lesben und Mitglieder der militanten Frauenbewegung. Eine Stunde nach der andern zerrann zwischen den fettigen Haaren und den schlaffen Körpern dieser Pasionarias[1], die nichts anderes ausdünsteten als Unwohlsein und bedingungslosen Haß gegen das Leben in fast jeder Form ... Man beschließt, vor der spanischen Botschaft zu demonstrieren, ein Meeting zu veranstalten und an dem einen oder andern Ort in Paris seine Arschbacken zu zeigen. Nach elf Uhr abends erreicht die Hysterie ihren Höhepunkt. Eine Hysterie, Dummheit und eine bestimmte Art von Mittelmäßigkeit, über die ich mich anständigerweise nicht weiter verbreiten will. Auch wenn Unterrock-Guerilleros Hosen anhaben, guckt eben der Unterrock heraus.«
Im Unterrock, Sie haben es natürlich erraten, stecken die Hysterie, die Dummheit und die Mittelmäßigkeit. Alle üblichen Themen sind vollzählig vorhanden: Gegacker, Häßlichkeit, daß Intellektuelle immer Huren sind und der Vorwurf der Hysterie, mit dem es schon immer gelang, alle Frauen, die ihr Dasein schlecht ertrugen, als »krank« zu brandmarken. Arme Irina Kolomjar! Schon wieder eine, die sich anbiedert! Das sind die allerschlimmsten, weil sie sich zu besonderem Geifer verpflichtet fühlen, damit man ... ihren Unterrock vergißt.
Wir könnten eine ganze »Enzyklopädie der Frau« schreiben anhand solcher kleinen, selbstverständlichen Bemerkungen, in denen manchmal Haß durchklingt, oft auch gutmütige Ironie; denn sie lieben uns ja alle, die Frauenfeinde, die es oft genug sind, ohne es selbst zu wissen.
Es wäre ein Irrtum, zu glauben, solche Details seien bedeutungslos; gerade sie tragen sehr wirksam dazu bei, ein gewisses Klima, eine bestimmte Haltung aufrechtzuhalten: »Es gibt keine kleinen Forderungen«, hat Lenin gesagt. Es gibt auch keine kleinen Schikanen.
Ich weiß, daß diese Aufzählung manchem langweilig ge-

---

[1] Pasionarias: Dolores Ibaruni, 1895 geborene Führerin der kommunistischen Partei Spaniens, wurde bekannt unter ihrem Beinamen »La Pasionaria« – die Leidenschaftliche.

worden ist. Man möchte gern glauben, all diese Dinge seien Zufälligkeiten und hätten nichts zu bedeuten. Man würde sich gern einreden, alle Feministinnen (und die Männer, die sie unterstützen) litten unter Verfolgungswahn, seien verrückt, krank, hysterisch. Aber das Phantombild der verrückten Suffragette, das hundert Jahre lang als Vogelscheuche gedient hat, gehört endlich auf den Sperrmüll. Heute muß man schon Dutourd, Lartéguy oder Jean Cau heißen, um nicht zu erkennen, daß die vielen verschiedenen Frauen, ob sie nun Akademikerinnen, Arbeiterinnen, Hausfrauen oder militante Feministinnen sind, keineswegs alle häßlich, behaart oder unfruchtbar sind und daß sie gemeinsam einen wichtigen Kampf kämpfen. Wer heute immer noch nicht einsehen will, daß Forderungen, die inzwischen so universal sind, aus einer leidenschaftlichen Unzufriedenheit und aus einem verzweifelten Bedürfnis nach Gerechtigkeit kommen, trägt freiwillig Scheuklappen.

Zum Beispiel ist die »erstaunliche Geschichte der Frauenbefreiung in Japan, die die Frauen aus einem besonders erdrückenden Feudalsystem im 20. Jahrhundert zu einem entfaltungsfähigen Leben führte«, zum großen Teil den feministischen Zeitungen Japans zu verdanken, »deren erste einer Kampagne aus dem Jahre 1920 ihre Existenz verdankt, bei der es um das Recht der jungen Mädchen ging, einen syphilitischen Ehemann abzulehnen«[1].

Welcher heutige Mann schämt sich, daß Frauen gegen ein derart empörendes Schicksal haben kämpfen müssen? Keiner, denn man zieht es vor, nichts darüber zu wissen: »Wirklich? Das habe ich nicht gewußt.« So verteidigen sie sich und erwarten allen Ernstes Verständnis. Dabei ist das alles sehr wohl bekannt, es wurde aufgeschrieben, ins Französische übersetzt und kann in Büchern und Zeitschriften nachgelesen werden. Sie wollen es nicht wissen.

---

[1] »La Presse féminine« (Die weibliche Presse) von Evelyne Sullerot, Verlag A. Colin, Collection Kiosque. (B.G.)

Deshalb muß der Kampf der Frauen weitergehen, unter anderen Vorzeichen natürlich; aber die Hindernisse, auf die er stößt, und die Empörung, mit der man auf ihn reagiert, sind immer wieder die gleichen. Wenn sich in Frankreich das Bewußtsein zum Positiven hin verändert, hinken die Gesetze hinterher. Und wenn die Gesetze den Sitten tatsächlich einmal voraus sind, werden sie ganz einfach nicht angewandt! Zweihundert Jahre nach der Proklamation der Menschenrechte müssen wir noch darum kämpfen, daß sie überhaupt auf die *ganze* Menschheit bezogen werden. Das liegt allerdings zum Teil daran, daß Freud die Sache der Frauen um hundert Jahre zurückgeworfen hat.

Das 19. Jahrhundert hatte Anlaß zu mancherlei Hoffnungen gegeben, nachdem die Französische Revolution gescheitert und das Kaiserreich wieder an die Macht gekommen war: Frauen veröffentlichten politische Zeitungen für Frauen, sie veranstalteten Kongresse, schufen 1889 eine internationale Vereinigung zur Durchsetzung ihrer Rechte, der sich elf europäische Länder und auch die Vereinigten Staaten anschlossen. Das Wahlrecht verlangten sie nicht, das wäre als ein allzu ungeheuerlicher Anspruch erschienen; sie forderten nur eine Überarbeitung der Gesetze, das Recht auf Scheidung, das ihnen der Revolutionskonvent zugebilligt, Napoleon aber wieder abgeschafft hatte, gleiche Löhne ... und die Zerstörung des Gefängnisses St. Lazare, in dem die meisten Freudenmädchen landeten, um dort für die Lust zu büßen, die die Männer an ihnen gehabt hatten und ihnen ihre Befriedigung so dankten.

Diese bescheidenen Bemühungen für die Befreiung der Frau genügten, damit die bürgerliche Gesellschaft außer sich geriet, und in der Person Freuds fand sie unverhofft einen Bundesgenossen. Seine Entdeckungen über das Unterbewußte und die sexuellen Symbole gingen ja in der Tat mit einer vollkommen traditionellen, reaktionären Auffassung über die Frau einher und erfüllten so die Wünsche der dekadenten Wiener Gesellschaft, die er behandelte.

»Dem Herrn sei gedankt dafür, daß ich als Mann geboren wurde«, so lautet das tägliche Gebet der jüdischen Männer.

Da Freud von Hause aus Puritaner war und im jüdischen Glauben erzogen wurde, blieb er stets zutiefst davon überzeugt, der Mann sei das Idealbild der Menschheit und es gebe nur ein wichtiges Sexualorgan: den Phallus. Daher hat er die gesamte Psychoanalyse nur in männlicher Form gedacht, vom Ödipus – bis hin zum Kastrationskomplex. Anna Freud[1] erzählt, welche bewunderte Sonderstellung Freuds Familie dem ältesten Sohn Sigmund entgegenbrachte, wie das Klavier weggeschafft wurde, für das seine Schwestern sich begeisterten, weil es den Jungen beim Lernen hätte stören können: »Nachdem das Instrument verschwunden war, gab es für seine Schwestern keine Hoffnung mehr, Musikerinnen werden zu können.« Kleine Bemerkungen wie diese eröffnen Abgründe an Ungerechtigkeit.

»Um Freud zu verstehen, sollten Sie anstelle Ihrer Brille Hoden aufsetzen«, sagte ein Surrealist zu André Breton. Aber wie kann man Hoden aufsetzen, die man nicht besitzt? Darin liegt die ganze Tragödie der Frau: Freud betrachtet sie durch die Brille seiner Hoden, sie ist für ihn nur ein kastrierter Mann und sich dieses Mankos schmerzlich bewußt. Nicht einmal die Mutterschaft ist ein originäres Phänomen, sondern nur ein Ersatz für den heißbegehrten Penis. Noch auf ihrem ureigensten Feld läßt sich die Frau besiegen, und so wird ihr auch das wahrlich beeindruckende weibliche Privileg des Kinderkriegens vom Mann genommen. Das Bedürfnis mancher Frauen nach Aktivität ist dagegen nur ein Männlichkeitskomplex, eine Neurose, die die »Tragödie, als Frau geboren zu sein«, kompensieren soll. Für Freud besteht kein Zweifel daran, daß es für ein kleines Mädchen, das sein Geschlecht entdeckt, oder vielmehr dessen Abwesenheit, eine »so schreckliche Katastrophe« ist, daß es sein ganzes Leben davon verfolgt wird. Die Verzweiflung darüber, unvollkommen zu sein, bringt dann die beiden Grundzüge seines Charakters hervor: Neid und

---

[1] Anna Freud: Tochter Freuds und berühmte (bis zu ihrem Tode 1982 in England lebende) Psychoanalytikerin.

Schamgefühl, wodurch es nichts anderes bezweckt, als seine »geschlechtliche Unzulänglichkeit« zu verbergen. (Von geschlechtlicher Unzulänglichkeit zu sprechen bei einem Wesen, das über zwei sexuelle Lustorgane und außerdem über einen kompletten Fortpflanzungsapparat verfügt, das kommt mir ziemlich unzulänglich vor . . .).
Hier wären nun zwei Erklärungen möglich gewesen: Die Minderwertigkeit der Frau hat historische und soziale Gründe und ist also heilbar; oder sie ist angeboren, also unwiderruflich. Freud hat sich für die zweite Erklärung entschieden. Dem kleinen Mädchen, das »schlecht ausgerüstet« auf die Welt kommt, bleibt nichts anderes übrig, als sich zu bescheiden. Denn seine Weiblichkeit ist eine Nicht-Männlichkeit!
»Der Vater der Psychoanalyse ist Freud, aber eine Mutter hatte sie nicht«, hat Germaine Greer sehr treffend bemerkt. Und Melanie Klein wundert sich in ihrer Kritik an den Theorien ihres Meisters über eine Hypothese, die davon ausgeht, »eine Hälfte der Menschheit habe biologische Gründe, sich benachteiligt zu fühlen, weil sie etwas nicht hat, über das die andere Hälfte verfügt, ohne daß das auch umgekehrt zutrifft!«.
Den Spaß eben dieser Umkehrung hat sich Evelyne Sullerot gemacht; sie hat sie aus der Feder einer imaginären Psychoanalytikerin fließen lassen, die von einem Frauenbild ausgeht, das Freuds Männerbild entspricht: »Sie hätte darauf aufmerksam gemacht, daß dem noch sehr kleinen Jungen unbewußt klar wird, daß er keine Kinder wird bekommen können. Frauen kriegen die Babys: Er ist zu nichts nütze. Daher kompensiert er die Qual darüber, verglichen mit Mutter Natur unvollständig zu sein, durch Aktivität, Aggressivität und Machtwillen.« Wenn wir diese These vom Trauma der Nichtmutterschaft (ist sie nicht wahrscheinlicher als das Trauma vom nicht vorhandenen Penis?) weiterverfolgen, so könnten wir, nach Evelyne Sullerot, daraus schließen, daß »alle männliche Aktivität nichts anderes ist als eine ungeheure kollektive Neurose«.
Das hat Hand und Fuß, das leuchtet ein. Leider wurde den

Psychoanalytikern genau das Gegenteil beigebracht, und der Erfolg war um so durchschlagender, als die Theorien Freuds genau rechtzeitig auftauchten, um eine Gesellschaft zu beruhigen, die über die feministischen Fortschritte besorgt war und die Argumente suchte, um wieder in die Offensive gehen zu können.
Gegen Ende seines Lebens kamen Freud allerdings Zweifel an seinen Kenntnissen über die Frauen und über deren Sexualität, die er »einen schwarzen Kontinent« nannte. Er gestand Marie Bonaparte ein, seine Gleichung Aktivität = Männlichkeit und Passivität = Weiblichkeit mache in seinen Augen keinen Sinn mehr. An Jung schrieb er: »Sie prophezeien mir, meine Irrtümer liefen Gefahr, nach meinem Tode wie heilige Reliquien verehrt zu werden. Ich glaube dagegen, daß meine Nachfolger sehr schnell all das zerstören werden, was nicht vollständig bewiesen ist in den Arbeiten, die ich hinterlasse.«
Wie Jung befürchtet hatte, vergaßen die Schüler Freuds unglücklicherweise tatsächlich seine Zweifel und seine Zugeständnisse, seine Hypothesen dagegen verehrten sie und fingen also an, die Frauen zu kritisieren und zu psychoanalysieren, die »die normale weibliche Rolle« nicht akzeptierten, die ja in Unterwerfung, Resignation und Masochismus bestand. Über eine seiner Patientinnen, eine unverheiratete Frau in reiferem Alter, »die sich in einen Tätigkeitswahn gestürzt hatte, um ihre nicht geringen Talente zu entwickeln«, gab Freud seinen Schülern in aller Naivität dieses schreckliche Beispiel: »Als sie begriffen hatte, daß es in der äußeren Welt für Frauen keinen Platz gibt, manifestierten sich bei ihr Symptome, deren Ursache ihr in der Analyse klar wurden, und erst, nachdem sie sich mit völliger Untätigkeit abgefunden hatte, nahm das alles ein Ende.«
Da die einzig wahre weibliche Libido in vaginaler Passivität bestand, verstand es sich von selbst, daß die unglückliche Klitoris, die ja nicht als eigenständiges Organ, sondern als mißlungener Phallus galt, erneut verurteilt wurde. Das Ziel war ja, der Frau jede sexuelle Unabhängigkeit zu ver-

bieten, und dabei kam dann die merkwürdige Logik heraus, dieses spezifisch weibliche Organ sei in Wirklichkeit gar nicht weiblich! (Schon wieder die Bambaras!)
Man – allen voran Helene Deutsch und Marie Bonaparte – hielt es daher für unerläßlich, »die Klitorisfixierten zu heilen«. Damals sprach man von Klitorisfixierten wie von Diabetikern, und das Wort Nymphomanin wurde auf jede Frau angewandt, die Spaß an der Sexualität hatte. Denn die Hauptsache war ja nicht, zu – nicht erwünschtem – Lustempfinden zu gelangen, sondern sich den männlichen Wünschen passiv zu unterwerfen. Was war das Ergebnis dieser psychischen Beschneidung? Genau das gleiche wie bei der andern: die Zerstörung der weiblichen Sexualität. Man hat das oft mit Tugend verwechselt.
Generationen von frigide gemachten Ehefrauen, die ihren eigenen Gefühlen nicht glaubten (wohl aber dem, was man ihnen sagte), freuten sich darüber, daß sie keine Lust empfanden, und erstickten bei ihren Töchtern jede Sinnlichkeit im Keim, während sie bei ihren Söhnen für gefährliche Sexualphantasien sorgten, in bezug auf die Reinheit der Mütter, was dann zwangsläufig wieder das Unglück der jungen Ehefrauen besiegelte, die sich ihrerseits darüber freuten, keine Lust zu empfinden, und bei ihren Töchtern jede Sinnlichkeit im Keim erstickten ... und so weiter ... und so weiter.
Man hatte es geschafft, aus einem instinktiven und natürlichen Akt, den sich Gott als Freude für die Menschen gedacht hatte (außer für seine arme Mutter, die Jungfrau Maria ... Wenn ich mir vorstelle, daß Gott selbst von einer freudianischen Mutter großgezogen wurde!), das übelste Schmuckstück der bürgerlichen Ehe zu machen: die eheliche Pflicht.
Um tugendhaften Ehefrauen endgültig jeden Spaß und lasterhaften Ehefrauen jede Chance zur Lust zu nehmen, setzten die Beichtväter sexuelle Lust ganz einfach mit dem Stuhlgang gleich. Im »Geheimen Handbuch für Beichtväter«, das 1968 von J. Martineau neu herausgegeben wurde, lesen wir folgende unvorstellbaren Ratschläge:

»Sie müssen bedenken, liebe Schwester, daß ein Ehemann, der seine Frau zärtlich liebt, nicht enthaltsam sein kann. Sie sind daher gehalten – alles andere wäre Todsünde –, ihm Ihre Arme zu öffnen und seinen Sinnen Befriedigung zu geben ... Wenn Sie beispielsweise das dringende Bedürfnis hätten, Ihre Notdurft zu verrichten, und Sie gäben Ihrem Mann diese natürliche Notwendigkeit zu verstehen, er würde Sie dann aber dazu auffordern, die Sache auf morgen zu verschieben, dann würden Sie sich gewiß sagen, Ihr Gatte sei fahrlässig oder dumm, und Sie würden Ihren ›Haufen‹ einfach irgendwo abladen. Die Situation, in der sich Ihr Gatte befindet, ist ganz ähnlich. Wenn Sie sich weigern, ihn zu empfangen, wird er sein Sperma in ein anderes Gefäß gießen als das Ihre, und seine Unkeuschheit wird Ihre Sünde sein.«
Drei auf einen Streich: Es ist Sünde, sich der Unkeuschheit des Mannes zu verweigern, es ist Sünde, Lust dabei zu empfinden, denn die Wollust gilt beim heiligen Hieronymus als »das Verbrechen, das gleich nach Mord kommt«, und es ist auch Sünde, wenn der unbefriedigte Ehemann seine Notdurft in einem anderen Topf verrichtet! Der Pfad der tugendhaften Frau war schmal.
Wie Frankreich die älteste Tochter der Kirche ist, so kann Amerika die älteste Tochter Freuds genannt werden. In den Vereinigten Staaten nämlich fand die zum Mythos verwandelte Freudsche Theorie den idealen Nährboden, in jener puritanischen Gesellschaft der dreißiger Jahre, die durch ein oder zwei Jahrhunderte eigenständiger Geschichte zutiefst verwirrt war, während der sich die Frauen ja an der Seite der Pioniere tapfer geschlagen und mit ihnen die neue Welt geschaffen hatten. Sie hatten den Männern Bewunderung abgenötigt, unabhängige Gewohnheiten angenommen und Gleichheit vor dem Gesetz erobert. Aber als nach 1945 der Friede kam, sahen sie sich an den Herd zurückgeschickt, und zwar im Namen einer neuen Moral, die ganz einfach die alte, weibliche, von Freud gepredigte Rolle wiederbelebte. Betty Friedan hat das Phänomen in »Der Weiblichkeitswahn« beschrieben:

»Der in den Rang einer wissenschaftlichen Religion erhobene Mythos der wahren Frau war der Grundstein der Schutzmauer, die die Zukunft der Frau einengen und einschränken sollte. Jungen Mädchen, die auf der Universität Baseball und Geometrie gelernt hatten, die unabhängig und qualifiziert genug waren, um aktiv an den großen Aufgaben des Atomzeitalters teilzunehmen, wurde von den größten Köpfen unserer Zeit geraten, an den Herd zurückzukehren, um dort das Leben einer Nora zu führen, auf das Maß des ›Puppenheims‹ der viktorianischen Ära zu schrumpfen.«
Warum zog die amerikanische Frauenbewegung nun plötzlich den kürzeren, obgleich so viel Energie in ihr steckte? Für diese Vollbremsung gibt es zwei Erklärungen. Zum einen das unheilbare männliche Bedürfnis danach, im Besitz der Macht zu sein. Es war in den heldenhaften Zeiten der Geburt der Nation in den Hintergrund geraten, als man jede Hand brauchte und außerdem Wichtigeres zu tun hatte, als sich um die Frauen zu kümmern. Zum andern und vor allem aber liegt die Erklärung in einer Tatsache, die Betty Friedan meisterhaft analysiert: Da die Geschäftswelt die stärkste Macht der Vereinigten Staaten geworden war und die Frauen über 75% der Kaufkraft verfügten, war es im Interesse des Landes, also jedes einzelnen, wichtig, bei den Frauen das Bedürfnis zu fördern, immer mehr zu kaufen. All die großen Konzerne, alle Industrien, denen das Ende des Krieges ihre Einkommensquellen nahm, sahen sich gezwungen, neue Bedürfnisse zu schaffen, ein neues Bewußtsein also. Natürlich hat es keine offene wirtschaftliche Verschwörung gegen die Frauen gegeben. Niemand war zynisch genug, laut zu sagen, die überaus wichtige Rolle der Gattin am Herd bestehe darin, immer mehr Haushaltsgeräte, Gebrauchsgegenstände, Kleidungsstücke und Spielzeug für ihre Kinder zu kaufen, und ihre Willfährigkeit sei in Dollars zu beziffern. Wir können übrigens trotzdem sicher sein, daß derartige Berechnungen mit größter Präzision angestellt wurden ... Man zog es vielmehr vor, edelste Beweggründe vorzuschieben, indem

man dem Mythos der »wahren Frau« seinen alten Ehrenplatz wiedergab. Er paßte vorzüglich.

Die jungen Mädchen wurden nach und nach dazu überredet, ihre Energien, ihren Ehrgeiz und ihre Bildung in den Beruf der Hausfrau einzubringen, dem einzigen Ziel jeder »normal veranlagten Frau«. Die Bezeichnung »career woman« wurde zum Schimpfwort. Man behauptete, diese Frauen würden aggressiv männlich und frigide – uralte Argumente, mit denen man in anderen Ländern schon viel Erfolg gehabt hatte ... Es ist ja klar, daß die Ärztin, Chemikerin oder Chefsekretärin nicht über ein neues Waschmittel in Verzückung gerät! Man riet daher Frauen davon ab, Ärztinnen, Chemikerinnen oder Chefsekretärinnen zu werden. Die zahlreichen, sehr kostspieligen Untersuchungen der Marketingbüros ergaben die Notwendigkeit, die Rolle der Hausfrau aufzuwerten, »aus einer einfachen Arbeitskraft eine hochqualifizierte Spezialistin zu machen«. Die beste Art, dieses Ziel zu erreichen, war, so schlußfolgerte eine Marktstudie aus dem Jahre 1950, »unaufhörlich neue Produkte auf den Markt zu bringen, um an die intellektuellen Fähigkeiten der Hausfrau zu appellieren, indem man sie an den neuesten wissenschaftlichen Errungenschaften teilnehmen läßt«.

Eine verblüffende Methode! Aber offenbar hatte sie die erhoffte Wirkung, denn sie überquerte den Atlantik. Trotzdem bezweifle ich, daß Französinnen das Gefühl haben, an der wissenschaftlichen Forschung teilzunehmen, wenn sie ein neues chemisches Entkalkungsmittel oder eine Verjüngungscreme kaufen. Sie haben schon immer weniger Staatsbewußtsein gehabt als die Amerikanerinnen.

Diese etwa dreißig Jahre dauernde Gehirnwäsche erfolgte mit Hilfe von Philosophen, Soziologen, Erziehern, Redakteuren von Massenblättern und Beratern von Werbeagenturen. Viele von ihnen waren guten Glaubens, einige von ihnen waren Frauen; ihre Zahl nahm übrigens ab, je erfolgreicher ihre Bemühungen waren. Die Ergebnisse waren hervorragend: Im Jahre 1955 waren 14 Millionen Amerikanerinnen bereits mit 17 Jahren verlobt. Während es 1920

47% junge Frauen an den Universitäten gegeben hatte (erheblich mehr als in Europa), waren es im Jahre 1958 nur noch 35%, und drei Viertel von ihnen gaben ihr Studium auf, entweder um zu heiraten oder weil sie fürchteten, zu viele Kenntnisse seien hinderlich bei der Männersuche. Die Geburtenzahlen gingen sprunghaft in die Höhe, jede Mutter zog im Schnitt fünf Kinder groß, doppelt so viele wie im europäischen Durchschnitt. Und 21 Millionen alleinstehende Frauen, unverheiratete, verwitwete oder geschiedene, hatten nur noch ein einziges Interesse: die fanatische Jagd auf Männer.
Da die Freudschen Theorien unterstellten, es gebe kein edleres Ziel, als Ehefrau und Mutter zu sein, stellten die Frauenpresse und das Fernsehen Frauen vor, die »nervenkrank und vermännlicht waren und sich einbildeten, Dichterinnen, Physikerinnen oder Betriebsleiterinnen werden zu müssen. Die wahre Frau brauchte nicht zu studieren oder zu wählen. Mit einem Wort, sie brauchte die Befreiung und die Rechte gar nicht, für die die Feministinnen anderer Zeiten gekämpft hatten.«
In den fünfziger Jahren glaubten die Befürworter des Weiblichkeitsmythos, den Sieg davongetragen zu haben. Selbst die begabtesten Studentinnen legten kein anderes Verlangen mehr an den Tag, als Hausfrau und Mutter zu werden. Kein Ehrgeiz mehr, keine großen Pläne, keine Leidenschaften mehr, außer der großen Sehnsucht, Mrs. Jack X., Mrs. John Y., die Mutter von Nancy oder Ted zu werden. Eine der größten Frauenuniversitäten brüstete sich damit, keine M.D.s (Doktoren der Medizin) oder Ph.D.s (Doktoren der Philosophie) mehr hervorzubringen, sondern nur noch W.A.M.s (Wives and Mothers). Der Slogan machte Furore. Die Rektorin der Universität von Mills, Mrs. Lynn White, ersetzte die Chemievorlesungen durch Kochunterricht. Diese Dame schrieb in »Erziehen wir unsere Töchter«: »Es müßte doch möglich sein, Vorlesungen über Ernährungswissenschaft so zu gestalten, daß sie genauso aufregend und umfassend anzuwenden sind wie eine Vorlesung über die Philosophie nach Kant. Wir sollten

nicht mehr über Proteine, Kohlenhydrate oder andere chemische Bestandteile sprechen, es sei denn, um damit beispielsweise zu zeigen, daß nach englischer Art gegarter Rosenkohl nicht nur wenig Aroma und Festigkeit hat, sondern auch nur wenige Vitamine enthält.«
Nie war man weitergegangen mit der wissenschaftlichen Ausrichtung einer Gruppe von Menschen auf die Bedürfnisse einer andern.
Eine der amerikanischen Bibeln, das Handbuch von Lundberg und Farnham (»Die moderne Frau, das verlorene Geschlecht«), sagte es ganz klar: »Im öffentlichen Interesse müssen die wirren Launen der Frauen, die unter einem Männlichkeitswahn leiden und Karriere machen wollen, bekämpft werden. Junggesellinnen über 30 sollten darin ermutigt werden, sich einer Psychoanalyse zu unterziehen, es sei denn, sie leiden unter einem erkennbaren physiologischen Mangel.«
Die eindrucksvolle Anzahl von Psychoanalysepraxen, die damals eröffnet wurden, hätte die Öffentlichkeit alarmieren müssen. Aber mit dem geradezu ungeheuerlichen guten Willen, den die Amerikanerinnen haben, formten die Mütter ihre kleinen Töchter weiterhin nach dem vorgeschriebenen Schema: Sie legten ihnen die weibliche Rolle an wie eine Prothese, sie richteten sie ausschließlich darauf ab, sich um die Gunst der Männer zu bemühen. Das äußere Erscheinungsbild wurde zur fixen Idee, das die Schulen durch hemmungslose Wettbewerbe pflegten und förderten. Während des ganzen Schuljahres fanden Wettbewerbe um den schönsten Teint, die schönste Nase, den besten Sex-Appeal, das meiste Selbstbewußtsein und eine »gute Persönlichkeit« statt, und dabei wurde genauso benotet wie bei Arbeiten in Mathematik oder in Literatur. Kein anderes Land hatte so viele Königinnen: Königin des Gases, des Benzins, der Kohle, des Maises, der Artischocken, der Eisenwaren, des Campings, des Papiers.[1] Etwas allerdings

---

[1] Ingrid Carlander: »Les Américaines« (Die Amerikanerinnen), Grasset 1973. (B. G.)

war zu vermeiden: schulischer Erfolg. Gute Schülerinnen waren nur »second best«, denn für ein Mädchen war intellektuelle Begabung ein Handicap. Margaret Mead erzählt in ihren Erinnerungen, wie sehr sie abgelehnt wurde, weil sie auf die Universität ging, um dort ernsthaft Ethnologie zu studieren.

Die jenseits des Atlantiks so bedeutsame Einrichtung der Spielmannszüge – die tröstlicherweise in Frankreich als ungraziös empfunden werden – stellen den Endsieg dieser künstlichen Überbetonung von Weiblichkeit dar: Mit strengster Disziplin und harter Übung werden in speziellen Schulen(!) entsexualisierte Sexualsymbole ausgebildet und vorgestellt.

Noch ungefähr 15 Jahre lang schien das System bestens zu funktionieren, und nichts drang nach außen. Der Typus der Nachkriegsamerikanerin, die schön, gesund und ein bißchen gebildet war, in einem komfortablen Haus vornehm am Stadtrand wohnte, durch die Gesetze geschützt und von den lästigen Haushaltsarbeiten durch die besten Haushaltsgeräte der Welt befreit war, verkörperte das beneidete Ziel vieler Frauen. Erst als man entdeckte, wie sehr sie alle unter ihrer Unzufriedenheit litten, die »kleinen Bräute«, die sich fügsam in das Freudsche Modell gepreßt hatten, »in der Jugend liebenswerte Puppen und in reiferem Alter respektierte Ehefrauen« zu sein, erst als man feststellte, daß es eben dieses Erfolgsfamilienmuster war, das so viele Millionen von Männern und Frauen auf die Liegen der Psychoanalytiker brachte, erst als aus der amerikanischen Frau der Prototyp der kastrierenden Geliebten und der besitzergreifenden »Mom« geworden war, erst als man bei allen verhaltensgestörten Kindern, allen Neurotikern, allen Psychopathen, Alkoholikern, Homosexuellen und Impotenten auf eine frigide, verbitterte oder allzu fordernde Frau oder Mutter stieß, immer also auf einen unglücklichen Menschen, erst als die männliche Literatur vor Haß überquoll – erst da begann Amerika, an seinem Patentrezept zu zweifeln. Es mußte sich die grundsätzliche Frage stellen: Verkörperte die »wahre Frau«, wie behauptet wor-

den war, wirklich die einzig wahre weibliche Natur? Da konnte irgendwo etwas nicht stimmen.
Zunächst empfand man die Unzufriedenheit als unbegreiflich und warf sie den amerikanischen Frauen vor. Hatten sie etwa nicht alles, was eine Frau sich nur wünschen kann? Die Ehefrauen, die sich in der Falle fühlten, wurden von einer Flut von Ratschlägen, Tricks und Tips überschwemmt: 58 Tips, die ihr Eheleben anregen ... Man verschließe die Universitäten für Mädchen: Der Weg, der von der Mathematik zum Kühlschrank und von Sophokles zu Spock[1] führt, ist allzu beschwerlich ... Man ging sogar so weit, ein abwechslungsreicheres Sexualleben zu empfehlen; die Größe des Problems rechtfertigte gewagte Lösungen. Man empfahl Partnertausch und Gruppensex. Für die in ihre Weiblichkeit eingesperrten Frauen war ja nur noch der sexuelle Bereich überhaupt zugänglich. Daher der so oft erwähnte sexuelle Heißhunger der Amerikanerinnen, der bei so vielen amerikanischen Männern jenen sexuellen Überdruß zur Folge hatte, der nach und nach in Feindseligkeit oder Flucht umschlug.
Aber genausowenig wie Kochen oder Kindererziehung konnte Sex ein Ersatz für Persönlichkeit sein. Wer im Mann nur einen Orgasmuslieferanten sah, machte auch aus der Sexualität nichts anderes als eine deprimierende Hausfrauentätigkeit.
Man mußte also weiterforschen, da der ganze Weiblichkeitsmythos auf falschen Voraussetzungen zu beruhen schien. Erst die Psychoanalytikerinnen Karen Horney und Clara Thomson, die psychosomatisch orientierte Gynäkologin Hélène Michel-Wohlfromm und Masters und Johnson mit ihrer Sittenanalyse konnten die Frauen aus der Sackgasse herausführen. Gemeinsam mit Maslow, Rogers, Bettelheim, Tillich und manch anderen schlugen sie eine neue Sicht des »normalen« Menschen vor, die sich vor allem mit einem nicht geschlechtsspezifischen Bedürfnis be-

---

[1] Dr. Benjamin Spock: »Baby and Child Care«, Pocket Book Inc., New York 1957

schäftigte, das im Kern jedes Menschen steckt: sich zu verwirklichen ...

»Fähigkeiten«, schrieb Maslow, »verlangen danach, ausgeschöpft zu werden, und sie hören erst auf, danach zu verlangen, wenn sie weitgehend ausgeschöpft worden sind.«

Dabei wurde von der Voraussetzung ausgegangen, daß das für alle Menschen gilt, auch für die Frauen. Wer auf einen Mann wartet, um anfangen kann zu leben, und auf die Mutterschaft, um dem Leben einen Sinn zu geben, wem man kein anderes Bedürfnis zubilligt als das nach Liebe oder sexueller Befriedigung, wer sich im Namen der Weiblichkeit nie nach außen wendet, läuft Gefahr, jegliche Identität zu verlieren und in Resignation oder Groll zu verfallen, »die zwangsläufig eines Tages aufbrechen werden, denn die Geschichte lehrt uns, daß das Bedürfnis des Menschen nach Freiheit früher oder später ans Tageslicht tritt«.[1]

»Das nicht gelebte Leben«, hatte Jung vorausschauend über diese Frauen geschrieben, »ist eine unwiderstehliche, zerstörerische Kraft, die zwar in aller Stille wirkt, aber ohne Erbarmen.«

Die Veränderung des allgemeinen Bewußtseins wurde im berühmten »Kinsey-Report« auf verblüffende Weise offenbar; er stellt den Wendepunkt dar in den Erkenntnissen über die Frau.

Der erste »Kinsey-Report« behauptete, daß es einen unmittelbaren Zusammenhang gab zwischen der sexuellen Frustration einer Frau und ihrem Bildungsniveau. Je länger sie studiert hatte, desto seltener erreichte sie den Höhepunkt. »Fast 100% der schwarzen Analphabetinnen kamen zum Orgasmus.« Da ist sie wieder, die alte Theorie der animistischen Balubas, der frauenfeindlichen Christen, der egoistischen Spießbürger und der Jünger Freuds, die alte Männertheorie also, die Frauen so lange angst gemacht hat.

Zehn Jahre später hat sich alles verändert, wahrscheinlich

---

[1] May: »Die Existenz«. Eine neue Dimension der Psychiatrie und der Psychologie. (B.G.)

durch den Einfluß der Frauenbewegung und der Psychologen, die sich vom Evangelium Freuds zu lösen begannen, und auch durch all die Bücher von Frauen, die es endlich wagten, ihre Wahrheit hinauszuschreien. Der zweite »Kinsey-Report« stellt die Schlußfolgerungen des ersten auf den Kopf: »Wir haben festgestellt, daß unter den Frauen, die in den ersten fünf Jahren einen Orgasmus erlebten, diejenigen bei weitem am zahlreichsten waren, die studiert hatten. Aufgrund unvollständiger Voraussetzungen hatten wir gefolgert, Frauen mit wenig Schulbildung seien ganz allgemein leichter zu erregen. Diese Schlußfolgerungen müssen jetzt richtiggestellt werden.«
Und noch eine skandalöse und allen Dogmen absolut widersprechende Entdeckung: Je ausgeprägter dominierende Charakterzüge bei einer Frau sind, je mehr Möglichkeiten sie hat, ihre Talente und ihre Fähigkeiten einzusetzen, je größer ihre Fähigkeit ist, Geschlechtsverkehr zu genießen, desto hingabefähiger und desto weniger egozentrisch und narzistisch ist sie auch.
Je höher die Frau also steht, desto reicher werden ihre sexuellen Beziehungen: Es werden zwischenmenschliche Beziehungen daraus. Professor Maslow ging noch weiter: »Sexuelle Beziehungen sind bei den Menschen, die sich selbst verwirklichen, am intensivsten und reichsten, obgleich Sex und auch Liebe nicht die größte Motivation ihres Daseins darstellen.«
Frigidität und andere sexuelle Probleme von Frauen waren also nichts anderes als ein Nebenprodukt eines nicht befriedigten Bedürfnisses, das genauso fundamental ist wie das nach Liebe: das Bedürfnis nach Selbstverwirklichung. Die Frauen, die man dazu bewogen hatte, alles auf Haus und Liebe zu setzen, waren außerordentlich verblüfft, derartiges zu hören. Wie erleichternd war es für sie, zu erfahren, daß sie nicht mehr dumm sein mußten, um glücklich zu sein und um einen Mann glücklich zu machen; daß Intelligenz eine Qualität ist, sogar in der Liebe; daß persönliche Entfaltung die sexuelle Entfaltung nicht behindert, sondern fördert. Diese ganz neue, uralte Wahrheit war

endlich das Licht im Tunnel, war vielleicht der Beginn der letzten Etappe auf dem langen Weg der amerikanischen Frauen, auf dem sie mit hartnäckigstem – nämlich amerikanischem – Optimismus das typisch amerikanische Ziel erreichen wollten: das Glück mit Garantieschein.

Im Vergleich zu diesem unerbittlichen System schienen die Dinge in Frankreich sanfter und in liebenswerter Unordnung dahinzuplätschern. Es gab keine getrennten Welten, keine reservierten Bereiche – oder wenn, dann war das nett gemeint –, es gab nur den eisernen Zwang empörender Gesetze, die aber selten oder nur teilweise angewandt wurden, und es gab die Last jener südländischen Galanterie, eine Unzahl von kleinen Aufmerksamkeiten, lächerlichen Komplimenten, es gab entzückte Nachsicht für unsere Schwächen, und mit alledem wurde bemäntelt, daß man uns überall behinderte: Es ist bekannt, daß die Frauen außerhalb der Ehe kaum geschützt sind. Aber auch in einer Ehe Kinder großzuziehen, gilt nicht als Beruf, denn auch eine Mutter vieler Kinder hat keine eigene Krankenversicherung und keine eigene Rente. Selbstbewußte oder gar aufsässige Frauen sind nicht beliebt. Akzeptierte öffentliche Berufe gibt es nur in der Kunst. Eine kürzlich erschienene Ausgabe des »Crapouillot«[1] (Auflage 100 000), die sich mit den berühmten Frauen des 20. Jahrhunderts beschäftigte, erschien unter dem schönen Titel »Les Egéries« (»Die Egerien«) und warf Magda Fontanges, Simone de Beauvoir, Louise Weiss, Arlette Stavinsky, Elsa Triolet und die Vicomtesse de Ribes in einen Topf, um sich nicht mit ihrer Originalität und mit ihrer geistigen Unabhängigkeit beschäftigen zu müssen.

Louise Weiss ist ein »reiselustiger Blaustrumpf, kräftig gebaut, mit stolzgeschwellter Brust und frechem Mundwerk, eine echte Revoluzzerin«. Für jeden, der das imponierende Leben und Werk einer der ersten preisgekrönten Akademikerinnen Frankreichs auch nur ein bißchen kennt, ist das

---

[1] »Crapouillot«: unregelmäßig erscheinende frz. satirische Zeitschrift.

ein geradezu wahnwitziges Urteil! Aber dürfen wir mit Oberweite 95 denn überhaupt Akademikerinnen sein? Es sieht ganz so aus, als sei das immer noch ein Handicap.
Über Jacqueline Thome-Patenotre, die Bürgermeisterin ist und Abgeordnete, kann der Verfasser nur sagen, daß sie hübsch ist; ihre Beine allerdings . . . »Beine? Die sind zum Spreizen da«, hätte Moro-Giafferi geantwortet. So viel zu Jacqueline und ihren dreißig Jahren Karriere.
Die »Grande Sartreuse« wird wie üblich auch hier mit hinterhältiger Schadenfreude behandelt: der offenbar bedeutende Paul Champsanglard gibt seinem Artikel den Titel »Eine humorlose Verkäuferin« und bezieht sich auf das Getratsche eines taktlosen Liebhabers (Nelson Algren), um »Madame Blabla« nur nach ihren angeblich erbärmlichen sexuellen Leistungen zu beurteilen.
Madame Steinheil war angeblich das Opfer einer »akuten Gebärmutterfreßsucht«; Geneviève Tabouis hätte charmant sein können, wenn »sie sich nicht um Politik gekümmert hätte«, und Françoise Giroud existiert nur wegen der Männer, die sie gekannt hat: »Man findet sie in der Umgebung von Mendès-France, in der Nachbarschaft Mitterrands, in den Schriften Mauriacs, hinter der Kamera Jean Renoirs, im Flugzeug Saint-Exupérys und in der Bibliothek André Gides. So wird sie schließlich der Tschu-En Lai Mao Servan-Schreibers genannt.«
Es war aufschlußreich, dieser Zeitschrift einige Zeilen zu widmen, die sich ja einbildet, nonkonformistisch zu sein, obgleich sie es noch 1973 wagt, auf den uralten, schlachtreifen Schlachtrössern übelster Frauenfeindlichkeit zu reiten Das beweist, daß diese Rösser immer noch gehen können und daß sie so lange weitergehen werden, wie allzu viele Männer wehrlose Frauchen wollen, die kindisch sind, ungeschickt und ein bißchen dumm, außerstande, einen Reifen zu wechseln, bei jeder Gelegenheit in Tränen ausbrechen und nicht viel von Zahlen und Politik verstehen . . .
»Sie sind sanft, bewundernswert dumm und desto begehrenswerter, je dümmer sie sind«, schrieb Montherlant, den Frauen wie Andrée Hacquebaut und viele andere »junge

Mädchen« meiner Generation gelesen und bewundert haben. Natürlich habe ich voll masochistischer Demut auch zu ihnen gehört.

Einem großen Teil der Presse ist es ganz offensichtlich noch ein Anliegen, dieses minderwertige Bild aufrechtzuerhalten: Das ist ja auch am einfachsten und ermöglicht den Journalisten jahrein, jahraus eine Menge Klatschartikel mit abgedroschenen Witzen. Es werden sogar noch neue Zeitungen geschaffen, um die alte Brühe in schicken Töpfen neu umzurühren, die man von den besten Designern entwerfen läßt, damit ihr Inhalt wie neu aussieht. Beim Lesen der ersten Nummer einer sogenannten Frauenzeitschrift, die vor kurzem nach dem Vorbild einer amerikanischen Zeitschrift offenbar unbedingt auch auf den französischen Markt kommen mußte, habe ich die hundertmal wiedergekäuten Zutaten wiedergefunden, die man – höchstens! – noch in einem humoristischen Herrenjournal erwarten würde, die uns aber anekeln sollten, wenn sie angeblich für uns gedacht sind. Neben Beiträgen über den unerschöpflichen Erfindungsreichtum von Ehefrauen beim Betrügen ihrer Männer oder über die Vorsicht, die sie an den Tag legen sollten, wenn sie mehr Geld verdienen als ihre Ehemänner (um seine Männlichkeit nicht zu verletzen) – zwischen lauter Dingen also, die die Situation nicht besser machen –, gab eine Redakteurin dem Ehemann zum tausendundeinstenmal »50 Tips, damit Sie Ihrer Frau gefallen«:

1. Sagen Sie ihr, daß sie abgenommen hat.
2. Verbringen Sie einen ganzen Abend damit, sich ihre Garderobe anzusehen, und sagen Sie ihr dabei, was Sie besonders und – sehr taktvoll – was Sie weniger mögen. (Sehr taktvoll, denn Frauen sind, ähnlich wie Affen und Neger, bekanntlich sehr empfindlich!)
3. Lassen Sie sie beim Rommé gewinnen.
4. Lassen Sie sich dabei erwischen, wie Sie ihre alten Liebesbriefe noch einmal lesen ...

Ich erspare Ihnen die 46 andern dümmlichen Tricks, die den Männern empfohlen werden. Wer sich ihrer bedient,

kann nur ein Trottel sein, und bei der Frau, die sich mit ihnen einwickeln läßt, kann es sich nur um eine Schwachsinnige handeln.
Derartige »Regeln« für ein angeblich normales und erwachsenes Verhalten unterstützen bei den Frauen die schafsdumme Eitelkeit und bei den Männern den quicklebendigen Paternalismus, und beides wird beide immer daran hindern, in eine echte, spannende und gefährliche Beziehung zueinander zu treten. Ohne Selbstbewußtsein und ohne Respekt für den andern ist keine wirkliche Partnerschaft möglich. Selbstbewußtsein des einen entsteht aber *nicht* durch die Erniedrigung des andern. Diese schlimme Idee ist die Ursache für das viele Unglück, das Frauen und Männer in ihrem Zusammenleben erfahren haben. Sie ist mehr als ein Fehler: Sie geht von völlig falschen Voraussetzungen aus. Aber Eitelkeit einerseits und dumpfe, archaische Angst vor dem Weiblichen andererseits haben den Mann dazu gebracht, lieber eine schwache und farblose Frau als eine gleichberechtigte und aufregende Partnerin haben zu wollen, trotz der niederschmetternden Ergebnisse dieser Art von Verbindung. Hervé Bazin hat das in »Le Matrimoine« nachgewiesen, dem scharfsinnigsten Roman, den es über die traditionelle Ehe gibt.
Wie lange noch werden Männer ihrer ehelichen Sicherheit und dem, was sie blöderweise ihre männliche Ehre nennen – als ob die Ehre ein Geschlecht haben könnte! –, vor der reizvollen Unruhe einer geteilten Freiheit den Vorrang geben? Wie lange werden sie sich noch gezwungen fühlen, ihre Persönlichkeit auf der Zerstörung einer anderen Persönlichkeit aufzubauen? Wollen sie noch lange an dieser verkrüppelnden Idee festhalten, die auch *ihr* Herz verstümmelt?
»Meine Mutter? Sie war eine Heilige!« sagte kürzlich Expräsident Nixon in einem Interview. Wie viele Tausende von Söhnen haben das ohne Gewissensbisse wohl im Laufe der Geschichte gesagt, allen voran Jesus? Einige haben es mit etwas Einsicht oder mit etwas Mitleid präzisiert: meine *arme* Mutter.

SECHSTES KAPITEL

Weder Kalender noch Harmonika

»Wir können mit Sicherheit davon ausgehen, daß das Wissen der Männer über die Frauen – über das, was sie sind, geschweige denn, was sie sein könnten – beklagenswert begrenzt und oberflächlich ist und so lange bleiben wird, wie die Frauen nicht alles gesagt haben, was sie zu sagen haben.«
John Stuart Mill[1]

»Er spreizte ihre Vulva ... da war nichts als ein klaffendes Loch, in dem es weder Kalender noch Harmonika gab.« Beschreibung des weiblichen Geschlechtsteils durch einen Mann.
»So stolz«, flüsterte sie unruhig, »und so edel! Aber wie schön im Grunde ... und hart und hochmütig wie ein Turm ... Das seltsame Gewicht der Hoden zwischen seinen Beinen! Welch ein Geheimnis! Was für ein seltsames Gewicht, wie schwer vor lauter Geheimnis ... Die Wurzeln, die Wurzel für alles, was schön ist, die primitive Wurzel aller vollkommenen Schönheit.« Beschreibung des männlichen Geschlechtsteils durch einen Mann.
Der liebe Lawrence! Priester der Phallus-Religion, der sich selbst zum Propheten seines Penis machen mußte.[2]

[1] John Stuart Mill (1806–1873), engl. Schriftsteller.
[2] Ein hervorragender Schriftsteller, der Lady Chatterley diese dreihundertseitige Lobrede auf den Penis des Jagdaufsehers Oliver Mellows in den Mund legt. (B. G.)

Der liebe, durch seine Frauenverachtung verwirrte Miller, war davon überzeugt, nichts Falsches zu sagen! Aber das weibliche Geschlechtsteil besitzt eben doch einen Kalender und eine Harmonika, auf die der Penis keinen Anspruch erheben kann, und sei er noch so anmaßend und geheimnisvoll. Einen Mondkalender nämlich, der im Rhythmus des Alls das Zeitmaß bestimmt, und auch eine Harmonika, die Klitoris, ein Luxusorgan, das nichts mit der Fortpflanzung zu tun hat, das seinen Part entweder allein spielen kann oder durch seine Melodie die Saiten des weiblichen Klangkörpers lustvoll zum Schwingen bringen kann. Die Vielfalt der erogenen Zonen (um die Sprache der Sexualforscher zu benutzen), der Erfahrungsreichtum, den ein voll erlebtes Frauenleben umfaßt, Schwangerschaft, Geburt und Mutterliebe inbegriffen, die ja, zumindest am Anfang, ein fast sexuelles Phänomen ist, all das hätte die Frauen davon überzeugen müssen, daß sie nicht, wie Freud – und vor ihm so viele andere – behauptet hat, ein »entstelltes Abbild des Mannes« waren. Vielmehr hätten die Männer *sie* beneiden müssen. Aber wer sich mit Gewalt an der Macht hält, teilt sie nicht. Da man diese Reichtümer nicht aus der Welt schaffen konnte – was nicht heißt, daß man es nicht versucht hätte –, blieb logischerweise nur eine Lösung: die Funktionen des weiblichen Körpers in Mißkredit zu bringen, aus ihnen von der Natur auferlegte Phänomene zu machen, die als biologisches Verhängnis zu ertragen oder schweigend hinzunehmen waren. Und die Frauen, die in dem Spinnennetz aus Herd, Gesetz und Tabus gefangen und oft schon in den besten Jahren ihres Lebens durch einen Fruchtbarkeitszwang verbraucht waren, der in diesen Gesellschaften eine Überlebensnotwendigkeit war, haben ihr Schicksal schließlich wirklich als Fluch, Schande und Schmerz erlebt.
Wir fragen uns, wie ein solcher Betrug funktionieren konnte.
Nun, man brauchte nur mit dem Anfang anzufangen. Da die (allesamt männlichen) Stifter unserer jüdisch-christlichen Religion die Schöpfungsgeschichte, die Evangelien,

das Alte und auch das Neue Testament vorsichtshalber selbst geschrieben hatten, konnten sie die Minderwertigkeit des Weiblichen auf die erste Frau zurückführen.
Pech gehabt, Eva ... von Anfang an ... Sie sehen ein ...
Um sich, da man einmal dabei war, auch die lästige Schöpfungskraft des Weibes vom Halse zu schaffen, hatte man, unter Mißachtung aller offensichtlichen Erfahrungen, die Stirn, Eva aus einer Rippe Adams entstehen zu lassen. Pech gehabt, Eva ... aber Adam war vor Ihnen da, so steht es geschrieben ...
Nachdem man so aus der Frau »ein nebensächliches und zufälliges Wesen« (der heilige Thomas von Aquin) gemacht hatte, brauchte man diese Kreatur nur noch intellektuell zu demütigen, denn sie besaß die manchmal unerhörte Anmaßung, ihrem Herrn und Meister ähnlich sein zu wollen. Da man – die mythischen Zeiten waren schließlich vorbei – die Sache mit Eva nicht einfach wiederholen und Jesus aus einer Rippe des Joseph entstehen lassen konnte, tat man wenigstens etwas Ähnliches: Man machte die Mutter Gottes zu einem unerreichbaren Vorbild für alle anderen Frauen, zu einer Art lebendem Vorwurf. Man verwandelte sie in ein physiologisches Monstrum, zur einzigen Frau, die von sich sagen konnte, sie sei vom Heiligen Geist geschwängert und also geheiligt worden. Sie entkam also dem weiblichen Schicksal, indem man ihre Körperlichkeit leugnete (die Theologen ruhten nicht eher, bis festgelegt war, bei der Geburt Christi sei »der Schoß der Jungfrau verschlossen geblieben«)[1], und so war sie von dem Makel befreit, als Frau geboren worden zu sein. Aber für alle andern blieb der Makel, die Sünde, die befleckte Empfängnis.
Das saß. »Zum ersten Male in der Geschichte der Mensch-

---

[1] Das geschah im 6. Jahrhundert für die oströmische Kirche beim Konzil von Ephesus und für die weströmische Kirche beim Lateranischen Konzil. Es machte die Behauptung möglich, Jesus sei nicht mit der unzumutbaren Vagina in Berührung gekommen. Wie er durch den Heiligen Geist empfangen worden war, so wurde er auch geboren. (B. G.)

heit kniet die Mutter vor dem Sohn nieder und erkennt freiwillig ihre Minderwertigkeit an. Der Marienkult ist der größte Sieg des Mannes.« (Simone de Beauvoir).
Jesus besaß ein männliches Geschlechtsorgan, und es wird nicht ausgeschlossen, daß er Gebrauch davon gemacht hat. Das ändert nichts an seiner Göttlichkeit. Das Geschlecht Marias hingegen, das für himmlische Werke ausersehen war, mußte auf Anweisung eines Engels auf jeglichen Gebrauch verzichten, weil er es für unangebracht hielt, sie die Freuden der Liebe kennenlernen zu lassen. Zeus dagegen hatte unvergeßliches Vergnügen bereitet, wenn er sich Zeit für jene Besuche nahm, bei denen er einen oder zwei Halbgötter zeugte. Andere Zeiten, andere Sitten!
An diesem religiösen Fluch ist übrigens nicht Jesus schuld; er milderte die Härte der hebräischen Gesetze. Wir verdanken ihn vielmehr dem heiligen Paulus,[1] diesem krankhaften Frauenfeind, und anderen Zwangsneurotikern, wie z. B. dem heiligen Augustinus oder dem Tertullian, an dessen bekannte, haßerfüllte Anrede ich erinnern möchte: »Frau, du bist das Tor zur Hölle ... Deinetwegen mußte der Sohn Gottes sterben. Du solltest dich für alle Zeiten in Trauerkleidung und Lumpen hüllen.«
Dank all dieser Verurteilungen war die Kirche stark genug, Frauen von allen religiösen Aufgaben fernzuhalten, und auch viele Jahrhunderte später wird die Verfemung nur sehr widerwillig aufgegeben. Zwar gab man die Kultstätten für menstruierende Frauen frei; zwar öffnete man die Konzile für einige untergeordnete Spaltpisserinnen (als Gasthörerinnen, die nicht das Wort ergreifen dürfen); aber wußten Sie, daß erst 1970 zum ersten Male ein Frauenchor im Petersdom singen durfte?

---

[1] In »Saint Paul, le colosse aux pieds d'argile« (Der heilige Paulus, ein Koloß auf tönernen Füßen), Verlag Metanoia, weist Emile Gillabert nach, wie Paulus von Tarsien, der Jesus nicht gekannt hatte, dessen Lehre auf eine zwanghafte Körperfeindlichkeit hin verfälschte, indem er den Körper und das Böse gleichsetzte und eine ausschließlich auf den Vater ausgerichtete Religion schuf. (B. G.)

Da diese Ächtung allerhöchste Ursprünge hatte, wurde die ganze Gesellschaft zur uneingeschränkten Unterdrückung des Weiblichen ermutigt, die ja den Interessen der Familienoberhäupter, der Betriebsleiter, der Privilegierten und der Männer ganz allgemein so sehr entgegenkam. So trug diese fügsame, fleißige, sich emsig vermehrende Weiberherde, deren Forderungen sich auf das Gekreisch einiger Furien beschränkte, zum Gleichgewicht und zum Gedeihen des Ganzen bei. Das wesentliche war, daß die Frauen auf ihren Plätzen blieben, auf den bekannten, ihnen vorgeschriebenen Plätzen, wie man sie als die Sitze Nr. 1 und Nr. 2 aus der Metro kennt: »Reserviert für Behinderte«.
Alle gaben sich die größte Mühe, auch die Wissenschaftler, indem sie der Wissenschaft Dinge in den Mund legten, die kaum zu glauben sind. Ein Naturforscher wie Linné schrieb vor nur zweihundert Jahren im Vorwort zu seiner Naturgeschichte: »Ich werde hier keine Beschreibung der weiblichen Organe geben, da sie abscheulich sind.«
Es gibt ihn immer noch, diesen heiligen Schreck vor den weiblichen Geschlechtsorganen; der Psychiater William Lederer erklärt ihn kühl (aber durchaus nachsichtig) in seinem Buch »Die Angst vor den Frauen«;[1] in unserer christlichen Gesellschaft schlug der heilige Schreck in heiligen Ekel um. Von dem Tage an, an dem das kleine Mädchen zum »verwundeten, zwölfmal unreinen Kind« wird, von dem Vigny[2] spricht, bis zu dem Tag, an dem die Wechseljahre aus ihm ein Wesen ohne jede nennenswerte Geschlechtlichkeit machen, erlebt es alles als Demütigung, als Schande, die man verstecken muß, oder als Frustration. Das Gebot Mohammeds: »Menstruation ist ein Übel, haltet Euch daher von den Frauen fern, bis sie wieder rein sind« ist die genaue Wiederholung der Vorschrift des Levitikus: »Die Frau, die einen Blutfluß in ihrem Fleisch hat, soll sieben Tage in ihrer Unreinheit bleiben, und jeder, der sie anfaßt, bleibt unrein bis zum Abend«, und entspricht

---

[1] William Lederer: »Gynophobia«. (B.G.)
[2] Alfred de Vigny (1797–1863), frz. Schriftsteller.

der Auflage, die indischen Frauen verbietet, in ihren »verwünschten Tagen« Wasser oder Nahrungsmittel ihrer Angehörigen zu berühren. Tausende von Spuren hat der Schreck hinterlassen, z. B. das englische Wort, mit dem man die Regel benennt: the curse, der Fluch. Vorstellungen, die bei Eingeborenenstämmen verständlich sind, leben noch heute fort. Vor genau eintausendneunhundert Jahren schrieb Plinius in seiner 37bändigen Naturgeschichte: »Die menstruierende Frau verdirbt die Ernten [Donnerwetter! Was für eine Macht!], verwüstet die Gärten, tötet die Keime, läßt das Obst verderben, tötet die Bienen und macht die Milch sauer, die sie berührt.«
Fast zweitausend Jahre später war die Medizin auf diesem Gebiet nicht weitergekommen, denn im Jahre 1878 bestätigte das »British Medical Journal«, daß »Fleisch verdirbt, wenn es von einer menstruierenden Frau berührt wird«. Es folgte das Beispiel zweier auf diese Weise verdorbener Schinken. Und dann die mißlungenen Mayonnaisen, die frischen Blumen, die sofort verwelken, wenn eine menstruierende Sekretärin sie auf den Tisch des Direktors stellt (allen Ernstes zitierte Beispiele) und viele andere Fälle von derartigem Aberglauben ...
Meines Wissens hat es nur eine einzige unabhängige und kühne Stimme gegeben, die zartfühlend über das Blut der Menstruation gesprochen hat – trotz des scheußlichen Wortes, das die ganze Sache so sehr nach Krankheit klingen läßt –, und zwar die von Annie Leclerc[1] in einem aufregenden Buch, das über die bekannten feministischen Klagen hinausgeht, oder besser, das sich neben sie stellt. Da auch ich, wie alle anderen Menschen, von zehn oder zwanzig Jahrhunderten gut verdauter Frauenfeindlichkeit geprägt bin, habe ich die folgenden Zeilen mit großer Distanz und manchmal auch mit Ekel gelesen: »Leben ist Glück. Sehen, hören, berühren, trinken, essen, Wasser lassen, den Darm entleeren, sich ins Wasser werfen und den Himmel ansehen, lachen und weinen, mit denen zu spre-

---

[1] »Parole de femme« (Frauenwort), Verlag Grasset, 1974.

chen, die zu sehen, zu hören, zu berühren, zu trinken und den eigenen Körper mit dem Körper derer zu vereinigen, die man liebt, das ist Glück.
Leben ist Glück. Das zarte, warme Blut zu sehen und zu fühlen, das einmal im Monat aus uns herausfließt, ist Glück. Vagina zu sein, das verborgene Gären des Lebens sehen, die Pulsschläge und Vibrationen des Urmagmas hören, loslassen und festhalten zu können, liebender Mund sein zu können für das Fleisch des andern, Vagina zu sein, ist Glück. Leben ist Glück. Schwanger zu sein, eine sichere, runde Burg zu sein für das Leben, das im Innern wächst und gedeiht, das ist Glück.
Aber auch gebären heißt so intensiv leben, wie es überhaupt nur möglich ist ... das ist nackte, volle Lebenserfahrung. Gebären ist mehr Glück als alles andere. Leben ist Glück. Haben wir das je gewußt? Werden wir es je wissen?«
Und dann, unter den tausend Schichten meines Körpers, in denen die Scham steckt und die Ergebenheit in die Zurechtweisung durch die Männer und in denen die Resignation steckt über das, was ich immer für meine Gebrechen hielt, und in denen vor allem auch das Schweigen steckt – denn wir müssen ja versuchen, trotz allem glückliche Frauen zu sein –, unter all diesen Schichten habe ich plötzlich etwas Sanftes gespürt und – Stolz auf mich selbst.
»Ihr selbst habt sogar das noch als erniedrigend empfunden, was Euch der Mann in einer Mischung aus Faszination und Abscheu zugebilligt hat«, fährt Annie Leclerc fort, deren ganzes Buch ich gern zitieren würde. »Den Abscheu vor Eurem Menstruationsblut, der als hartnäckiger Fluch schwer auf Eurem Kindbett lastet, den habt Ihr in Ekel vor Eurer Milch verwandelt.«
Es ist wahr, wir haben so getan, als sei sie etwas Heimliches, als sei sie eine Krankheit.
Frauenworte, endlich.
Alles, was versucht wurde, um die weiblichen Aufgaben herabzusetzen, wird in der Geschichte des Gebärens auf traurigste und empörendste Weise veranschaulicht. Trotz-

dem ist sie am wenigsten bekannt. Nicht, daß sie tatsächlich nicht *bekannt* wäre. Aber man kümmert sich nicht darum, sieht sie als Schicksal an. So ist das eben ... So ist das Leben ... So ist das Los der Frauen ... Das alles sind Sätze, die unsere Niederlage unwiderruflich besiegeln.

Alles begann an dem Tag, an dem dem Mann seine Rolle bei der Fortpflanzung klar wurde, denn das veränderte die Beziehung der Geschlechter zueinander völlig und löste eine Umwälzung der damals meist matriarchalischen Gesellschaften aus. Die in jenen alten Zeiten fürs Überleben unentbehrliche Körperkraft besaßen die Männer schon, nun bemächtigten sie sich auch der Fortpflanzung. »Die Mutter«, sagt Aischylos, »kann kein Leben schenken. Sie ist nur ein Gefäß, in dem sich der lebende Keim des Vaters entwickelt ... Dem Vater gebührt der Respekt und die Liebe der Kinder. Wer seine Mutter tötet, ist kein Elternmörder.«

So wurden Jahrhunderte von männlichem Neid auf diese geheimnisvolle weibliche Macht ausgelöscht, und die Männer konnten, aufgrund eines biologischen Irrtums, Gesellschaften gründen, in denen die Frauen nie mehr den ersten Platz beanspruchen sollten. Trotzdem erhielt sich wegen des Vergnügungsbedürfnisses und der demokratischen Sitten in Griechenland und Rom ein gewisser Respekt gegenüber den Frauen. Nach dem Untergang der griechisch-römischen Kultur aber veränderten sich die Situation und der Alltag der Frau völlig. Speziell um das Kinderkriegen kümmerten sich in der christlichen und in der arabischen Welt nun nur noch die Frauen. Kein Mann durfte bei einer Geburt zugegen sein, auch kein Arzt. Im Gegensatz zu dem, was in der Antike üblich gewesen war, wurden von den Hebammen keine besonderen Kenntnisse verlangt, und dabei waren sie dann jahrhundertelang die einzigen, die den Gebärenden beistanden. Das führt dazu, daß die Errungenschaften der antiken Medizin, wie zum Beispiel das »Drehen mittels des Fußes«, das eine normale Entbindung bei Steißlagen (sie kommt in ungefähr 15% der Fälle vor) ermöglichte, *vergessen* wurden, obwohl es dadurch möglich war, ein Kind aus dem Mutterleib zu holen, ohne es zu zerstücken. Daß diese Drehung, die in der Ärzteschule von Alexandria unter der Herrschaft der Ptolemäer entdeckt und in der Antike problemlos angewandt wurde, fünfzehnhundert Jahre lang völlig in Vergessenheit geraten konnte, läßt sich nur mit der Frauenfeindlichkeit der großen christlichen und islamischen Bewegungen erklären. Da man Körper und Seele der Frau verachtete, hatte »die Geburtshilfe nur noch den Rang eines unehrenhaften Handwerks.«[1] Für Hebammen gab es keinerlei Berufsvorschriften; sie gingen mit einem alten Gebärstuhl und einem Kesselhaken am Gürtel von Haus zu Haus. Niemand hat je von den blutigen Foltern erzählt, denen die meisten Frauen zehn-, zwölf- oder auch zwanzigmal im Leben ausgesetzt waren, und zwar jahrhundertelang, und von den Schreckensbildern, die die Mütter an ihre Töchter weitergaben.

Selbst Geburten ohne Komplikationen waren fürchterliche Heimsuchungen wegen der Tabus, die eine der »natürlichen Tugenden« der Frau betrafen: das Schamgefühl. Es zwang die Hebammen, unter den Röcken der Wöchnerin blind zu arbeiten, wie wir auf schrecklichen Stichen aus jener Zeit sehen können. Da sie den Gebärmutterhals mit den Händen fast ständig offenhielten, um ihn so zu erweitern, wurden Dammrisse für selbstverständlich gehalten, und keiner konnte sie nähen, obwohl in der »normalen« Chirurgie Nähte gang und gäbe waren. Fisteln und chronische Infektionen waren »übliche« Folgen bei einer Geburt.

Wenn eine Entbindung zu lange dauerte, blieb nur noch eine Lösung übrig, die man »Zerstückelung« nannte, ein schrecklicher Eingriff, der Geschicklichkeit und eine robuste Natur erforderte. Das Kind wurde in der Gebärmutter zerstückelt und mit verschiedenen Haken in einzelnen Stücken herausgeholt. Muß ich hinzufügen, daß es keine Narkose gab? Und daß man es nicht für wünschenswert

---

[1] »Auf der Suche nach dem großen Geheimnis oder die Labyrinthe der Medizin« von Dr. H. S. Glasscheib. (B. G.)

hielt, sie bei Gebärenden anzuwenden, als sie 1844 von einem Zahnarzt namens Horace Wells entdeckt wurde? Erinnern wir uns an den Skandal, den Königin Victoria verursachte, als sie bei einer ihrer zahlreichen Entbindungen nach einigen Zügen Chloroform verlangte.
Zu allem Überfluß verschlimmerte die Kirche die Entbindungsrisiken noch durch eine eiserne Regel: Sie gebot, daß die schwangere Frau nur als Aufbewahrungsort für ein neues Leben anzusehen sei und daß das wichtiger war als das Leben der Mutter. Sie verlangte, daß die Leibesfrucht nicht zerstückelt wurde, da dann das Kind nicht getauft werden konnte, sondern daß die Gebärmutter geöffnet wurde, um ihr das Kind lebend zu entnehmen. Konzile und Synoden erinnerten immer wieder an dieses Gebot, obgleich das für die Mutter einem Todesurteil gleichkam, da die Hebammen völlig außerstande waren, einen Kaiserschnitt durchzuführen. Sie warteten auf die Agonie der Mutter, um den Schnitt vorzunehmen. Keine Frau hat überlebt, um die Folter beschreiben zu können, diesen legalen Mord, der mit dem Segen der Kirche begangen wurde.
Für griechische Ärzte war eine Abtreibung zulässig gewesen, wenn Gefahr für die *Gesundheit* oder das *Leben* der Mutter bestand. Nun wurde sie mit ewiger Verdammnis bestraft. Noch 1974 war ein großer Teil der Ärzteschaft nicht auf dem Stand des griechischen Humanismus, da man der Meinung war, Frauen dürften zwar ihr Leben, nicht aber ihre Gesundheit schützen.
Die berühmten medizinischen Schulen des Mittelalters in Paris, Padua oder Montpellier erwähnten die Geburtshilfe nicht einmal, sie war ein »Bereich, den die guten Sitten, die Religion und die menschliche Ehrfurcht« ihnen »verbot«. Was verstanden diese Männer wohl unter der »menschlichen Ehrfurcht«, auf die sie sich zu berufen wagten? Das Verbot war so zwingend, daß ein Hamburger Arzt im Jahre 1521 verbrannt wurde – wie eine Hexe –, weil er es gewagt hatte, als Hebamme verkleidet, bei einer schwierigen Geburt zu helfen.

Erst die Renaissance befreite Männer und Frauen vom Joch mittelalterlichen Denkens. Jetzt erst konnte Ambroise Paré ungestraft die ersten anatomischen Untersuchungen an Frauen vornehmen, und um 1550 herum entdeckte er im Hôtel-Dieu die berühmte »Drehung mittels des Fußes« wieder. Im Jahre 1500 hatte ein Schweinekastrierer aus der Schweiz namens Jacob Nufer erfolgreich den ersten Kaiserschnitt an einer lebenden Frau versucht, und zwar an seiner eigenen, weil die Hebammen sich außerstande sahen, sie zu entbinden. Die Operation wurde so geschickt ausgeführt, daß das Kind unverletzt herausgeholt werden konnte. Nufer konnte die Gebärmutter zwar nicht zunähen und begnügte sich damit, die Bauchwunde zuzunähen, aber die Wöchnerin überlebte und brachte noch vier Kinder normal zur Welt! Die furchtbar schmerzhafte Operation aber kam in Mißkredit.

Kurioserweise verdanken wir die wirkliche Revolution der Geburtshilfe dem ausgefallenen Geschmack Ludwigs XIV. Weil er das Bedürfnis verspürte, bei den Entbindungen seiner Mätressen zugegen zu sein, ließ er den finsteren halbmondförmigen Stuhl durch ein Bett ersetzen, weil ihm das ermöglichte, hinter einem Vorhang alles zu beobachten. Um besser sehen zu können, verlangte er, daß die schweren Röcke der Gebärenden entfernt und daß sie bis zur Taille entblößt wurden – eine skandalöse Neuerung. Nachdem im Jahre 1670 zum erstenmal in der Geschichte Frankreichs eine Königin von einem Arzt, von Julien Clément, entbunden wurde, kam es in Mode, den Geburtsprozeß mit den Augen zu verfolgen, was die Bedingungen und die prognostischen Möglichkeiten bei Entbindungen völlig veränderte.

Selbstverständlich leisteten die Konservativen und die Traditionalisten erbitterten Widerstand. (Es dauerte noch hundertdreißig Jahre, bis die geniale Erfindung der modernen Geburtszange, des Forceps, die mörderische Zahnzange ersetzte und die Lebensaussichten der Neugeborenen und die Überlebenschancen der Mutter unglaublich verbesserte.) Das sollte uns nicht erstaunen. Für die Verfechter der

alten Doktrin sind noch heute das Leben oder die Gesundheit der Mutter kein Argument. Vor kaum hundert Jahren, als ein Drittel aller Frauen am Kindbettfieber starb – das sich seuchenartig entwickelte, seit nicht mehr zu Hause entbunden wurde, sondern in überfüllten Geburtshilfekliniken, wo die Ärzte ohne jede Desinfektionsmaßnahme von einer Frau zur andern gingen –, auch da predigte die Kirche, man müsse dieses Schicksal hinnehmen, und sie verkündete wie eine offenbarte Wahrheit: »Der Tod im Wochenbett ist der von Gott geforderte Preis, den die Frauen für die Freuden der Mutterschaft zahlen müssen.« Wie hätte man die Ärzte wirkungsvoller an jedem Fortschritt in diesem Bereich hindern können?
Erinnern wir uns schließlich an den hartnäckigen, verbissenen Widerstand höchster Autoritäten, als in jüngster Zeit, 1951, Dr. Fernand Lamaze die Idee der psychoprophylaktischen Entbindung aus der Sowjetunion mitbrachte, das also, was leichtfertig als schmerzlose Geburt bezeichnet wurde. Ihr wurde ein vor allem moralischer Widerstand entgegengesetzt, als hätte man sich nicht dazu durchringen können, die Frauen von jenem Preis zu befreien, den sie so lange gezahlt hatten. Die Ärztekammer, sonst immer an der Spitze des Fortschritts, drohte sogar mit Ausschluß. Es bedurfte der Zustimmung des Papstes im Jahre 1956, ehe man es wagte, Geburt und Strafe voneinander zu trennen. Paul VI. kann übrigens beruhigt sein: Eine Entbindung ist immer noch kein Vergnügen.
Folgendes Zeugnis wahrer geistiger Größe konnte man damals aus der Feder eines Arztes lesen – eines Mannes, sage ich besser, denn welcher Arzt, der dieses Namens würdig ist, würde einem schreienden Patienten von der Narkose abraten? –: »Was mich angeht, so gilt immer noch all meine Zuneigung den Frauen, die voll Hoffnung, Heiterkeit und ohne Furcht auf die Stunde der höchsten Schmerzen warten und die sie mit stoischer Ruhe hinnehmen, weil sie die erste sein wollen, die den Schrei ihres Kindes hört. Diese Quelle innigster Freude darf nicht verlorengehen.«
Tatsächlich haben Frauen unendlich viel Mut zum

Schmerz, das stimmt, und oft auch eine so ungeduldige Liebe zu ihrem Kind, daß sie, um es schneller kennenzulernen, die Narkose ablehnen. Aber woher nehmen Männer, Ärzte, die Frechheit, uns das Wohltätige jener »höchsten Schmerzen« nahezulegen, die doch nur wir allein beurteilen können? Was würden *sie* der Sprechstundenhilfe erzählen, die sie dazu aufforderte, beim Ziehen eines Zahnes auf die Betäubung zu verzichten um der tiefen Befriedigung willen, die ein Mann aus stoischer Selbstbeherrschung ziehen kann?

Die Männerwelt hat auch deshalb besonders wenig Anlaß, uns zu dieser furchtlosen Heiterkeit aufzufordern, weil Schwangerschaft und Entbindung Phänomene sind, für die sie sich nie besonders interessiert hat. Bis zur Mitte des 20. Jahrhunderts waren es – bis auf wenige Ausnahmen – nicht gerade die hellsten Köpfe, die sich für Gynäkologie oder Geburtshilfe entschieden, und ganz allgemein reagierte man auf eine schwangere Frau mit einer Mischung aus Angst und Ekel.

> »Die Mutter, in schwarz, lila, violett,
> Diebin der Nächte
> Sie ist die Hexe, deren verstecktes Handwerk dich in die Welt setzt . . .
> Die Mutter
> Dunkle Lache ewig in Trauer um alles und um uns,
> Sie ist die Pestwolke, die schillert und platzt
> Und Blase um Blase ihren großen tierischen Schatten aufbläst
> Schande aus Fleisch und Milch
> Starrer Schleier, den ein noch zu gebärender Blitz zerreißen müßte . . .«[1]

Ein anderer Mann hat das gleiche Entsetzen in Prosa formuliert:
»Dieser aufgeblähte, zerspaltene Leib . . ., geschaffen für

---

[1] Gedicht von Michel Leiris mit dem Titel »La Mère« (Die Mutter). (B.G.)

die Mutterschaft und zu diesem einen Zweck mit allerlei Geschwulsten, Rundungen und Ausbuchtungen versehen, neigt leider allzusehr dazu, in sich zusammenzusacken, sobald er sich seiner Aufgabe entledigt hat, einem Wasserschlauch ähnlich, der ohne seinen Inhalt zu unanständigen und dummen Wülsten zusammenfällt. Der Mann von Wert wendet sich angewidert von der Frau ab, wie der Gastronom von allzu weichem Fleisch.« (Stephen Hecquet, ein alter Bekannter...)

Im April 1974 haben sich in »Les Temps modernes« zahlreiche Frauen dazu geäußert, wie sie dieses Entsetzen vieler Männer erlebt haben: »Wenn wir schwanger sind oder stillen, erleben wir, wie sich unsere Umgebung gegen das Animalische sperrt: Wir sind Säugetiere. Und wir, die Weibchen, erhalten die Spezies. Wenige Erwachsene wollen gern daran erinnert werden, daß sie von einer Frau geboren wurden. Die äußeren Zeichen der Mutterschaft werden als etwas Obszöneres erlebt als sexuelle Obszönitäten. Denn das Skandalöse unserer Natur wird da offenbar.«

So dachte vor zweihundert Jahren auch schon de Sade: »Stellen Sie sie sich bei einer Entbindung vor. Lohnt es sich wirklich, sich für eine solche Kloake zu begeistern? Stellen Sie sich vor, ein formloser Fleischklumpen kommt stinkend und klebrig aus dem Zentrum heraus, in dem Sie Ihr Glück zu finden glaubten...«

Auch der heilige Hieronymus oder der heilige Augustinus sahen das so: »Schwangerschaft ist eine Schwellung der Gebärmutter.« – »Wir werden zwischen Exkrementen und Urin geboren.« Simone de Beauvoir meint dazu: »Der Ekel des Christentums vor dem weiblichen Körper ist so groß, daß die christliche Religion ihren Gott zwar einem schmachvollen Tod überantwortet, ihn aber vor der Besudelung durch die Geburt bewahrt.«

Als Mutter war die Frau gefährlich, also mußte man sie in ihrer Mutterschaft demütigen. »Deshalb ist eine Geburt das verfluchteste, das verhaßteste Fest, ... in dem die faschistische Unterdrückung durch den Mann folternd triumphiert.« (Annie Leclerc).

Wie üblich, verschwanden diese Tabus und diese Widerstände weder durch den Humanismus noch durch den politischen Liberalismus – dazu saß die Feigheit oder die Gleichgültigkeit der Männer viel zu tief. Was half, war Information. Die Unterdrückung der Frau hatte sich, wie jeder Widerstand gegen den Fortschritt, immer auf Lügen gestützt. Erinnern wir uns an die unsinnige Kampagne mit falschen Wahrheiten, die uns so lange von der Pille ferngehalten hat. Das Neue bei der sogenannten schmerzlosen Geburt bestand natürlich in den Techniken, die dabei angewandt wurden, es bestand aber vor allem auch in der grundsätzlichen Änderung im Verhalten der schwangeren Frau gegenüber. Die gebärende Frau wurde endlich nicht mehr als bedauernswerte kalbende Kuh angesehen, die blökt, ohne etwas über ihre Schmerzen zu wissen; sie wurde zu einem menschlichen Wesen, das weiß, was es im Leibe hat und das mit aller ihm zur Verfügung stehenden Kraft die Verantwortung übernimmt für das, was sich mit ihm ereignet.

Zahlreiche Filme zeigen heute – nicht nur werdenden Müttern – ganz offen dieses schönste Happening der Welt, das so lange als ein unanständiger und abstoßender Vorgang galt und das die Frauen daher in emotionaler Einsamkeit, Unwissenheit und Angst erleiden mußten, als eine Art von Buße für die zu zweit empfundene Lust. Frauen haben den Männern immer als Sühneopfer gedient. Angesichts dieser Bilder, die vom Anfang der Welt zu kommen scheinen, weichen Entsetzen und Ekel endlich der Emotion, der Faszination und dem Respekt. In den letzten 25 Jahren hat die Geburtshilfe mehr Fortschritte gemacht als in zwanzig Jahrhunderten. Die schwangeren Frauen haben ihr Ghetto verlassen und die Ärzte ihre Routine aufgegeben; gemeinsam öffnen sie sich den neuesten Erkenntnissen von der Psychologie der Leibesfrucht bis hin zur Ökologie; endlich spielt die allererste Umgebung eines Neugeborenen eine Rolle.[1]

---

[1] Dr. Leboyer: »Die natürliche Geburt«. (B.G.)

Endlich ist Schluß mit den Kreißsälen, wo die Frauen Technikern überlassen wurden, die sich nur für den Durchmesser ihres Gebärmutterhalses interessierten, ohne auf ihre Angst Rücksicht zu nehmen, die viele tausend Jahre alt ist und in der auch noch manch Geisterhaftes und viel Aberglauben lauert vor einem Abenteuer, das so lange allzu gefährlich war.

Frauen werden immer noch nicht überall mit der notwendigen Sorgfalt behandelt; aber immerhin wagen sie es heute, sich darüber zu beschweren, und sie müssen sich nur noch mit Schlamperei und Gleichgültigkeit auseinandersetzen, aber nicht mehr mit einem Fluch. Zwar handelt es sich auch dabei in Wahrheit um den unbewußten Widerstand, den die Gesellschaft gegen jede Art von Änderung an den Tag legt, wenn es sich um das Schicksal von Frauen handelt.

Bis zur zweiten Hälfte des 20. Jahrhunderts wurden – selbst in den mondänsten Kliniken – die Frauen bei einer Entbindung in eine andere Welt abgeschoben: Die größten Ärzte entbanden nicht die Freundin, die sie bei einem vornehmen Diner kennengelernt hatten, oder die Malerin oder eine ganz bestimmte Persönlichkeit, sie entbanden vielmehr ein namenloses Weibchen, das für einige Stunden nichts Menschliches hatte, das wie ein Tier brüllen konnte und das alle ihm eigenen Qualitäten verlor, um nichts weiter zu sein als ein anonymes Mitglied seiner Art.

Wir wissen heute, daß jede Frau auf ihre eigene Weise entbindet und daß es genausowenig ehrenrührig ist, eine Narkose zu verlangen wie es ehrenrührig ist, vor der Folter zu kapitulieren. Niemand kann über die Schmerzen eines anderen urteilen. Und ist es denn besonders ehrenvoll, besonders viele Schmerzen zu ertragen?

Auf dem Weg zu diesem Bewußtsein, auf dem Weg zur Freiheit also, stoßen Frauen jedoch immer noch auf alle möglichen Hindernisse, von der Verdummung bis hin zu den Sozialtheorien der Rechten oder der Rechtsradikalen; das geht so weit, daß Françoise Parturier sehr richtig schreiben konnte: »Sogar das Geschlecht der Frau ist noch politisch: Ihre Vagina ist konservativ und ihre Klitoris revolutionär.« Sie fügt übrigens hinzu, daß der neue Feminismus den »amüsanten Sieg errungen hat, daß die Vagina aus der Mode gekommen ist. Der vaginale Orgasmus gilt nicht mehr als die einzig normale Lust. . . . Was für eine gute Nachricht!«

Weiß Gott! Alles, was rehabilitiert wird, alles, was uns wiedergegeben wird, damit *wir* den Gebrauch davon machen können, der *uns* gefällt, ist ein Segen. Aber nun müssen noch die Frauen davon überzeugt werden, daß sie ihren eigenen Ausdruck finden können und daß sie nicht auf die Erlaubnis der Ärzte warten sollten, um glücklich zu sein – oder auf die Ratschläge der Psychiater, um ihre Identität zu finden.

Ebenso utopisch ist es, auf die Revolution zu warten, sich nur auf den Sozialismus, den Kommunismus oder die extreme Linke zu verlassen.

»Hören Sie nicht auf die Männer, die Ihnen erzählen, die Revolution werde die Probleme der Frauen schon lösen. Wenn sie sich in drei bis vier Jahren die Haare haben abschneiden lassen, um selbst Direktor zu werden, werden sie die gleichen Sklavenhalter sein wie ihre Papas.«[1]

Die Bewegung, die nach der Studentenrevolte im Mai 68 in Vincennes begann, hat ihr auf tragische Weise recht gegeben: »Die Vulgarität unserer männlichen Verbündeten war unglaublich, in politischer und in sexueller Hinsicht. Wenn eine Frau das Wort ergriff, wurden die Männer verrückt: ›Runter mit den Klamotten! Raus mit ihr! Laß dich mal richtig bumsen!‹ Sie pfiffen sie aus, lachten schallend über zweideutige Witze . . . ›Wir waren auf ernsthaften Widerstand der Männer gefaßt gewesen, wir hatten Angst davor gehabt‹, sagten die Frauen der revolutionären Basis, ›aber wir hatten nicht mit einer derartigen Flut von Beschimpfungen gerechnet.‹ Während wir auf der Straße Flugblätter verteilten, wurden wir von unseren eigenen

---

[1] Betty Friedan. (B.G.)

Gesinnungsgenossen verfolgt und beleidigt: ›Lesben! Raus aus den Klamotten! Laß dich bumsen!‹«[1]
Keine politische Bewegung, sei es nun die Linke, die Arbeiterbewegung, die Befreiungsbewegung der Schwarzen oder die Studentenbewegung, ist frei von derartigen Reaktionen. Es läuft immer wieder auf die gleiche Alternative hinaus: auf Mystifikation oder Beleidigung. Man wechselt übergangslos von der Mutter zur Hure. Simone de Beauvoir, die aus dem Kampf der Frauen keinen eigenen Kampf machen wollte und die zwanzig Jahre lang darauf hoffte, die Frauenbefreiung würde sich aus der marxistischen Entwicklung von selbst ergeben, hat ihre Meinung inzwischen geändert: »Da ich selbst mehr oder weniger die Rolle einer Alibifrau gespielt habe, glaubte ich lange, bestimmte Benachteiligungen von Frauen sollten wir einfach außer acht lassen. Um sie zu überwinden, sei es nicht nötig, gegen sie zu kämpfen. Durch die neue Generation rebellierender Frauen habe ich begriffen, daß diese leichtfertige Haltung zu einer gewissen Komplizenschaft führte. Der Kampf gegen den Sexismus richtet sich nicht – wie der gegen den Kapitalismus – nur gegen die Gesellschaftsstrukturen, er richtet sich gegen das Intimste in jedem von uns, gegen das, was uns am sichersten zu sein schien.«[2]
Wir dürfen also nicht mehr darauf hoffen, daß Männerpolitik unsere Probleme lösen wird, und wir dürfen uns auch nicht in die Frauenausschüsse irgendwelcher Parteien sperren lassen. Denn diese Ausschüsse werden dann sofort an den Rand des Geschehens gedrängt und nur noch mit traditionell weiblichen Aufgaben beschäftigt. Wir müssen damit anfangen, uns nur auf uns selbst zu verlassen, und als erstes müssen wir damit aufhören, vor dem Wort Feminismus Angst zu haben, dem man mit sehr viel Geschick und Erfolg eine so negative Bedeutung gegeben hat, daß sich aus Angst vor diesem Wort kaum jemand traut, zur Vertei-

---

[1] Juliet Mitchell: »L'Age de femme« (Das Zeitalter der Frau), Verlag Ed. des Femmes. (B.G.)
[2] In »Les Temps modernes«. (B.G.)

digung der Frauen anzutreten. Sogar Françoise Giroud, die sich im Moment nur mit der Frauenfrage beschäfigt, betont regelmäßig, sie sei keine Feministin. Wir selbst gehen mit dieser systematischen Abwertung allzuoft zu weit, denn sich selbst kritisieren heißt auch, sich von der eigenen Unterlegenheit zu distanzieren und sich bei den andern in ein gutes Licht zu setzen ...
Es ist an der Zeit, daß sich die Frauen ihrer selbst bewußt werden und daß sie aufhören zu glauben, ihre Situation, ihre Ängste, ihre Probleme seien nur ihre ganz persönliche Angelegenheit. Sie müssen ihr Unbehagen und ihre Angstgefühle als einen Ausdruck ihrer gemeinsamen Unterdrükkung durch die Gesellschaft erleben, erst dadurch wird das unentbehrliche gemeinsame Bewußtsein geschaffen. Nur so entsteht Entschlossenheit und aus ihr die Fähigkeit zu handeln. Denn der Hauptgrund für unsere Schwäche ist ja gerade, daß wir davon überzeugt sind, wir seien isoliert, zum Schweigen und zur Resignation verurteilt.
Bei der Lektüre der »schrecklichen Frauenbücher«, die oft so anrührend sind, werden die Frauen ihre Solidarität spüren, nicht mit einer bestimmten sozialen Gruppe oder mit einer Klasse, sondern mit der Hälfte der Menschheit. Denn die Geschichte ist nicht mehr genau die gleiche, seit die Männer nicht mehr die einzigen sind, die darüber berichten. Auch die Geschichte des Feminismus war immer nur von Männern geschrieben worden. Die letzte, die erschienen ist, die von Maurice Bardèche, ist genauso, wie wir erwartet haben, sarkastisch, nachsichtig und amüsiert nämlich, ein Ausfluß klassischster Frauenfeindlichkeit. Sie ist gespickt mit lustigen Anekdoten über *jene Damen,* die sich mit politischen Aktivitäten *schmücken,* die in der Literatur *dilettieren* und sich in den Salons *wichtig machen.* Mit derartigen Vokabeln will man die Frauen wieder auf ihren angestammten Platz zurückschicken, ihr politisches Bewußtsein, ihr literarisches Talent oder ihren Mut abwerten. Aus der Sicht dieser Herren, die sich mit angeblicher Objektivität *schmücken* und sich vom Thron ihrer Männlichkeit herab *wichtig machen,* besteht die Geschichte des Feminismus nur

aus den Geschichtchen über einige Nervensägen. Wenn sie Sex mögen, sind es Nymphomaninnen, wenn sie tugendhaft sind, sind es unfruchtbare Vetteln. In jedem Fall sind sie hysterisch, und man sollte sie verprügeln ... was ihnen wahrscheinlich Spaß machen würde. Darum heißt es ja auch: eine *gute* Tracht Prügel ...
Wenn einmal Bücher von Frauen gute Kritiken bekommen, wie viele Frauen entscheiden sich dann, sie zu kaufen? Dabei bin ich zutiefst davon überzeugt, daß keine von ihnen das Buch von Annie Leclerc zum Beispiel lesen kann, ohne daß in ihr eine unbekannte Saite zu schwingen beginnt, die zwar lange stumm war, die sie aber nun tief in ihrem Innern spüren und nie wieder vergessen wird.
In der merkwürdigen kleinen Frauenbuchhandlung, die in der Rue des Saints Pères in Paris eröffnet wurde und die nur von Frauen geschriebene Bücher verkauft, von klassischen oder von modernen Romanschriftstellerinnen oder Essayistinnen, Bücher von Feministinnen oder ganz einfach Bücher von Frauen,[1] empfinden wir, wenn wir zum erstenmal eintreten, vielleicht eine gewisse Hemmung, eine Art Scheu, die aber sehr schnell in ein merkwürdiges Vergnügen umschlägt. Seit der Schulzeit waren wir nicht mehr *zusammen*. Kein Militärdienst, keine Jagdwochenenden, keine Veteranendiners; es gibt wenige oder gar keine Frauenclubs in Frankreich. Unsere Freundschaften suchen und finden ihre Winkel im Ehe- oder Familienleben. Sie kommen immer an zweiter Stelle. Und plötzlich treffen wir dort Frauen, die auf andere Frauen warten, die da sind, um von Frauen zu sprechen und Frauenbücher zu verkaufen ... Wir atmen anders, und das ist ein neues, angenehmes Gefühl. Vor ein paar Tagen blätterte ein noch junger Mann in dieser Buchhandlung in einem Buch ... Er kam mir auf köstliche Art fehl am Platz vor, irgendwie wie ein sympa-

---

[1] Sie haben übrigens einen eigenen Verlag gegründet, der hervorragende Bücher herausgibt, und damit angefangen, auch von Männern geschriebene Bücher zu verkaufen, sofern sie Themen behandeln, die auch Frauen interessieren. (B. G.)

thischer Eindringling, während wir so oft Eindringlinge in der Welt der Männer sind . . .
Eindringlinge sind wir auch für die Welt der Kritik, die nie »normal« von Frauenbüchern spricht. Eines der zuletzt erschienenen Frauenbücher, der »Offene Brief an die Frauen« von Françoise Parturier, das voll eindeutiger Feststellungen ist, voll neuer Ideen und voll Humor, wurde mit jener Mischung aus Gutmütigkeit und Herablassung aufgenommen, die diese Art von Büchern äußerstenfalls erwarten kann, denn üblicherweise reagiert man eher mit Gleichgültigkeit oder mit Ironie. Und das gilt für alle Schriftstellerinnen. Colette nimmt nicht den ihr gebührenden Platz in der Literatur ein. Man ist davon begeistert, von Madame de Staël, die weiß Gott nicht langweiliger ist als Fénelon oder Joseph de Maistre, sagen zu können: »Das taugt nicht viel, oder?«, ohne auch nur eine Zeile von ihr gelesen zu haben. Das gleiche gilt für George Sand, in der man absichtlich vor allem ein (bedeutende) Männer verschlingendes Ungeheuer gesehen hat, obwohl sie für Chopin eine eher mütterliche Geliebte war; man würde dagegen nicht einmal im Traum daran denken, vor allem über das Sexualleben von Théophile Gautier oder Lamartine[1] zu sprechen, wenn von ihrer Literatur die Rede ist.
Eine Frau wie Gisèle Halimi zum Beispiel – ich beschränke mich auf diese eine Zeitgenossin – probieren Sie es aus: Vier- von fünfmal bekommen Sie folgende Reaktion: »Die, ach die geht mir auf die Nerven. Ich weiß nicht warum, ich mag sie einfach nicht.«
Das Warum scheint mir sehr klar zu sein: Wenn sie ohne Talent, ohne emotionale Ausstrahlung oder ohne Schönheit wäre, was wäre das für eine Erleichterung! Alles wäre in Ordnung. Aber sie beraubt ihre Feinde dieses dreifachen Vergnügens. Die heutigen Feministinnen haben wirklich kein Mitleid mehr mit den Männern! Gisèle Halimi ist kämpferisch, aber kein Mannweib; sie kämpft für die Le-

---

[1] Théophile Gautier und Alfonse Lamartine: frz. Schriftsteller, Zeitgenossen von Mme. de Staël und George Sand.

galisierung der Abtreibung, und sie hat zwei Söhne; sie übt einen anspruchsvollen Beruf mit Leidenschaft aus, findet außerdem die Zeit, eine militante Politikerin zu sein und verzichtet trotzdem nicht auf Liebe ... Das ist ja auch ganz schön ärgerlich!
Aber nichts wird sich wirklich ändern, solange die Frauen selbst den Männern Munition liefern, solange sie ihre eigenen Gegnerinnen sind. In den Vereinigten Staaten sind sehr beunruhigende Experimente gemacht worden, die beweisen, bis zu welchem Grad wir unseren Intellekt haben kolonialisieren lassen und wie sehr wir die Meinung der andern über uns verinnerlicht haben: Zweihundert Studentinnen wurden aufgefordert, einen philosophischen Aufsatz zu beurteilen. Den ersten hundert wurde ein Aufsatz ausgehändigt, unter dem John Mac Kay stand; den hundert andern gab man den gleichen Aufsatz, nur war er mit Joan Mac Kay unterzeichnet. Johns Aufsatz wurde von der großen Mehrheit als originell, profund und schöpferisch bezeichnet. Der von Joan als oberflächlich, banal und ziemlich bedeutungslos.
Genauso traurig ist es, daß viele Frauen nach wie vor einen männlichen Gynäkologen bevorzugen, obwohl alles – das berühmte »natürliche Schamgefühl«, die Gleichheit der Organe und die elementarste Solidarität – es ihnen nahelegen sollte, lieber mit einer Ärztin über »diese Dinge« zu sprechen, die ja auch die gleichen Prüfungen abgelegt hat wie ihr männlicher Kollege, dessen einziger Vorteil (?) es also ist, einen Penis zu besitzen, der aber dafür keine Ahnung hat, wie es sich anfühlt, wenn sich im Bauch etwas Lebendiges bewegt.
Genauso bekannt ist, daß Frauen bei Wahlen nicht gern andere Frauen wählen. Wie können wir unter diesen Voraussetzungen auf eine genügend große Zahl von Frauen in den Parlamenten hoffen? Wir können schwerlich davon ausgehen, daß es die Männer sind, die die Frauen dorthin bringen, wenn es die Frauen nicht einmal selbst tun. Und wie kommen wir darauf zu hoffen, daß die acht verlorenen Frauen in der Nationalversammlung zwischen den

480 Männern etwas anderes sind als ein Alibi oder ein Aushängeschild? Haben sie sich übrigens je Angriffen ausgesetzt, je eine aufsehenerregende Rede gehalten, haben sie je massiv in irgendeine Debatte eingegriffen? Sie fühlen sich zu sehr geschmeichelt, gewählt worden zu sein, *obwohl* sie Frauen sind, und haben sich daher nur darum bemüht, nicht aufzufallen, sich wie Männer zu verhalten, keine unanständigen Frauenfragen zu stellen.

Es ist schwierig genug für eine Frau, für ein öffentliches Amt zu kandidieren, wenn sie zu ihrer normalen beruflichen Tätigkeit auch noch den Beruf der Ehefrau und Mutter ausübt. Wenn dann – in der Regel – auch noch das Scheitern am Ende aller Mühen steht, wenn das mangelnde Engagement der Wählerinnen die politischen Parteien dazu bringt, ihr nur aussichtslose Plätze anzubieten (um keinen Sitz zu riskieren, den ein Mann mit Sicherheit erobern würde), dann ist das die sicherste Methode, Frauen darin zu entmutigen, sich für die Angelegenheiten ihres Landes zu interessieren.

Leider sagen immer noch viele Damen voll Genugtuung, beinah stolz: »Politik interessiert mich nicht« oder »Politik ist nichts für Frauen«. Obwohl sie ihren Alltag bestimmt, bis hin zur Anzahl ihrer Kinder, obwohl ihr Platz in der Arbeitswelt, ihre Rente und die Lebensbedingungen ihres Alters von der Politik bestimmt werden; und obwohl die Politik – in ihrer eigenen nahen Zukunft – über Krieg oder Frieden, über Abrüstung oder Atombombe bestimmt. Und sie wagen zu sagen, daß sie dazu nichts zu sagen haben? Dann war die uralte männliche Propaganda, die uns radikal auf Wiege, Staubwedel und Heiabett begrenzen wollte, ja wirklich sehr erfolgreich!

Vielleicht werden wir es ja nicht besser machen. Wenn wir den Mut haben, wir selbst zu sein, werden wir es vielleicht anders machen. Alles liegt im »Vielleicht«.

SIEBTES KAPITEL
Die Nachtportiers

Das liebe alte Frauenbild! Viele sehen es nicht ohne Nostalgie oder nur mit Unruhe oder Wut entschwinden. Die nicht rückgängig zu machende Entwicklung, die sich abzeichnet, die langsam entstehende Gleichgültigkeit der Frauen manchen Erpressungsversuchen gegenüber, die bisher so gut funktioniert haben, der Geschmack, den sie zunehmend an einer Liebe ohne Entwürdigung und ohne Sünde, aber auch ohne Zwang zur totalen Hingabe finden – das alles erschüttert die große, uralte Tradition weiblicher Demütigung, auf die sich der Dünkel des Mannes gegründet hat. Und das löst eine hysterisch-sadistische Wut bei all denen aus, die sich nicht damit abfinden können, daß die faszinierende und degradierende Beziehung zwischen Henker und Opfer aufgegeben werden muß.

Da beinah alle anderen Methoden wirkungslos geworden sind, kam diesen Leuten eine nachgerade geniale Idee: Rückgewinnung ihrer Macht durch die »Hintertür« des Unterleibs. Unter dem Deckmantel der Begeisterung für die Freiheit der Sitten, die die sexuelle Revolution gebracht hatte, ging es ihnen darum, nun jede Frau wie eine potentielle Hure zu behandeln und so ein Gegengewicht zu schaffen gegen die Rechte, die die Frauen gerade erst erworben hatten, und zwar durch Erniedrigung, Beschmutzung und Folter, künstlerisch verpackt in Form von übersteigerter Sinnlichkeit oder Pornographie. Früher war Tugend vorgeschrieben gewesen, nun wurde Ausschweifung zur Pflicht; das Verhalten vieler heutiger Männer spiegelt die unguten Folgen dieser Idee wieder: »Du bist doch keine Jungfrau mehr? Warum stellst du dich dann so an?«

Diese Art der Logik ist üblich. In diesem Fall benutzt sie ein militanter Linker einer Gesinnungsgenossin gegen-

über, quasi um sich ihre politische Unabhängigkeit als sexuelle Abhängigkeit nutzbar zu machen (zitiert nach »Les Temps modernes«, 1974).
Die Flut nackter, gefesselter, halbwüchsiger Mädchen, lüsterner, entfesselter Vetteln und vor Geilheit geifernder Weiber, die die Leinwände überschwemmt, und die begeisterte Beschreibung so vieler verachteter, stinkender, auseinandergerissener, bepißter und mit allem nur Denkbaren penetrierter Fotzen in der einschlägigen Literatur ist nichts als der angeblich neue, nun kommerzialisierte Auswuchs der alten Macht.
Wie immer auf prominente Kronzeugen erpicht, auch auf die Gefahr hin, sie für ihre Zwecke zu verfälschen, haben die Theoretiker dieser Bewegung den Marquis de Sade ausgegraben und aus ihm ihren Abgott gemacht; und da sich heutzutage jeder Rückgriff auf die Psychoanalyse beziehen muß, beruft man sich außerdem auf Freud, bei dem, trotz seines puritanischen und in sexueller Hinsicht ziemlich faden Lebens, ein wenig Wasser für ihre finsteren Mühlen zu holen ist. Da der De-Sade-Kult in Mode ist und der Name Freud immer noch ehrfürchtigen Gehorsam auslöst, verstieg man sich zu der Behauptung, Grausamkeit sei überhaupt der Gipfel der Liebe, sie entspräche der wahren Natur beider Partner, da sie gleichzeitig den passiven Masochismus des Weibchens und die natürliche Aggressivität des Männchens befriedige!
In Wirklichkeit ist diese mit Gewalttätigkeit und Tod verknüpfte Sexualität keineswegs neu, sondern nur eine Variation der ewig gleichen, uralten Moral.
»Die höchste und einzigartige Wollust der Liebe liegt in der Überzeugung, das Böse zu tun.« Das schrieb Baudelaire, und de Sade, Lautréamont, Masoch, Bataille, Leiris und tausend andere hätten es schreiben können. »Das Wesen der Sinnlichkeit ist die Beschmutzung ... Ich empfinde nur Furcht und Schrecken vor der Sexualität. Ich möchte sagen, daß Abscheu und Schrecken die Grundlagen meiner Begierde sind ... Ich neige häufig dazu, das weibliche Geschlechtsorgan als etwas Schmutziges oder als eine Wunde

zu betrachten, dadurch werden sie nicht weniger anziehend, aber dadurch werden sie gefährlich, wie alles, was blutig, schleimig und verseucht ist ... Die Frau, dieser obszöne und infizierte Schrecken ...« Es ist nicht weiter wichtig, wer die Autoren dieser Litanei im einzelnen sind, jedenfalls sind sie würdige Jünger der Kirchenväter, denn sie empfinden denselben faszinierten Schrecken vor den weiblichen Sexualorganen. Für diese Männer ist die Spalte der Teufel: Unter dem Kleid ist sie behaart, für jeden Unrat offen, und sie befördert das Menstruationsblut, diesen »amorphen Schrecken der Gewalttätigkeit«. Diese Art zu reden ist sehr alt, und auch die Tatsache, daß der Stil, mit dem das geschieht, oft bewundernswert ist, rechtfertigt sie nicht. Sexuelle Begierde beschränkt sich auf das, was schmutzig, entwürdigend und zerstörerisch ist, also auf den Tod. Wir betreten da wohlbekanntes Terrain, geleitet vom »göttlichen Marquis«, der zumindest den Vorzug hatte, offen zu sagen, er gehe von der »ungeheuerlichsten Verachtung der Frau aus, auf der sich je eine Philosophie gegründet« habe.

Seine Rehabilitierung heute sollte uns alarmieren. In Wahrheit »wurde de Sade wegen seiner ungerechtfertigten Inhaftierung und wegen einer nachtragenden und kleinlichen Zensur auf ein Podest gestellt und dadurch zum Märtyrer, zum großen Philosophen, zum hervorragenden Schriftsteller und zum Erotikspezialisten gemacht«, schreibt der liebe Gérard Zwang. »Daher hat man das Bild seiner Neurose, das er ohne Unterlaß mit Scheiße und Blut malte, mit erotischen Farben geschmückt. Aber sobald seine Personen ihre Entleerungen hinter sich gebracht haben«, so fährt er fort – und es tut wirklich gut, so etwas von einem männlichen Autor zu lesen –, »haben diese Leute keine andere Sehnsucht mehr, als endlose Sermone von sich zu geben, in einer Sprache, die ebenso farblos wie schwülstig ist.« Von ihr sagt selbst Georges Bataille, man müsse sie mit Geduld und Gelassenheit lesen. Eines können wir bei all diesen Autoren finden: Gebrauchsanweisungen dafür, wie man Frauen behandelt.

»Den Besitzerinnen von Fotzen sollte man keine Achtung entgegenbringen.«
»Von ihrem Herzen oder ihrer Seele sollte nie die Rede sein...«
»Haben Sie etwa Mitleid mit dem Huhn, das Sie essen? Sie denken nicht einmal daran. Machen Sie es mit den Frauen genauso.«
»Ich bediene mich einer Frau genauso, wie man sich – bei anderen Bedürfnissen – eines runden, hohlen Gefäßes bedient.«
»Während des Koitus floß alles so aus mir heraus, als hätte ich Unrat in einen Abfluß gegossen.«
»Es ist durchaus nicht nötig, ihnen Vergnügen zu bereiten, um es selbst zu empfinden. Die Männer sollen in den Frauen – so bedeutet uns die Natur, so sagen die weisesten Völker – Individuen sehen, die für ihre Lust geschaffen, die ihren Launen ausgeliefert sind und deren Schwäche und Bösartigkeit nichts anderes verdienen als ihre Verachtung.«
»Von jetzt an wirst du deinen Mund in Gegenwart eines Mannes nur noch zum Schreien oder zum Streicheln öffnen.«
Am Stil kann man die verschiedenen Verfasser erkennen, an den Themen nicht. Nicht die Spur eines Kusses bei diesen Schriftstellern des Todes, kein Hauch von Zärtlichkeit, keine Geste der Solidarität, kein Austausch – alles wird mit gespenstischem Egoismus in morbider Fäkalsprache, als Regression in den klassischsten Analsadismus erlebt. In derartigen Werken ist quasi nie von der Klitoris die Rede, denn ihren »Helden« ist nicht daran gelegen, Zeit damit zu vergeuden, weibliche Lust zu wecken. Bei Georges Bataille wird sie kein einziges Mal erwähnt, obgleich er doch der ganz große Theoretiker der Erotik sein soll. Sexualphantasien und Lust haben ihre Quelle ausschließlich in der Verächtlichmachung der Fotze.
Stammt diese Liebesträumerei von de Sade, von Miller oder von Bataille? »Ich wünsche mir eine schmutzige Hure, ich möchte, daß sie durch die Klobrille unter mir zu mir

kommt, daß ihr Arsch nach Scheiße riecht und ihre Fotze nach Schlick.«
Stammt folgender antiklerikale Samenerguß von Bataille, Miller oder de Sade? »Simone leckte den Priester wieder und brachte ihn zum Höhepunkt der Sinneserregung, dann sagte sie: ›Das ist noch nicht alles, jetzt mußt du pissen.‹ Sie schlug ihn ein zweites Mal ins Gesicht, entblößte sich vor ihm, und ich besorge es ihr. Don Aminado füllte den Kelch geräuschvoll mit Urin, den Simone unter seiner Rute festhielt. ›Und jetzt trink‹, sagte Sir Edmund. Der Elende trank mit widerlicher Wollust.« »Das Auge« mag ein gutes, tragisches Buch sein. Bataille ist mit Sicherheit ein großer Schriftsteller. Aber genügt das, um aus einem Werk eine Bibel der Erotik zu machen, in dem das Urinieren als höchste Äußerung sexueller Emotion dargestellt wird? Wenn der Urin in einen Schrank oder in den Mund eines Sterbenden flösse, würde er kaum aufregend wirken – eher würde der Pipigeruch die Literatur um jeden Effekt bringen.
Bei einem anderen »Meister der Erotik«, bei Henry Miller, der dafür bekannt ist, sexuelle Freiheit besonders heiter darzustellen, kreuzen sich in Wirklichkeit, wie Kate Millett in »Sexus und Herrschaft« treffend nachweist, »alle sexuellen amerikanischen Neurosen«. Kein Wort von Liebe in seinem Werk, sondern nur gewaltsames Übereinanderherfallen und der ununterbrochene Zwang, sie alle zu demütigen, »all diese heißen Fotzen, diese eingebildeten Fotzen, die man aufbrechen muß, die herrlich unpersönlichen, angebotenen Fotzen . . .« Amerikanische Fotzen, die sind nicht besonders; französische Fotzen, das sind die besten, denn in Paris funktioniert die Prostitution erstklassig: »Im Hotel brauchte ich nur zu klingeln, um Frauen zu bekommen, genau wie man einen Whisky-Soda bestellt.« (»Stille Tage in Clichy«).
Auch für Norman Mailer, diesen Gefangenen des Männlichkeitskults, ist die Demütigung der Frau die Voraussetzung für den Triumph des Mannes. Für Henry Miller bestand die Freiheit der Frauen darin, sich wie Huren benehmen zu können, angeblich der heimliche Wunsch ei-

ner jeden. Für Norman Mailer ist schon der Gedanke an Freiheit etwas Unerträgliches, und alles, was die Frauen aus ihrer Passivität herausführen könnte, ist verdammenswert: »Ich verabscheue Verhütung. Sie ist mir ein Greuel. Dann hätte ich noch lieber diese verdammten Kommunisten hier.« Was für ein Geständnis! Was für Geständnisse! Auch bei D. H. Lawrence erzeugen schon die Vorzeichen der Frauenbefreiung Horrorvisionen, und er will diese »merkwürdigen Wesen« durch das wunderbare Geheimnis des Phallus retten. In seinen Romanen werden die weiblichen Geschlechtsorgane *nie* beschrieben, weibliche Lust ist ohne Bedeutung, sie ist passiv, kaum erwünscht. Die Damen dürfen sich auch nicht bewegen, sonst laufen sie Gefahr, den »geheimnisvollen, erbarmungslosen« Mann zu erleben, der sich voll Abscheu vor der weiblichen Ekstase aus ihnen zurückzieht (»Die gefiederte Schlange«).
Auch Michel Bernard definiert in »La Négresse muette« (Die stumme Negerin) – sozusagen die ideale Frau: dreifach unterworfen! – die männliche Begierde: »Nichts gefällt mir«, brummte er. »Sie müssen mir gehorchen, sonst nichts. Und mir gehorchen heißt, feucht sein, immer, damit ich mich Ihrer jederzeit bedienen kann. Denn ich will mich Ihrer bedienen, verstehen Sie? Ich will Sie weder lieben noch Ihnen Genuß bereiten, ich will nur meine Bedürfnisse, meine Laster befriedigen; und Sie prostituieren, denn ich bin ein Voyeur.«
Das gleiche verlockende Programm für die Heldin der »Geschichte der O«: »Ihre Hände gehören Ihnen nicht, auch Ihre Brüste nicht, und vor allem keine der Öffnungen Ihres Körpers, in denen wir herumwühlen und in die wir nach Belieben eindringen können.«
Um welches Buch es sich auch handelt, überall finden wir den gleichen männlichen Helden, der sich mit der gleichen Anmaßung an einem Geschöpf ergötzt, das für ihn nur aus zwei Löchern im Unterleib besteht, plus einem dritten unten im Gesicht, und das er hartnäckig Frau nennt, obwohl es nur noch eine Puppe ist, die Pipi machen und weinen, die aber nicht einmal mehr Mama sagen kann.

Auch heute noch besteht angeblich die Revolte, das beste Mittel, die Gesellschaft von ihrer spießbürgerlichen Moral zu befreien, darin, »Justine«, »Sexus« oder »Die Geschichte der O« neu zu schreiben und sie mit etwas mehr Gewalttätigkeit oder Haß zu würzen, da unsere Epoche das ja zuläßt und genießt. Ein ausgezeichneter Stil oder ein manchmal herausragendes Talent können aus diesen Büchern Kunstwerke machen oder auch Aphrodisiaka. Aber es ist niederschmetternd, daß Roland Barthes, Philippe Sollers oder Michel Leiris von ihnen sprechen, als seien es revolutionäre Handlungen, obwohl sie doch nur an den allerbanalsten Sadismus anknüpfen. Wenn Madeleine Chapsal über »Paysage de Fantaisie« (Phantasielandschaft) von Tony Duvert sagt, daß man »in dieser schwierigen Lektüre die allzu oft verlorengegangene Dimension subversiver Tätigkeit wiederfindet«, und wenn auch Poirot-Delpech bei diesem Buch an »die einzige wahre *Subversion*« erinnert, »die zu einer *befreiten* Welt führt«, dann erstaunt mich das um so mehr, als die Autoren weit davon entfernt sind, befreit zu wirken, sondern eher alle Anzeichen einer Versklavung durch sehr weit zurückliegende Besessenheiten und Phobien aufweisen. Mit ihren pseudorevolutionären und pseudomodernen Theorien hängen sie nämlich nur treu an dem alten Fluch von der Erbsünde und den anderen abergläubischen Vorstellungen und unterstützen so die Tabus dieser Gesellschaft, die sie angeblich zerstören.
So wurde Pierre Guyotats Buch »Eden, Eden, Eden« (das man besser »Hölle, Hölle, Hölle« genannt hätte) uns als freier Text angepriesen: frei von jeder Handlung, jedem Symbol. Angeblich wurde es »in jenen Freiraum, jene Mulde geschrieben, in der die traditionellen Bestandteile der Sprache überflüssig wären«. (Roland Barthes im Vorwort des Buches.) Ich bin – zugegeben – kein Kritiker, aber mir scheint, als fände ich bei Guyotat, genau wie bei Tony Duvert übrigens, wenn schon nicht die traditionellen Bestandteile der Sprache, so doch zumindest alle Bestandteile klassischer pornographischer Literatur wieder.
»Der Alte und die Alte sind nackt . . . Ich habe mehrere

Peitschen mitgebracht wir sind also die Bosse jeder hat eine Peitsche wir schlagen sie blutig und sie gehorchen ...
Das Weib liegt da alle viere von sich gestreckt mit Ketten an Händen und Füßen die sich wenn man an den Winden dreht immer mehr spreizen das knackt schrecklich in den Hüftgelenken ihre Muschel klafft man stößt eine mit Nägeln gespickte Keule hinein die vorher in eine Flüssigkeit getaucht worden ist die wahnsinnig macht ...«
Es gibt 270 Seiten »freien Text« dieser Art.
Ach, Scheiße! Mir stehen diese immer gleichen Zwangsvorstellungen bis obenhin, auch im »Modern Style« und ohne Interpunktion; mir steht's auch bis obenhin, daß illustre Philosophen und Soziologen uns etwas als *frei, neu* und *revolutionär* verkaufen, was den gleichen alten, kranken Schemata entspricht, was nur vergebens versucht, uns das ewig gleiche Waffenarsenal des kleinen Sadisten auf originelle Weise neu zu präsentieren: Scheiße, Eiter, Blut, Sperma (immerhin!), Peitsche und Ketten, einladend verpackt, aber in reaktionären Büchern, in denen die Frauen nie aufhören, von Männern gefangengehalten und geschunden zu werden, in Büchern, die aus größenwahnsinnigen Sexualträumen entstanden sind und in denen Ströme von Sperma auf Geschöpfe abgeladen werden, die davon nie genug kriegen können.
Das soll die Revolution sein? Die Subversion? Es ist das exakte Fortschreiben der bürgerlichen Welt, in der einige von Gewalttätigkeit besessene Männer, die sich für Propheten halten, Frauen bescheißen, ihre Muschel spreizen und sie zu Tode bumsen, weil sie es so hassen, Lust auf sie zu haben. Das ist eine total verfälschte Welt, in der die Sexualität künstlich vom Leben isoliert und dann als konzentriertes Brechmittel so lange verabreicht wird, bis man an Übersättigung krepiert. Wenn der erste Appetit einmal abgeklungen ist, könnte man sich fast ausschütten vor Lachen, wäre das Ganze nicht so haßerfüllt und todtraurig.
Wohlgemerkt, diese Texte haben, wie alle andern auch, das Recht zu erscheinen, gelesen und eventuell genossen und in die Praxis umgesetzt zu werden – zu zweit, zu dritt, zu

zehnt, ganz nach Belieben. Wahrscheinlich kommen sie der Sehnsucht nach Gewalttätigkeit und Herrschsucht von viel mehr Männern entgegen, als wir glauben. Sie können einen therapeutischen Zweck haben, dabei helfen, derartige Bedürfnisse abzureagieren, denn im Alltag ist es nicht immer leicht, Kulissen und Schauspieler für solche Psychodramen zu finden. Sie sind das Konzentrationslager, das Lilianna Cavanni in ihrem Film »Nachtportier« beschreibt; er kommt diesen alptraumhaften Luftschlössern am nächsten, jener hermetischen Welt, in der sich die verborgensten Schichten der Menschenseele hemmungslos offenbaren können.

Wir sollten uns aber nicht beeindrucken lassen, auch nicht von den intelligentesten Männern. Manche dieser Bücher sind ausgezeichnet geschrieben. Viele sind erregend, Lust erzeugend, einverstanden. Aber sie sind unverbesserlich veraltet, die Ausgeburt uralter Sexualphantasien, sie gehen von einem vorzeitlichen Frauenbild aus, wurden von alten Kindern geschrieben, die sich noch nicht über das Pipi-Kaka-Stadium hinaus entwickelt haben, was natürlich literarisches Genie nicht ausschließt.

»Er würde sie in der Hütte gefangenhalten ständig nackt und gefesselt ohne Wasser ohne Nahrung er kommt heimlich nach der Schule hin er bumst sie er spricht nie mit ihr sie krepiert langsam er beißt ihr die Möse blutig er reißt auch ihren Arsch auf in die Wand hinter ihr hat er ein keilförmiges Stück Holz genagelt das er ihr in den After steckt und er pinkelt in sie hinein bevor er geht am Abend kommt er wieder er boxt in ihr sterbendes Gesicht mit den Fingern reißt er ihre Vulva auseinander er taucht seine Hand hinein ballt die Faust in ihr er kettet das Mädchen los er wirft sie auf den Boden kniet nieder dringt ein indem er sie an den Füßen anhebt er schaukelt sie auf seinem Schwanz und spritzt und spritzt beim Schaukeln...« (Sur un paysage de fantaisie, Tony Duvert).[1]

---

[1] Der Roman wurde 1974 mit dem Prix Médicis ausgezeichnet, einem bedeutenden französischen Literaturpreis.

Apotheose des abspritzenden Mannes. Das ist keine Revolution, das ist nichts als »Das große Fressen« der Sexualität.
»Um sie (die bürgerliche Moral) zu untergraben, bedient sich der Autor Tony Duvert der Pornographie, da sie nicht so bürgerlich und daher nicht so leicht zu verfälschen ist wie die Erotik.« (Poirot-Delpech).
Werden wir denn in diesem Text von Tony Duvert nicht gerade verfälscht? »Seit de Sade wurde nichts Derartiges versucht«, behauptet Roland Barthes in seinem Vorwort. Holzauge, würde Bataille sagen! Pornographie hat es immer gegeben, und sie hat noch nie etwas untergraben. Sie hat immer denselben Männern und denselben Frauen Spaß gemacht, und sie hat immer die gleichen anderen schokkiert. Sie hat sich immer über die gleichen Einfaltspinsel mokiert, die, statt einfach zuzugeben, daß ihnen diese Bücher beim Wichsen helfen, hochgestochen über diese Äußerungen männlicher Gewalt und Verachtung dahergeredet haben, die ihnen »zeitweise unerträglich« sind. (Das ist denn allerdings der Gipfel!)
Die mit Christentum bis zum Rand abgefüllten Leser spüren die süße Erregung der Sünde, wenn sie Bücher verschlingen, die von »der Moral verurteilt, von der Gesellschaft getadelt, von der Justiz bestraft und vom Bewußtsein verdrängt werden« (M. Chapsal). Genaugenommen verdrängen die Verleger sie keineswegs, bestraft die Gerichtsbarkeit sie selten, und die Gesellschaft liebt sie sehr... oder geht großzügig über sie hinweg.
Mit dem ihm eigenen Scharfsinn hebt Zwang die echten Beweggründe der Zensur hervor, deren Vertreter es zwar nicht wagen, genauso obszön zu sein, die aber die Visionen Baudelaires oder Sades über schmutzige Liebe teilen: »Der größte Künstler kann die schönsten, die *glücklichsten* erotischen Szenen beschreiben, malen, zeichnen oder filmen: Er läuft Gefahr, Ärger zu bekommen. Bringt er dagegen Gewalttätigkeit, Unglück, Häßlichkeit und Greuel hinein, so wird diese stinkende Soße dem Gaumen der Vorkoster der Gesellschaft schmecken... Denn der von der Erotik

(der wahren) heimgesuchte Heranwachsende läuft ja keine Gefahr, sich ein angenehmes, also schädliches Bild von ihr zu machen.«

Niemand begibt sich in *irgendeine* Gefahr – außer in die, ein bißchen Kohle zu verlieren –, wenn er solche Bücher schreibt, und sie haben *keinen* revolutionären Wert, sie sind im Gegenteil sogar ausgesprochen reaktionär.

Die Vorstellung von der Sexualität als einem isolierten, lebensfernen Ghetto ist übrigens verantwortlich für die überraschende Veränderung, die sich bei so vielen unserer Zeitgenossen abspielt, wenn sie sich ausziehen, um sich dem preiszugeben, was sie für die Schattenseite, den animalischen Teil ihres Lebens halten.

Haben Sie nie – ich spreche von freien Frauen, für die die Ehe nicht das weltliche Äquivalent des Karmeliterordens ist und die Jugend kein keusches Warten auf den Märchenprinzen – den schüchternen, bebrillten Studenten kennengelernt, den gelehrten Interpreten Platons oder der Quantentheorie, der sich in dem Moment, in dem er sich der Brille und des Slips entledigt, in einen brutalen, primitiven Bock verwandelt, der sich an Obszönitäten und Schweinigeleien hochzieht und sich, um zum Höhepunkt kommen zu können, die Vergewaltigung einer Gefangenen vorstellen muß?

Wer ist nie einem vornehmen Industriellen, einem Politiker, einem eleganten Aristokraten begegnet, der plötzlich – ich weiß nicht, auf welche prähistorische Quelle oder auf welche Sexualbibel er sich dabei besinnt – wie ein Dragoner reden, seine Partnerin beschimpfen oder sein Sperma beschreiben muß, als sei es eine Götterspeise zur Befruchtung der Wüste? Warum ist es so oft unmöglich, mit dem Mann zu schlafen, der einem gefällt, mit dem ganzen Mann, statt mit dem Vieh, zu dem er sich bei der Gelegenheit berufen fühlt und das er nach dem Stierkampf wieder sorgfältig in seinem Anzug verbirgt, bevor er sich die Hände wäscht, wieder seine wahre Persönlichkeit aufsetzt und mit einem Seufzer der Erleichterung und erleichterten Eiern an etwas anderes denkt? Dabei können wir noch von

Glück sagen, wenn er nicht glaubt, zum erlegten Vieh sagen zu müssen: »Na, glücklich?«, weil er Befriedigung mit Glück verwechselt.
Viele Frauen mögen diesen Männertyp . . . Frauen sind ja leicht zu rühren! Manchmal ist es ja auch eine pikante Überraschung. »Nein so was! Der auch . . .« Aber insgesamt – was für eine Fremdheit.
Wenn eines Tages durch ein Wunder die Zensur der Schule, der Familie, der Religion und der Kultur aufhören würde, das Sexualleben und die Lust in unaussprechliche Bereiche zu verbannen, wenn wir uns unserer »erotischen Aufgaben« mit ganzem Wesen, legitimem Appetit und gelegentlich auch mit etwas Humor nähern könnten, was für eine Erleichterung wäre das für alle sexuell Kranken, Impotenten, Frigiden, Schüchternen, für Männer mit vorzeitigem und für solche mit spärlichem Samenerguß, für Männer, die große Angst vor Frauen und für Frauen, die große Angst vor Männern haben – und für alle anderen auch . . .
Pornographisch-erotische Bücher – zumindest die von Männern geschriebenen – haben den schlimmen Nachteil, trist zu sein. Sie beeindrucken durch ihre pompöse Grausamkeit und durch ihren Ernst. Ehne mehne muh, raus bist du, raus bist du noch lange nicht, sag mir erst, wie lang er ist . . . Wer von uns beiden ist zuerst raus . . .
Ich wünsche mir, wir könnten diese Leichenträger mit einer Ladung vom derben Humor Rabelais'[1] impfen. Aber sie würden vielleicht daran sterben.
Unsere Kinder zumindest lachen sich krumm, wenn sie »Pipi berühren« spielen. Unsere Autoren dagegen nehmen sich ernst und krümmen sich vor Schmerzen. Sie würden es wahrscheinlich für gotteslästerlich halten, sich auf den düsteren Wegen des Lebens mit dem heiteren Zuruf der Polynesier zu begrüßen: »Es rammle dein Penis!« Wozu die freundliche Antwort gehört: »Und es zucke deine Klitoris!«

---

[1] François Rabelais (1495–1553), frz. Schriftsteller.

ACHTES KAPITEL
Es ist rot und es ist amüsant

Es ist hart, aber es sind keine Knochen darin. Es bewegt sich von selbst, aber es hat keine Muskeln. Es ist weich und rührend, wenn es aufgehört hat zu spielen, es ist arrogant und hartnäckig, wenn es spielen will. Es ist zart und launisch, es gehorcht seinem Herrn nicht immer, es ist krankhaft empfindlich, es streikt, scheinbar ohne jeden Grund, oder aber es besteht auf Schwerstarbeit, es kann auf heiklem Gelände eine Panne haben und sich wieder in Bewegung setzen, wenn man es nicht mehr braucht; es will immer den harten Macker spielen, obgleich es während des weitaus größten Teils seiner Existenz schlaff herumhängt... Aber, wie die Kabarettisten der »Tomate« vor einigen Jahrzehnten sagten: »Es ist rot... und es ist amüsant!«

Angeblich haben wir uns so ein Ding sehnlichst gewünscht. Angeblich haben wir einfach *gar nichts*, da wir nicht so ein Ding haben. Und das ist ja noch nicht alles: Neben dem Ding sind ja noch die Dinger. Und da wird es noch wesentlich schlimmer. Diese Dinger wären ganz fraglos im Innern besser aufgehoben.

Eine so wenig einladende Ware legt man nicht ins Schaufenster. Wenn wir beispielsweise derartige Kugellager anstelle unserer Brüste hätten – ich höre schon die Witze, die perfiden Bemerkungen, die Abscheulichkeiten, mit denen man den weiblichen Körper bedenken würde! Wie sie da herumhängen, die armen Eierchen, als wenn zwei kranke Kröten unter einem kaputten Ast hocken. Sie sind schlaff, kalt, nicht leer und auch nicht voll; sie sitzen nicht richtig, haben keine richtige Form, eine ungesunde Farbe und fühlen sich so kalt an wie Grottenmolche; dann haben sie auch noch ein paar fahle Haare, die aussehen wie die letzten Reste auf einer Glatze. Und davon gibt es gleich zwei!

Wenn ihr Träger auf allen vieren kriecht, erinnern sie ganz unverkennbar an zwei Fledermäuse, deren Köpfe nach unten hängen und die beim leisesten Windhauch zittern – auf den Pazifischen Inseln kann man sie zu Tausenden in den Bäumen beobachten. Ein Ingenieur, der sich dieses System zur Lagerung von Spermatozoen ausgedacht hätte, wäre anschließend vor die Tür gesetzt worden.
Im Klartext: Eure Ausstattung, Ihr Geliebten, ist insgesamt wirklich nicht besonders, auch wenn Ihr das Kernstück durch den Titel Phallus geadelt habt. All die Frauen, die sie ohne vorbereitende Einführung kennengelernt haben, zum Beispiel in der Hochzeitsnacht, sind zunächst entsetzt davor zurückgeschreckt. Die Religionen, die ein anzubetendes Symbol daraus gemacht haben, sahen sich gezwungen, es gründlich zu überarbeiten. Und trotzdem lieben wir diese Dreieinigkeit; humorvoll, weil sie, objektiv gesehen, häßlich ist, liebevoll, weil sie, subjektiv gesehen, anrührend ist. Aber man vergifte uns nicht mehr das Leben mit dem angeblichen Penisneid, man definiere uns nicht mehr – physisch und psychisch – über den Penis, und man verschone uns mit all den Psychoanalytikern und Sexualwissenschaftlern, die darauf beharren, unsere angeblichen alten Konflikte auferstehen zu lassen, anstatt uns beizubringen, uns selbst zu lieben, denn das ist die entscheidende Voraussetzung dafür, einen anderen lieben zu können. Sonst werden wir dieses Ding nämlich am Ende gar nicht mehr ausstehen können, was bei einigen Frauen ja schon der Fall ist. Und das wäre schade für uns alle.
Jedes Geschlecht hat seine eigenen Spielzeuge, und sie passen ganz ausgezeichnet zusammen. Ein richtiges Wunder ist das! Jeder sieht ohne den andern ziemlich blöde aus. Gibt es einen schöneren Beweis dafür, daß sie dazu geschaffen sind, ineinanderzupassen? Alles andere kann nur Kompensation sein, gelegentlicher und eher notdürftiger Ersatz. Natürlich dient der Piephahn auch dazu, im Stehen Pipi zu machen. Zielen macht Spaß. Aber kann man allen Ernstes annehmen, daß die Art des Harnlassens eine derartige Wirkung auf die Psyche hat? Bei anderen Gelegenhei-

ten, die genausowenig spannend sind, setzt sich der Mann hin, genau wie wir, ohne große metaphysische Schlüsse daraus zu ziehen. Die Wahrheit ist, daß die angebliche Überlegenheit des männlichen Spielzeugs das Ergebnis einer jahrtausendelangen Werbekampagne zugunsten des männlichen Geschlechtsorgans ist. Diese Kampagne war so erfolgreich, daß eine Freundin, der ich einmal eine Kröte in die Hand legte und sie fragte, ob sie das nicht an irgend jemanden erinnere, zunächst laut protestierte, als hätte ich Gott gelästert.

»Sag bloß, du hast den Gedanken noch nie gehabt?«
»Ich hätte mich nie getraut, das auch nur zu denken«, gestand sie. Vor lauter Rücksicht!
Genau wie die Propagandisten eines neuen Waschmittels haben sich die Urheber der Penisanbetung seit eh und je damit abgemüht, die Überlegenheit ihrer Ware zu beweisen, und als gute Werbeleute haben sie nie gezögert, Unsinn von sich zu geben. Es paßt sich den verschiedensten Temperaturen an... Es wirkt wie ein weißer Wirbelwind... Es ist ein besonders wertvolles Stück... Ich bin ein Mann aus bestem Holz... Ich mag Shell lieber... Homo wäscht sauberer. Aber derartige Werbeslogans nutzen sich leicht ab. Statt die eigenen Genitalien mit Lob zu überschütten (nach welchen Kriterien? ästhetischen? moralischen?), war es einfacher, die der andern herunterzumachen. Während der Phallus als Leitstern der Menschheit glorreich besungen und in Stein gehauen wurde, blieb sein Ergänzungsorgan jahrhundertelang unerwähnt, ja, es wurde ein absolutes Tabu daraus gemacht, entweder durch Ekel oder durch tugendhafte Unkenntnis, und das Verbot war so wirksam, daß – bis in die letzten Jahrhunderte – kein Bildhauer unserer Kultur am weiblichen Unterleib auch nur eine simple Ritze angebracht hat. Selbst bei Leonardo da Vinci, dem Begründer der anatomischen Kunstzeichnung, waren die »Schamritzen von himmelschreiender Ungenauigkeit« (Gérard Zwang). Und für die klassische arabische Medizin war das weibliche Geschlechtsorgan ganz einfach von nicht »beschreibbarer Beschaffenheit«.

Da man das Organ verdammt hatte, kamen auch seine Aufgaben in Mißkredit. Alle Entwürdigungen, denen man die Frau im Laufe der Geschichte aussetzte, waren Folge der Ablehnung, mit denen man die weibliche Sexualität von Anfang an belegt hatte. Evas »Sünde« – weiter konnte man ja wirklich nicht zurückgehen – oder die der Pandora, die ja für den gleichen Mythos weiblicher Verderbtheit steht, mußten alle ihre Nachkomminnen auf sich nehmen und büßen, aus dem einzigen Grund, weil sie als Frauen geboren waren. Ohne anständige Organe und ohne ein Anrecht auf Lust blieb ihnen nichts anderes übrig als Neid – und Bewunderung für dieses achte Weltwunder, das einzig *richtige* Sexualorgan. Daß angeblich viele Frauen diesen Neid empfanden, bedeutete, daß es tatsächlich überlegen war. Der Kreis war geschlossen – die Werbung ein voller Erfolg.
Der weibliche Masochismus wurde vom guten Papa Sade erfunden, der Penisneid vom guten Papa Freud institutionalisiert – da haben wir unsere schrecklichen Großväter. Wir können Freud durchaus bewundern und trotzdem anmerken, daß er über Frauen nur Scheiße erzählt hat; ich benutze mit Absicht dieses Wort, denn in seinem ganzen Werk hat er sich damit abgemüht zu beweisen, daß es beschissen ist, keinen Penis zu haben. Da er Weiblichkeit im großen und ganzen als Nichtmännlichkeit definierte, leben alle Frauen nach Freuds Meinung im Negativen. Mutterschaft ist nichts als ein Penisersatz, das sahen wir schon. »Der Penisneid veranlaßt daher die Frauen dazu, ihre Reize zur Schau zu stellen, als späte Kompensation für ihre anfängliche sexuelle Minderwertigkeit.« Die einzige Erfindung, für die er den Frauen die »Vaterschaft« (schon wieder ein vielsagendes Wort) zugesteht, ist die Kunst des Spinnens und des Webens, aber das haben sie sich nur ausgedacht, um ihre »mangelhaften Genitalien« zu verbergen. Welch genialer Einfall! Insgesamt »fehlt der Frau jedes Empfinden für Moral, und sie hat kaum ein Gefühl für Gerechtigkeit, was *ganz ohne Zweifel* mit der Übermacht des Penisneids in ihrem psychischen Leben zusammenhängt«.

Ist in dieser Frage nicht eher Freud der vom Penis Besessene?
Diese Theorie, die sich auf die weibliche Psyche verständlicherweise verheerend ausgewirkt hat, überdauerte viele moderne Untersuchungen, die ihre Falschheit beweisen. Heute wird allgemein anerkannt, »daß bei Mädchen der Wunsch, einen Penis zu besitzen, nicht zu beobachten ist« (Lederer), denn dieser Wunsch wurde zu oft mit dem Wunsch verwechselt, die Vorteile zu besitzen, die für die Besitzer eines Penis reserviert sind. Im Gegensatz dazu fühlten sich die meisten der untersuchten Jungen durch die Mutterschaft benachteiligt. Dieses Gefühl muß sehr alt sein, denn die meisten der männlichen Initiationsriten in Schwarzafrika lassen den Jungen noch einmal zur Welt kommen, um seine Geburt durch die Frau symbolisch zu verleugnen. Selbst die Götter wollten es den Müttern gleichtun: Zeus erschafft Athena aus seinem Schädel und Dionysos aus seinem Hüftgelenk, um seine Frau zu ärgern. Groddeck hat diesen uralten Groll sehr treffend beschrieben: »Der Neid, nicht Mutter werden zu können. Nicht nur ich empfinde ihn, allen Männern geht es genauso ... Der Beweis dafür ist, daß beharrlich geleugnet wird, ein Mann könne sich überhaupt wünschen, ein Kind zur Welt bringen zu können.«
Unglücklicherweise haben noch die Überreste dieser hartnäckigen Phallusorientiertheit eine Überbewertung der Männlichkeit zur Folge, deren erste Opfer heute die glorreichen Phallen selbst sind. Denn inzwischen haben die meisten Frauen ihr sexuelles Minderwertigkeitsgefühl abgelegt, ohne daß die Männer ihnen gleichzeitig ... überlegener geworden wären. Daraus hat sich eine Veränderung der Machtverhältnisse ergeben, die den Mann beunruhigt und ratlos macht. Ihm ist so nachhaltig eingeprägt worden, das A und O seiner Rolle bestehe darin, ein anspruchsloses und kritikloses Weibchen zu beherrschen und kräftig zu bumsen, daß seine Ehre dahinschmilzt und seine Sicherheit flötengeht, wenn dieses Weibchen auch nur sagt: »Ich komme nicht zum Höhepunkt, Jérôme, tu was.«

Ähnlich wie der Mohammedaner, der so ausschließlich darauf aus war, sich die Frau als Besitz zu sichern, nun so gut wie gar nichts mehr besitzt, hat der westliche Mann soviel von seiner Männlichkeit in seine Sexualität investiert, daß es für ihn eine endgültige Niederlage bedeutet, wenn er es nicht schafft, dem weiblichen Geschlecht seinen Degen zu präsentieren. Die blödsinnige Idee, ein Mann sei kein Mann mehr, wenn er ihn einmal nicht hochkriegt, reicht, um sein und unser Leben zu vergiften. »Wir müssen einmal einen Mann aus der Nähe gesehen haben, dem dieser Gedanke durch den Kopf geht, um dieses sinnlose Unglück der Männer nachvollziehen zu können. Wie sollten wir uns da nicht eine Welt wünschen, in der uns allen dieses Unglück erspart bliebe?« (Annie Leclerc).
Das menschliche Männchen wäre also nicht, wie der Affe, jemand, der uns beliebig viele Orgasmen beschert? Na und? Liebe ist ja auch etwas ganz anderes als das, was wir als Liebe kennen. Sie ist Gemeinsamkeit, Verständnis, ein Zustand verliebter Freundschaft, in dem wir herausfinden, wie wunderschön und kostbar Begierde ist – sie gibt daher dem Penis die Möglichkeit, eben *nicht* der dumme, allzeit bereite Pfadfinder zu sein... Wir müssen die scheußlichen patriarchalischen Reflexe in uns überwinden, nach denen die »Beschämung« des Mannes eine Demütigung für die Frau ist: Er fühlt sich minderwertig – sie fühlt sich abgelehnt. Derartige Gedanken sind ebenso falsch wie schädlich, denn sie verstärken die männliche Unsicherheit angesichts einer allzeit erwarteten, jederzeit zu erbringenden Leistung, und sie legitimieren jenes unerträgliche weibliche Fordern in einem Bereich, wo SIE alles vortäuschen und ER nichts verheimlichen kann. Die Karikatur der amerikanischen Frau, die von ihrem Mann ihren Nerz und ihre Orgasmen fordert, um sich als richtige Frau fühlen zu können, ist die traurigste Entartung des modernen Ehepaars. Auch frigide und im imitierten Kaninchenmantel sind wir schließlich noch Menschen, alles andere findet sich dann, wenn wir nur richtig danach suchen.
Leider haben die Frauen erst vor so kurzer Zeit entdeckt,

daß auch sie das *Recht* auf Lust haben, daß sie nun manchmal glauben, es sei die *Pflicht* der Männer, ihnen einen bestimmten Prozentsatz an Lust zukommen zu lassen. Sie fordern Sex wie ein Mindestgehalt und vergessen dabei, daß Lust kein Muß ist, sondern ein Geschenk und daß Übereinstimmung der Körper oft genug eher einem Wunder entspringt als einem Rezept. Schließlich vergessen sie auch, daß Liebe nicht unfehlbar zu jenem gleichzeitigen Orgasmus führt, den allzu viele Sexologen zum angeblich üblichen Konsumartikel erklären und damit Illusionen erzeugen, die schlimme Frustrationen hervorrufen können.
Aber die Frauen sind nicht die einzig Verantwortlichen: Die Männer ihrerseits bestehen nach wie vor auf der Überbewertung ihrer männlichen Kraft, und zwar durch eine endlos bohrende Literatur, durch den Film mit seinem eintönigen Kult des erotischen Helden, des Sheriffs, des Cowboys, des Gangsters oder des Eroberers, der ständig auf der Suche ist nach jemandem, den er beherrschen und nach etwas, was er unterwerfen kann, eines Helden, den das Wimmern von Schwachen, die Überlegungen von Intellektuellen und die Bitten von Liebenden nicht kümmern. Das Fernsehen hat den Rummel um den »richtigen Mann« noch verschlimmert, diesen Rummel um eine kaum noch zu ertragende Figur, die man uns in Tausenden von Wildwestfilmen quasi pausenlos vorsetzt und der so selten das Bild eines *wirklichen Mannes* entgegengestellt wird. Frauen existieren nicht wirklich in diesen Sagas, sie tauchen nur in den Verschnaufpausen der gewalttätigen Handlung auf, und zwar in den drei wohlbekannten Rollen: in der der Hure, des reinen Mädchens oder der der Mutter. Die werden nicht vermischt, und es gibt auch keine Nuancen: Das reine Mädchen ist dazu da, verheiratet zu werden, die Hure wird nie Mutter, auch wenn sie ein großes Herz hat, sie stirbt als Hure, und die Mutter ist dazu da, um zu bewundern, um zu dienen und um zu leiden. Aber leidet denn wirklich, wer einem Gott dient? Der Held seinerseits, den alle – außer den Schurken – verehren, lebt, tötet und stirbt

als Gebieter. Seine Töchter träumen davon, so einen Mann zu heiraten, und die besten seiner Söhne sind schon als Kinder zukünftige Killer, trotz ihrer Sommersprossen.
In unseren Breiten muß man im Alltag die Weite der Landschaft und die heldenhaften Prügeleien durch alle möglichen Verhaltensweisen ersetzen, um sein Gebiet zu markieren, wie die Hunde das ja auch tun. In Ermanglung eines Gewehrs oder eines Lassos begnügt man sich also mit Wichtigtuereien am Stammtisch oder am Kneipentresen (die den Nachteil haben, daß da erst ein lächerlich hohes Niveau an Sexualleistungen zu Ansehen verhilft) oder mit gemeinen Witzen; denn Obszönität ist ja auch eine Form von Gewalt, allerdings eine einfache und gefahrlose. Der Lastwagenfahrer, der lachend eine Frau am Steuer beleidigt, und der Bauarbeiter, der von einer Baustelle aus einer vornehmen Dame eine Obszönität zuruft, beide bekräftigen damit die Herrschaft, die sie als Mann über eine Frau haben, wie groß der Klassenunterschied auch sein mag. Als Sexualobjekt ist eine Frau noch dem letzten Mann unterlegen. Und er versäumt nie, sie daran zu erinnern.
Es stimmt, daß eine Frau inzwischen relativ ungestört durch die Straßen gehen, abends ausgehen, reisen kann. Aber wir fühlen uns immer ein bißchen unsicher dabei, und ein Mann kann sich nur schwer vorstellen, wie sehr diese Unsicherheit uns einschränkt.
Wie viele Frauen haben höllische Ferien in Italien verbracht? Wer von uns hat nicht schon in dem einen oder andern Kino fünfmal den Platz gewechselt, in der Nähe des Bahnhofs St. Lazare zum Beispiel, und schließlich auf derlei Vergnügungen verzichtet? Welche alleinreisende Frau konnte sich – bevor es Reisegruppen und Pauschalreisen gab – vorstellen, nach Bangkok oder Tahiti zu fahren oder Algerien zu besuchen? Die Nacht und die Außenwelt gehören den Männern, nur ganz allmählich duldet man uns dort.
Genau wie die Obszönität und die Angst, die man uns einflößt, ist auch die Geschwindigkeit eine Möglichkeit zu be-

eindrucken. Das Auto wird zum männlichen Wurmfortsatz, wie der Colt von John Wayne, und man muß es so fahren, wie man mit einer Frau schläft: brutal. Wer sich heute gedemütigt fühlt, wenn er bremsen muß, hätte sich gestern herabgesetzt gefühlt, wenn er auf die Lust einer Frau hätte warten sollen. Man ist schließlich ein Mann, verdammt! Viele Männer aus den Ländern des Mittelmeerraums, die so krankhaft auf das bedacht sind, was sie für ihre Männlichkeit halten, tragen eine Fahrweise zur Schau, die sehr viel mehr verrät als schlichtes Vergnügen an der Geschwindigkeit. Und wie viele Ehefrauen haben ihr ganzes Leben lang die Pobacken zusammengekniffen neben einem Mann am Steuer, der wie ein kläffender kleiner Köter über ihre Angst lächelt und um nichts auf der Welt langsamer fahren würde. Zum Teufel, man ist doch keine Frau!

An dem Tag, an dem die Männer auf ihre Angeberei verzichten, durch die sie immer wieder in den gleichen verfälschten Beziehungen landen, an dem Tag, an dem es den Frauen gelingt, sie von ihrer sexuellen Verantwortung zu befreien, an dem Tag, an dem beide gemeinsam den dummen Mythos vom Penis und den noch idiotischeren von seiner Abwesenheit verbrennen, an dem beide zusammenfinden in der natürlichen Ergänzung ihrer Organe, in Zärtlichkeit und in gegenseitiger Achtung, an diesem Tag wird die wahre Revolution begonnen haben. Sie hat übrigens schon begonnen. Heute wird besser geliebt als gestern. Wir fangen an, gemeinsam zu lachen, uns gemeinsam weh zu tun. Aber was schleppen wir noch alles mit – mein Gott! Wie Marguerite Duras sagt: »Wir müssen abwarten, bis das vorbei ist. Darauf warten, daß ganze Generationen von Menschen verschwinden...«

Warten wir also.

NEUNTES KAPITEL

Ein Piephahnproblem[1]

»So ist der Frauenfeind: Einer der Bestandteile seines Hasses ist die sexuelle Anziehungskraft, die Frauen auf ihn ausüben . . . Zuerst ist da eine faszinierte Neugierde auf das Böse. Aber sie läuft, glaube ich, vor allem auf Sadismus hinaus. Man wird Frauenfeindlichkeit nicht verstehen, wenn man sich nicht klarmacht, daß die Frau vollkommen schuldlos ist, ich würde sogar sagen ungefährlich.«
Dieser Text ist von Jean Paul Sartre . . . oder doch beinahe. Er stammt aus den »Überlegungen zur Judenfrage«. Wenn wir es uns erlauben, das Wort »antisemitisch« durch das Wort »frauenfeindlich« und das Wort »Jude« durch das Wort »Frau« zu ersetzen, wird uns schlagartig klar, daß Frauenfeindlichkeit nichts anderes ist als Rassismus, universalster, am tiefsten verwurzelter und subtilster Rassismus; der ehrenwerteste auch und der am leichtesten auszuübende, noch viel leichter, als es der Antisemitismus über Jahrhunderte war. Wir können das ganze Buch Sartres aus weiblicher Sicht lesen; Verhaltensweisen, die wir normalerweise als individuelle und begrenzte ansehen, da sie sich in der Privatsphäre eines verheirateten oder unverheirateten Paares abspielen, erscheinen so in einem erstaunlich neuen und außerordentlich erhellenden Licht.
»Der Frauenfeind legt Wert darauf, über geheime, weibliche Organisationen zu berichten (z. B. über die militante

---

[1] B.G.s Überschrift ist ein Wortspiel: *Problèmes de robinet* nannte man früher Rechenaufgaben, bei denen Kinder (in der Grundschule) schwierige Rohrleitungsberechnungen anstellen mußten, mit denen auch die Eltern oft genug Probleme hatten. *Robinet* (Wasserhahn) wird in der Kindersprache auch für das männliche Geschlechtsorgan benutzt.

Frauenbewegung), über beängstigende Geheimbündelei... Wenn er aber einer Frau Auge in Auge gegenübersteht, dann handelt es sich bei ihr meistens um ein schwaches Wesen, das schlecht auf Gewalttätigkeit vorbereitet ist und das sich kaum zu wehren weiß. Diese individuelle Schwäche der Frau, sich gefesselt und geknebelt auszuliefern, ist dem Frauenfeind wohl bewußt, und er hat sogar schon im voraus Vergnügen daran!... Da sich das Böse für ihn in diesen wehrlosen und so wenig furchterregenden Frauen verkörpert, fühlt er sich nicht auf unangenehme Weise verpflichtet, den Helden zu spielen. Frauenfeindlichkeit macht Spaß! Man kann Frauen gefahrlos schlagen und foltern: Sie werden sich höchstens auf die Gesetze berufen. Aber die Gesetze sind ja so mild...«
Für den Frauenfeind (wie für den Antisemiten) ist das, was die Frau ausmacht, nicht die eine oder andere bestimmte Verhaltensweise, sondern das ihr innewohnende Frau-Sein (wie das Jude-Sein), ein ähnlich undefinierbares Prinzip also, wie die Phlogistontheorie oder die einschläfernde Wirkung des Schlafmohns. Am Beispiel des vornehm-subtilen Antisemitismus, der in Frankreich so lange vorherrschte, beschreibt Sartre auch ganz ausgezeichnet eine Haltung, die als ungefährlich gilt, die gesellschaftlich sanktionierte Frauenfeindlichkeit nämlich, die ganz allgemein für geistreich gehalten wird und zu der sich so viele »Männer von Welt« bekennen, bezaubernde, charmante Männer, die es nie versäumen würden, einer Frau den Vortritt zu lassen. »Sie sind nur Spiegel, Schilf, das vom Wind bewegt wird. Sie hätten die Frauenfeindlichkeit nie erfunden, wenn es keine Frauenfeinde aus Überzeugung gäbe. Aber sie sind es, deren Gleichgültigkeit die Fortdauer der Frauenfeindlichkeit über die Generationen sichert.«
Bei dieser Gelegenheit möchte ich, Sartre sei Dank, den unglücklichen Frauen zu einer Antwort verhelfen, die auf das letzte Argument keine Antwort wissen, das die Frauenfeinde von Welt mit Sicherheit als Beweis für unsere angeborene Minderwertigkeit vorbringen: »Nennen Sie mir doch einen weiblichen Beethoven, einen weiblichen

Descartes oder Picasso!« Und der allerletzte Macker sieht uns dabei mit triumphierendem Blick an, als stammten diese Genies aus seiner Familie und als fiele ihr Ruhm ganz selbstverständlich auch auf ihn zurück, einzig und allein aufgrund der Tatsache, daß er wie sie einen Piephahn besitzt!
»Man muß sich klarmachen«, schreibt Sartre, »daß der Jude, wenn er auf die Vergangenheit zurückblickt, sieht, daß seine Rasse an ihr keinen Anteil hat. Weder die Könige Frankreichs noch ihre Minister, weder große Feldherrn noch bedeutende Grundbesitzer, weder Künstler noch Gelehrte waren Juden ... Der Grund dafür ist ganz einfach: Bis zum 19. Jahrhundert standen die Juden wie die Frauen unter Vormundschaft.«
Diesmal zieht Sartre selbst die Parallele. Man könnte auch noch anmerken, daß es auch nicht viele Gelehrte oder Minister aus der Arbeiterklasse gibt ... Die Explosion an jüdischer Kreativität, die wir seit dem 19. Jahrhundert erlebt haben, durch Disraeli, Freud, Bergson, Einstein, Proust oder Kafka, macht allein schon klar, daß die Juden kreativ wurden, sobald sie Zugang zu den Hochschulen bekamen und ihnen ein gewisses Maß an Freiheit zugestanden wurde. Für die Frauen müßte noch zweierlei angemerkt werden: Erstens wurde die Vormundschaft über sie erst im 20. Jahrhundert gelockert, und zweitens wurden sie – solange sie ihnen blind unterworfen waren – durch ihre Mutterpflichten daran gehindert, auch nur an die Schwelle der Freiheit zu gelangen.
Nun ist aber schöpferische Kraft ein Luxus, auch da, wo sie mit materieller Not einhergeht, sie ist der Luxus der Verfügbarkeit von Geist und Herz. Seine Familie für immer zu verlassen wie Gauguin, als Aussätziger zu leben wie van Gogh, geächtet zu werden wie so viele andere, das ist für Frauen noch nicht machbar: Man würde in ihnen keine Künstlerinnen sehen, sondern Verrückte oder Verbrecherinnen. Die Freiheit, die für das Ausleben von Genialität notwendig ist, schließt Grausamkeit, Egoismus, das Akzeptieren von Unsicherheit und den sozialen Selbstmord

mit ein – lauter Dinge, die für Frauen noch unstatthaft sind.
Die Geschichte lehrt uns, daß Sexismus ebensowenig auszurotten ist wie Rassismus. Wir müssen daher eine andere Lösung finden. In den Kolonien Afrikas beispielsweise ist es den Schwarzen nicht gelungen, den Rassismus der Weißen in Grenzen zu halten; sie haben sich ihrer Macht daher entzogen. Die Frauen dürfen also das Spiel der Männer nicht mehr mitspielen. Wir dürfen den Männern nicht mehr die Macht geben, uns zu schaden, da wir doch wissen, daß acht von zehn Menschen die Macht mißbrauchen, über die sie verfügen. Das wird den militanten Frauenfeind nicht daran hindern, laut zu schimpfen und den Frauenfeind von Welt nicht daran, es leise zu tun; aber sie werden damit ins Leere stoßen, in eine Leere, die unsere Abwesenheit geschaffen hat. Wem sollen ihre patriarchalischen Vorschriften denn gelten, wenn wir keine Kinder mehr sein wollen, wenn wir uns weigern – und sei es aus Liebe – (gerade aus Liebe), die Rolle der Aufziehpuppe zu spielen, die »danke« und »ich liebe dich« sagt, eine Rolle, aus der, jenseits der Vierzig, dann die einer Märtyrin oder einer Megäre wird? Wem, wenn wir, dank der Empfängnisverhütung, der größten Revolution aller Zeiten für uns Frauen, keine Gebärmaschinen mehr sind, die Kinder liefern, sobald ihr Benutzer das dafür Notwendige in sie hineinwirft, wem, wenn wir unser Dasein selbst in die Hand nehmen? Denn das, was uns Frauen unterdrückt, ist nicht nur das Männersystem, sondern auch unsere Frauenantwort darauf, es ist das, was dieses System mit großem Erfolg aus uns gemacht hat. Es ist ihm gelungen, uns ein Gefühl von Unzulänglichkeit und Schwäche zu vermitteln und es durch Schuldgefühle zu verstärken, sobald wir uns der Rolle entziehen, die es uns zuweist und die wir doch mit Begeisterung akzeptieren sollen. Denn darin liegt die Bösartigkeit, das ist die Zusatzaufgabe, durch die man – genau wie bei den üblen Quizsendungen – alles wieder aufs Spiel setzt: Wir müssen die sogenannten heiligen Pflichten, für die wir angeblich geschaffen sind, *begeistert* ausüben, obgleich die

Männer es ablehnen, sie zu übernehmen. Daraus, daß sich die Männer von vornherein die sogenannten höheren Pflichten angeeignet haben, müssen wir doch schließen, daß die unseren niedriger sind, »langweilig und anspruchslos« (Valéry), »uninteressant und verdummend« (Lenin), mit einem Wort: minderwertig.[1] Das »Mädchen für alles« rangiert zuallerletzt in der Wertskala der Berufe; wie können Frauen da einsehen, daß die gleiche Arbeit für sie zur wunderbaren Berufung wird?

Die scheinheilige Antwort darauf lautet, ein Kind großzuziehen und sich um einen Ehemann zu kümmern, sei kein Beruf, sondern eine Herzensangelegenheit. Nur: malen oder seine Mitmenschen behandeln kann auch eine Herzensangelegenheit sein, und trotzdem bekommen Maler oder Ärzte ein Honorar für ihre Arbeit, obgleich sie sie gern machen. In Wirklichkeit schätzt man unbezahlte Arbeit bei Frauen ganz besonders, und deshalb ist der Beruf der Hausfrau der einzige, den man nicht nach wirtschaftlichen Maßstäben bewerten will. Mütter, die kleine Kinder großziehen, erbringen eine sehr wichtige Leistung für die Gesellschaft, trotzdem kümmert sich (abgesehen von sentimentalem Gerede und einem lächerlichen Kindergeld) niemand um sie, wenn sie zu Hause arbeiten, und man bestraft sie, wenn sie außer Haus arbeiten. (Kinderbeaufsichtigung ist teuer, und es gibt viel zu wenige Krippen.) Wir Frauen müssen uns von dieser Entwertung alles Weiblichen freimachen, denn wir selbst empfinden ja so – und das wirkt sich zerstörerisch aus. In ihr liegt der Grund für den verbitterten oder ansprüchlichen Ton von »Hausfrauen« berufstätigen Frauen gegenüber, da sie die *bessere*, weil männliche Wahl getroffen haben, obgleich jede Hausfrau doch einfach sagen könnte: »Ich habe als *Beruf* gewählt, meine Kinder großzuziehen, denn das gefällt mir, es ist meine Berufung.« Wir müssen uns selbst davon über-

---

[1] Wenn ein Mann zu kochen oder zu servieren geruht, dann nennt er sich Maître d'hôtel oder Küchenchef und verlangt dafür doppelt soviel Geld wie ein Zimmermädchen oder eine Köchin. (B. G.)

zeugen, daß weder die Frau mit 18 Kindern noch die mit einem Kind oder gar die mit keinem Kind die bessere Frau ist. Sie ist nur eine *andere* Frau. Und wir sind nicht »mehr Frau«, wenn wir unser Leben einem Kriegsversehrten widmen, als wenn wir ein Bekleidungsgeschäft aufbauen oder einen Nachtclub, um unseren Lebensunterhalt zu verdienen. Wir sind andere Frauen. Lassen wir uns nichts vormachen: Nicht alle Männer können ein Mermoz sein oder ein Charles de Foucauld.[1] Und auch nicht alle Frauen.

Im Jahre 1897 verkündete Barrès[2] mit dem zu jener Zeit üblichen Zynismus, es sei »die Grundbedingung des sozialen Friedens, daß den Armen ihre Ohnmacht bewußt ist«. Für den häuslichen Frieden war es Grundbedingung, daß auch die Frauen dieses Gefühl hatten. Aber inzwischen sind alle Voraussetzungen erfüllt, damit sie sich davon befreien können. Die Schwierigkeit ist, daß wir in der Wiege, mit dem ersten Fläschchen damit anfangen müssen! Und das hängt von jeder Mutter ab.

Gerade ist bei »Editions des Femmes« ein erschütterndes Buch erschienen.[3] Es ist ein hübsches, kleines Buch, aus dem Italienischen übersetzt, auf dessen Umschlag drei zauberhafte kleine Mädchen in rosa Kleidern in einem der typischen Parks unserer Mädchenbücher sehr gesittet spielen. Anmutig und nichtssagend, das unvermeidliche weibliche Lächeln schon auf den Lippen, spielen sie ihre blöden Spiele mit einer Zufriedenheit, deren Anblick weh tut. Aber auch diese kleinen Mädchen wurden voll Erfindungskraft geboren, sie waren spontan, schäumten über vor Lebenslust und Neugier auf die Welt. Das alles wurde nicht auf einmal in ihnen erstickt. »Im Alter von etwas

---

[1] Mermoz (1901–1936), sehr gutaussehender frz. Flugpionier, der bei Dakar abstürzte; Charles de Foucauld (1858–1919), frz. Offizier, der dann Trappistenmissionar wurde. Er lebte bei den Tuareg und wurde von Aufständischen erschossen.

[2] Maurice Barrès (1862–1923), antisemitischer frz. Schriftsteller und Politiker.

[3] »Du côté des petites filles« (»Was geschieht mit kleinen Mädchen?«), deutsch im Verlag Frauenoffensive, von Elena Gianini Belotti. (B. G.)

mehr als einem Jahr ist es trotz des unterschiedlichen Erziehungsdrucks, dem die Säuglinge ausgesetzt waren, immer noch schwierig, Jungen und Mädchen nach ihrem Verhalten zu unterscheiden, so sehr *gleichen* sie einander: Sie *mögen, wählen und tun die gleichen Dinge.* Es gibt sogar öfter Verhaltensunterschiede zwischen Kindern des gleichen Geschlechts als zwischen Kindern verschiedenen Geschlechts.«

Der »unterschiedliche Erziehungsdruck« ist untersucht worden. Es wird Sie überraschen: Von den Müttern, die sich gegen das Stillen ihres Babys aussprachen, waren 34% Mütter von Mädchen; 99% der Mütter von Jungen stillten gerne. Die Jungen wurden im Durchschnitt auch länger gestillt: mit zwei Monaten 45 Minuten lang, die Mädchen dagegen nur 25 Minuten (ihre Gefräßigkeit soll nicht gefördert werden, da das als wenig weiblich gilt). Und schließlich wurden Mädchen im Durchschnitt früher entwöhnt.[1] Nun entstehen aber gerade durch die »Verfügbarkeit des mütterlichen Körpers beim Kind das Selbstvertrauen und die Selbstachtung, die bei Mädchen so selten und bei Jungen in so großem Maße vorhanden sind.«

Im Schulalter beschleunigt sich dieser Prozeß noch. Aufgrund der frühen und instinktiven Konditionierung in der Familie und im Kindergarten kann man sagen, daß »mit fünf Jahren alles gelaufen und die Angleichung an männliche und weibliche Stereotype schon verwirklicht ist: Der aggressive, dominierende Junge ist schon geformt. Das gleiche gilt für das fügsame, passive und dominierte Mädchen.« Die Schlußfolgerung ist schlicht und trocken: »Bei den sechsjährigen Mädchen ist die Kreativität schon bei der Einschulung endgültig erloschen.«

Und die Spiele oder die Bücher, die den Mädchen oder Jungen später gegeben werden, ändern an den erworbenen

---

[1] »Psychopédagogie du premier Age« (Psychopädagogik des Säuglingsalters) von Irène Lézine bei Presse Universitaire Française und »Propos sur le jeune enfant« (Gespräch über das kleine Kind), Delarge, Editions Universitaires. (B.G.)

Charakterzügen dann auch nichts mehr. Was das betrifft, so sind die Spielzeugabteilungen großer Kaufhäuser zu Weihnachten allerdings aufschlußreich. Sie sehen aus, als sei für einen Computer eine Sammlung vorgegebener Aufgaben zusammengestellt worden: Damit ein Mädchen aus der Erziehungsmaschine herauskommt, braucht man nur Puppenstuben, Miniaturstaubsauger, Wiegen, Puppen, Make-up-Koffer, Krankenschwestern- oder Hausfrauenausrüstungen hineinzugeben. Damit ein Junge herauskommt, muß man dagegen all das wählen, was Initiative und Intelligenz anregt: Schiffe, Flugzeuge, Werkbänke, Baukästen, Anzüge für Indianerhäuptlinge, Astronauten oder Zorros.

1974 ist ein neues Spielzeug »herausgekommen«: ein hübsches Miniatur-WC, mit Spülkasten, Kette, kleiner Klobürste und einem Toilettenpapierhalter. Raten Sie mal, welchem Geschlecht dieses »Spielzeug« zugedacht ist ... Ich kann nicht glauben, daß Freud, wenn er heute durch die Mädchenregale der »Galeries Lafayette« bummeln würde, nicht mit Simone de Beauvoir übereinstimmte in der Erkenntnis, daß wir nicht als Frau geboren, sondern daß wir zur Frau gemacht werden. Freiwillig oder mit Gewalt.

Die Kinderliteratur rundet das Unternehmen ab. Bei jeder Frau, die nicht als völlig passiv oder unzurechnungsfähig dargestellt wird, handelt es sich um eine Hexe oder um eine Kinderfresserin. Alle Heldinnen, die kleinen Mädchen zur Bewunderung angeboten werden, sind – von Aschenputtel bis Schneewittchen – mutlose, würdelose Flaschen, deren einziges Lebensziel darin besteht, auf einen Märchenprinzen zu warten, der ihnen alles das bringen wird, »was eine Frau vom Leben erhoffen kann«. Wenn wir uns die emotionale Suggestionskraft von Figuren bewußtmachen, mit denen die Phantasie von Kindern gefüttert wird, dann ist es zum Verzweifeln, daß als weibliche Vorbilder niemand anderer zur Verfügung steht als die selbstlose Florence Nightingale, die traurige Penelope oder die Mutter der Gracchen.

Alle Mütter von kleinen Mädchen sollten das Büchlein

von Elena Belotti lesen. Wir alle finden uns da wieder, verblüfft, ungläubig und manchmal beschämt, und wir finden auch all unsere kleinen Modellmädchen wieder, die wir so zärtlich, aber wohl auch so falsch geliebt haben.
Ich selbst habe drei Töchter. Wenn ich das sage, habe ich das idiotische Gefühl, weniger getan zu haben, als wenn ich sagen könnte: »Ich habe drei Söhne.« Bei drei Jungen ernten Sie ein bewunderndes »Oh«. Bei drei Mädchen oder – noch schlimmer – bei vieren oder fünfen schaut man Sie an und schüttelt den Kopf: »Ja? Wie schade . . .«
Und doch: Ich liebe Mädchen. Und ich bin Feministin und von der Gleichberechtigung überzeugt.
Also?
Also haben die radikalen Feministinnen recht. Shulamith Firestone hat recht, wenn sie utopische Vorschläge macht und glaubt, nur eine grundlegende Revolution aller Strukturen könne die Situation der Frauen verändern. Kate Millett hat recht, wenn sie glaubt, daß es den Frauen – sie sind ja die Gruppe, die durch ihre Anzahl und durch die Dauer ihrer Unterdrückung die breiteste revolutionäre Basis unserer Gesellschaft ausmacht –, wenn sie sich zusammenschlössen, vielleicht gelänge, die Hälfte der Menschheit von ihrer tausendjährigen Unterdrückung zu befreien und so gleichzeitig die ganze Menschheit zu verbessern. Marcuse hat recht, wenn er sagt, daß die Emanzipation der Frau ein »entscheidender Faktor ist beim Aufbau eines qualitativ besseren Lebens«. Germaine Greer hat recht, wenn sie glaubt, daß die Perversion der männlichen Gewalt entscheidend ist für die Degradierung aller zwischenmenschlichen Beziehungen und daß der Krieg weniger Ansehen genösse, wenn die Militärs davon ausgehen müßten, aus den Betten der Frauen verbannt zu werden; daß an dem Tag ein neues Leben anbrechen würde, an dem die Frauen damit aufhören würden, die Sieger von gewalttätigen Auseinandersetzungen zu lieben und zu Boxkämpfen oder zu Catchveranstaltungen zu gehen. Alle haben recht, die glauben, daß die Welt sich nicht ändert, solange es so viele Frauen akzeptieren, daß man sie – als einzelne – für ver-

worfen, extravagant oder verdorben hält. »Die Frauen, die sich immer noch einbilden, die Welt durch Listen und Schmeicheleien lenken zu können, sind dumm: Das sind Sklaventaktiken.« Es stimmt schließlich auch, daß die Wurzeln für jede psychische Unterdrückung in unserer Familienstruktur liegen. In den Büchern stimmt das alles.
Aber im Leben? Wie können wir den jungen Mann, der von seinem tausendjährigen Instinkt getrieben wird, der sich aufbläht, um sexuell attraktiv zu sein, daran hindern, sich der jungen Frau zu nähern? Wie können wir verhindern, daß sie, die selbst mit Federn geschmückt ist, durch ihren tausendjährigen Instinkt angezogen wird, daß beide jede Urteilsfähigkeit und jede Vorsicht verlieren und daß sie sich kopfüber – wenn schon nicht »sexüber« – in die weiche Falle der Ehe stürzen, von der sie jedesmal denken, für sie sei alles ganz anders ...
Natürlich ist die Ehe für alle Übel verantwortlich ... aber schließlich »bringt sie nicht mehr und auch nicht weniger Unglück als das Leben selbst« (Johnson). An dieser Tatsache kommen wir nicht vorbei. Die Strukturen müßten verändert werden – einverstanden. Aber zuerst die Menschen. Dann ändern sich die Strukturen von selbst. Nur starke Menschen können Revolutionen ertragen.
Diese starken Menschen, die brauchen wir. Nicht durch schweigende Mehrheiten und auch nicht durch Tugenden haben sich Gesellschaften zu mehr Gerechtigkeit hin entwickelt. Sonst hätte das Meer von Tugend und Liebe, das die Frauen verströmt haben, die Erde schon längst in ein Paradies verwandelt haben müssen. Die Kämpferinnen, Theoretikerinnen und die Revolutionärinnen spielen eine viel wichtigere Rolle, als wir denken, und sei es nur, indem sie beweisen, daß Frauen genauso verrückt, gewalttätig, kompromißlos und eigennützig sein können wie alle Rebellen der Welt, sie, die so lange am Herd gehockt haben, lächelnd unter der Last ihrer Ketten – als seien sie leicht zu tragen. Diese Rebellinnen sind es, die es allen anderen Frauen ermöglichen, nicht den Weg der Gewalt zu wählen, ohne für passiv, feige und masochistisch gehalten

zu werden. Nur durch sie kann Sanftheit zur positiven Handlung werden, vorausgesetzt, wir machen klar, daß wir uns für die Sanftheit *entschieden* haben.
Die militanten Frauen haben auch das Verdienst, ein Gegengewicht zu bilden zu den vielen Objektfrauen, die es immer noch gibt und die nie ganz verschwinden werden, zu jenem Vorrat an folgsamen Puppen, duften Bienen und steilen Zähnen, von denen so viele Männer hingerissen sind. Diese Art von Frauen wird von der gesamten einschlägigen Presse behütet und auf Händen getragen; sie werden gebraucht, weil sie die Auflagen erhöhen und weil sie in gewissen Fernsehsendungen die Leere noch leerer machen. »Geben Sie mir bitte drei Kubikmeter davon, blond und dunkel gut gemischt.« Sie dürfen den Mund nicht aufmachen, außer um zu lächeln, man hat sie hier und da zwischen die richtigen Menschen gestreut, kleine anonyme weibliche Häufchen. Können wir uns das Gegenteil überhaupt vorstellen? Daß sich die Frauensendung »Aujourd'hui Madame« in einem Raum voll schöner Jünglinge abspielt? Wie stinklangweilig wäre das! Was für eine Farce? Wahrscheinlich sind wir wirklich zivilisierter ...
Diesen Hang zur Objektfrau müssen wir unter jeder galanten Tarnung erkennen lernen: Er ist nur eine andere Form von Frauenfeindlichkeit, jener Krankheit, die so alt ist wie die Welt, so zäh wie die Pest, und die so viele menschliche Verhaltensweisen beschmutzt hat. Frauenfeindlich ist auch der Herr, der bei einem Diner zu seinen Nachbarinnen sagt: »Entschuldigen Sie bitte, wir werden gezwungen sein, über ernsthafte Dinge zu reden.« Frauenfeindlich ist auch jemand, der seine Mutter »anbetet«, jemand, den die Pille impotent macht, jemand, der die Frau schlechthin in den Himmel hebt, was ihm dann ermöglicht, seine Ehefrau zu erniedrigen, jemand, der an den weiblichen Instinkt glaubt, jemand, der behauptet, Frauen liebten es, mit Gewalt genommen zu werden, jemand, der Frauen etwas von Naturgesetzen erzählt, wenn sie Beschwerden haben, jemand, der zu seiner Gattin sagt: »Warte doch, ich bringe *dir deinen* Müll runter«, und ganz allgemein sind es alle,

die einen Satz anfangen mit »Ihr Frauen« oder »Wir Männer«.
All unsere lieben alten Chauvis werden dann von selbst dahinwelken, wenn unsere Töchter – für Frauen meiner Generation ist es schon ein bißchen spät – eines Tages keine Angst mehr vor ihnen haben werden. An jenem Tag werden sie selbst nicht mehr scharf darauf sein, die Rolle des Männchens zu spielen; es wird sie vielmehr betören, ihr Ebenbild vorzufinden – das dennoch verschieden von ihnen ist –, und sie werden in diesem wunderbaren Unterschied alle Wunder des Lebens entdecken. In jenen allzu zahlreichen Ländern, in denen noch politischer, religiöser oder phallischer Dogmatismus herrscht, sind Frauen und Männer noch starren Modellen unterworfen, die ihnen zwar möglicherweise Ängste und Zweifel ersparen, die sie aber auch um das schönste Menschenabenteuer bringen: um die Entfaltung aller Eigenschaften eines menschlichen Wesens.
In unseren Ländern hat dieses Abenteuer gerade begonnen – nicht ohne Widerstände. Es steht übrigens in direktem Zusammenhang mit jenem anderen Abenteuer, das die Eltern der heutigen jungen Generation erlebt haben und noch erleben: Wie die Ehemänner plötzlich neuen Frauen gegenüberstanden, so fanden die Eltern eine Nachkommenschaft vor, die überhaupt nicht mehr den gesicherten Definitionen der Vergangenheit entsprach. Der gute Wille, das Bemühen um Verständnis oder zumindest um Akzeptanz und die Liebe, mit der sich viele Eltern ohne Gegenleistung um ihre Jungen oder Mädchen bemüht haben, obgleich die praktisch alles zertraten, was ihr eigenes Leben ausgemacht und geprägt hatte, ist eines der bewegendsten und positivsten Beispiele, die unsere heutige Gesellschaft zu bieten hat.
Werden die Ehemänner oder Partner der neuen Frauen sich so uneigennützig verhalten können wie diese Eltern? So bescheiden und verständnisvoll angesichts eines Phänomens, bei dem auch manchmal übertriebene Forderungen präsentiert werden und das nur mit Schmerzen zu durchle-

ben sein wird, wie jede Veränderung, die unsere intimsten Strukturen berührt?

Das schwierige ist, daß die Zukunft der Mann-Frau-Beziehung von der Zärtlichkeit der Frauen und von der Akzeptanz der Männer abhängt. Wissenschaftlich haltbare Begründungen für die weibliche Minderwertigkeit gibt es nicht mehr; alle moralischen Argumente haben sich als das entpuppt, was sie immer waren, eine Zwangsjacke nämlich; im männlichen Imponiergehabe überleben Reste von alten Ritualen, die keinen Sinn mehr haben. Trotzdem kämpfen viele noch sinnlos weiter, um ihrer Ehre willen! Aber der Tag ist nicht fern, an dem sie ihre berühmte phallische Überlegenheit als das akzeptieren werden, was sie ist: als ein Piephahnproblem, und an dem sie sich davon werden überzeugen lassen, daß das tiefste Bedürfnis des Menschen nicht darin besteht, einander zu beherrschen, sondern einander Freude zu bereiten.

ZEHNTES KAPITEL
Meine Frau mit dem Gladiolengeschlecht...
(André Breton)[1]

Ich habe keine Lust zu schließen. Vor allem nicht mit einem Schuldspruch. Dieses Buch war kein Gerichtsprozeß, oder – wenn schon – dann einer, in dem es um Menschen und nicht um Männer ging. Wären wir mit größerer Körperkraft geboren in einer Welt, in der der Zufall die Knechtschaft den Männchen der Spezies Mensch auferlegt hätte, wer wollte beschwören, daß wir uns nicht genauso verhalten hätten wie sie?

Eine Erkenntnis drängt sich auf: Die Menschheit darf nicht mehr um die Hälfte ihrer selbst gebracht werden, um genau die Hälfte, die die Werte des Lebens bewahrt und am Leben erhalten hat, trotz der Gewalt, der Unterdrückung, des Egoismus und des Hasses, durch die die Geschichte aller Völker und besonders die Geschichte dieser Hälfte der Menschheit geprägt war. Wenn wir uns ansehen, wie die Männer einander behandelt haben, wie sollten wir uns dann darüber wundern, wie sie die Frauen behandelt haben?

Wir müßten gemeinsam sagen können: Das ist vorbei. Zumindest diese Art der Unterdrückung ist überwunden. Die entscheidende Bedingung dafür heißt: gemeinsam. Nun ist aber Solidarität ein neuer Begriff für Frauen, da sie so lange nur aus dem Haus eines Vaters herausgegangen sind, um in das eines Ehemanns hineinzugehen, da ihnen kein anderer Wert zugänglich war als der der leidenschaftlichen Liebe, keine andere Art von Größe als die der Hingabe. Dennoch, entgegen allem Augenschein und auch im Ge-

---

[1] André Breton (1896–1966), surrealistischer, kommunistischer frz. Schriftsteller, der in vielen seiner Gedichte für Frauen sehr poetische Bilder gefunden hat.

gensatz zu dem, was viele von ihnen selber denken, stehen die Frauen einander näher als die Männer. Soraya steht Arlette Laguiller[1] näher als Giscard einem Facharbeiter aus Le Mans. Denn, sei es im goldenen Käfig oder im Elend, die Frauen haben den gleichen Verlust an Persönlichkeit durchlitten, und zwar durch das gleiche System. Die dienende Frau und Mutter ist unten, die Luxuspuppe – oder, noch schlimmer, die offizielle Kinderlieferantin – ist oben um ihr Menschlichstes gebracht worden, um die Möglichkeit nämlich, nicht nur wie ein weibliches Tier zu leben; beide hat man darum gebracht, am Weltgeschehen teilzuhaben, Selbstvertrauen zu erlangen, sich selbst zu verwirklichen. Aus diesem Grunde ähnelt das Dasein von Frauen – je älter sie werden und je weniger ihnen dann noch geschmeichelt wird, was sie ja für Verehrung ihrer individuellen Persönlichkeit hatten halten können – nach und nach oft dem von Schizophrenen: Ihr Leben kommt ihnen nur noch wie die Abfolge von immer gleichen Tagen vor, an deren Ende keine Zukunft und keine Hoffnung steht, nicht einmal die schlichte Gewißheit, zur Welt zu gehören, an ihr beteiligt zu sein. Das kann dazu führen, daß Frauen jedes Gefühl für ihre eigene Identität verlieren, und zwischen dem Selbstmord der Frau eines griechischen Reeders und dem eines einfachen Mädchens besteht dann kein Unterschied mehr.

In unserer Zeit ist etwas Neues geschehen: Frauen kämpfen und Frauen begegnen einander. Nicht mehr nur, um gemeinsam ihre Kinder zu hüten oder um einander ihre Eheschwierigkeiten anzuvertrauen, sondern um nachzudenken, um zu diskutieren und um zu phantasieren. Das bedeutet – und darin liegt die Stärke der Frauenbewegung –: Sie entdecken die Brüderlichkeit. Wenn früher die Schulfreundschaften, die gemeinsame Albernheit der Backfische und die sehr kurzfristige Gemeinsamkeit der »heiratsfähigen Mädchen« – im Begriff steckt schon die

---

[1] Arlette Laguiller, Bankangestellte, Feministin, Kandidatin der extremen Linken bei den frz. Präsidentschaftswahlen.

Begrenztheit – vorüber waren, wandten die Frauen all ihren emotionalen Reichtum nur noch ihrer Familie zu. Es bestand für Frauen kein grundsätzlicher Unterschied, ob sie in ein Kloster eintraten oder in eine Familie. Beides galt als Berufung und bedeutete Abkehr von der Welt, ihren »Lüsten und Werken«.

All die Frauen, die heute ihr Ordenskleid ablegen, alle, die nach der Hochzeit ihres letzten Kindes keine Lebensaufgabe mehr sehen, die spüren, daß sie in das ihnen aufgezwungene Frauenbild nicht mehr hineinpassen, daß sie sich täglich weiter von ihm entfernen, mit ihren Falten, ihrer Müdigkeit und angesichts der Gleichgültigkeit der Männer, die sie gar nicht mehr zur Kenntnis nehmen, alle diese Frauen, die plötzlich Angst bekommen bei dem Gedanken, daß die Statistik ihnen noch vierzig Jahre zu leben gibt, suchen nach einem positiven Ausweg. »Man sollte annehmen«, sagt Simone de Beauvoir, »daß die Frau, die sich an ihrer Schönheit und an ihrer Jugend selbst berauscht hat, die schlimmsten Verwirrungen durchlebt..., aber das stimmt nicht. Die Frau, die sich selbst vergessen, die sich hingegeben und aufgeopfert hat, wird sehr viel mehr durch die plötzliche Erkenntnis erschüttert: ›Ich hatte nur ein Leben zu leben, und das war nun alles. Da stehe ich nun!‹ Und sie ist entsetzt über die engen Grenzen, in die sie ihr Leben gepreßt hat... Da sie als Frau ihr Schicksal mehr oder minder passiv hat über sich ergehen lassen, kommt es ihr so vor, als habe man sie ihrer Chancen beraubt, als habe man sie übertölpelt und als sei sie, ohne es zu bemerken, von der Jugend ins Alter gerutscht.«

Ob diese Frauen sich in politischen Parteien betätigen oder in der Frauenbewegung, ob sie sich umschulen lassen oder ob sie sich darum bemühen, ihre früheren Fähigkeiten zu reaktivieren, das Ergebnis, das sich uns darbietet, ist immer gleich anrührend: Sie alle finden ihre vom Leben mehr oder weniger verratene oder erstickte Jugend wieder und entdecken unter Tränen und Lachen, wie angenehm es ist, mit Frauen zusammen zu sein. Männer erleben und kultivieren dieses höchst angenehme Vergnügen aneinander seit der Zeit der Griechen, und sie kennen seine Bedeutung und die Entlastungsmöglichkeiten, die es bietet, allzugut, als daß sie nicht versucht hätten, es für sich zu reservieren und es den Frauen vorzuenthalten. Man – vor allem also die Männer – hat lange das Gerücht verbreitet, Frauen untereinander könnten sich nur die Augen auskratzen. Wer einmal an einer der Versammlungen der Initiative für Abtreibung und Verhütung teilgenommen hat, bei denen Frauen endlich menschliches Verständnis finden für ihre Angst, ungewollt Mutter zu werden, mit der sie jahrhundertelang allein und schuldbewußt gelebt haben . . . Wer einmal bei einem der Lehrgänge von »Retravailler«[1] gewesen ist, an denen Frauen jedes Alters und jeder Schicht teilnehmen, die zunächst glauben, nichts miteinander anfangen zu können und sich nichts zu sagen zu haben, wer einmal erlebt hat, wie sie zunächst ängstlich und zögernd aufeinander zugehen, wie sie dann aber sehr schnell zueinander finden, sich umarmen mit den Worten »du also auch?« Wer gesehen hat, wie diese Frauen das Lachen und die Freiheit ihrer Kindheit wiederfinden, wie sie wieder jung werden, wie ihre Gesichter sich verändern, wie sie es plötzlich wagen, ihrer Familie Zeit zu »stehlen«, um sie für sich selbst zu nutzen, wer diese Art von Wiedergeburt einmal miterlebt hat, der versteht, was den Frauen bis heute so sehr gefehlt hat. Und was sie dabei sind, sich zurückzuerobern.

Und dieses Mal handelt es sich nicht nur um Intellektuelle, um emanzipierte Bürgerinnen oder um Prominente; diese Avantgarde gibt es jetzt in allen Schichten der Gesellschaft. In einer bemerkenswerten Untersuchung[2] zitiert die Soziologin Andrée Michel eine junge Schwesternhelferin aus einer Sozialwohnung am Stadtrand, die sehr deutlich

---

[1] Retravailler = wieder arbeiten. Eine von Evelyne Sullerot gegründete Vereinigung für Frauen, die in die Arbeitswelt zurückkehren wollen. (B. G.)
[2] »Activité professionelle de la femme et vie conjugale« (Berufstätigkeit der Frau und Eheleben). (B. G.)

sagt, wie ganz anders junge Mädchen sich und die Jungen heute sehen: »Komisch, du hast zehn Mädchen und einen Jungen: Keine schreibt ihm was vor, alle lassen ihn reden. Aber bei zwei Mädchen und zwei Jungen, da ist Schluß; da haben die Jungs das Sagen. Dabei hätten wir auch eine Menge zu sagen. Etwas anderes. Wovon sie keine Ahnung haben, was sie nicht in sich haben, was *wir* aber haben...«
Sie wissen inzwischen, daß sie der Welt etwas anzubieten haben.
Also? Feminismus oder Tod, wie manche Frauen sagen?[1] Es wäre wohl bescheidener und richtiger zu sagen: Feminismus und Leben.
Wir lassen uns zwischen einem Werbespot für Kitekat und der Aufforderung, ein dümmliches Jugendmagazin zu kaufen, in aller Ruhe erzählen, daß noch vor dem Jahr 2000 eine halbe Milliarde Menschen einer Hungerkatastrophe zum Opfer fallen werden; wir sehen uns erschüttert, aber tatenlos die Bilder der Sahelkatastrophe an; wir erleben, daß die Söhne und Töchter der am weitesten entwickelten Schichten unserer kapitalistischen Gesellschaft, die Kinder des Großbürgertums und der intellektuellen Oberschicht, nach Katmandu fahren, um dort zu betteln oder um sich dort zu zerstören, weil sie in unserer krepierenden Kultur vergeblich nach einem Sinn für ihr Leben suchen; wir sind außerstande, auf die Atomspaltung, dieses Wunder der Naturwissenschaft, zu verzichten, auch wenn wir dadurch Kinder in die Welt setzen wie in Minimata...[2] Der derzeitige Zustand unserer Welt ermuntert uns nicht dazu, sonderliches Zutrauen in die Fähigkeit der Männer zu setzen,

---

[1] Z. B. Françoise d'Eaubonne in einem Buch, das diesen Titel trägt. (»Le Féminisme ou la Mort«, Verlag Pierre Horay). (B. G.)
[2] In der japanischen Stadt Minimata kam zwischen 1955 und 1959 nahezu jedes dritte Neugeborene mißgebildet zur Welt. Ursache dafür waren die quecksilberhaltigen Abwässer, die ein Chemiewerk ins Meer leitete. Die Bewohner nahmen das Quecksilber mit den Fischmahlzeiten zu sich.

die doch seit 10 000 Jahren die unumschränkte Macht über sie hatten.

Was können wir verlieren, wenn wir die Frauen an dieser Macht beteiligen? Sie sind den Bäumen näher, dem Urwasser, in dem ihre Kinder heranwachsen, sie haben noch das Gefühl für Glück, da sie so viel Unglück überlebt haben, und sie haben auch noch jenen Funken, den wir, in Ermangelung eines besseren Wortes, den göttlichen nennen wollen.

Jetzt müssen die Frauen schreien. Und die anderen Frauen – und die Männer – müssen bereit sein, diesen Schrei zu hören. Er ist nicht haßerfüllt, er ist kaum wütend, denn dann müßte er sich auch gegen die Frauen selbst richten. Es ist ein Schrei des Lebens. Er ähnelt dem Schrei eines Neugeborenen, bei dem man nicht umhin kann, jedesmal wieder neu zu hoffen.

Knaur

Benoîte Groult

Foto: Isolde Ohlbaum

(8020)

(8063)

(8064)

(2997)

(3113)

Starke Seiten für Frauen

(3151)

(3277)

(3291)

(3123)

(2997)

(3143)